シュレーディンガーの少女

松崎有理

を解雇された主人公の元に、政府からダイエット企画の参加者に選ばれたという通知が届く。それは“敗者は死なねばならない”というルールのデスゲームだった（「太っていたらだめですか？」)。すべての人は例外なく、65歳の誕生日を迎える前後で死ぬ。64歳になった紫は、人生の目標をほぼ達成していたが、スリの子どもから被害に遭いかけ、追いかけていったすえにその子を手元に引き取ることに……（「六十五歳デス」)。さまざまなディストピア世界を生きのびる、パワフルで勇敢な女性たちの物語。あとがきに自作解説を含む。

シュレーディンガーの少女

松崎有理

創元ＳＦ文庫

GIRLS IN DYSTOPIA

by

Yuri Matsuzaki

2022

目次

シュレーディンガーの少女

六十五歳デス

死ハ一向恐クナイ、ダガ、予ハ今コノ瞬間ニ死ニ直面シテイルノダト思ウト、――死ガコノ刹那ニ予ノ眼前ニ迫ッテイルノダト思ウト、――ソウ思ウソノコトガ恐イ。

谷崎潤一郎『瘋癲《ふうてん》老人日記』

紫《むらさき》がはじめて65リストを書いたのは十二歳のときであった。

「もうみなさん、なんとなく知っているとは思うけど」担任教師は教壇から教室をぐるりと見回した。三十人ほどの児童が熱心に教師をみつめている。「あらためてきちんと説明しますね。いま配ったその紙へ、六十五歳になるまでにやりたいことを書いてください。いくつでもいいですよ、みなさんにはあと五十三年もありますから」

「先生」男子のひとりが黄色い紙片を勢いよく差しあげた。「この紙、五十三年もつかうんですか。ぼろぼろになっちゃうよ」

担任は男子に笑みを返した。三十代の、すらりと背の高い女性教師で、男子にも女子にも人気がある。「破れちゃったらちがう紙に書きなおしてくださいね」

「なに書いたらいいの」女子のひとりが困った口調で質問する。

「むずかしく考える必要はありません。先生にも、だれにもみせなくていいんです。それにこのリストは一生手を入れていくんですよ。達成したことやもう興味をなくしたことは線を引いて消し、新たにやりたいことができたら書き加える。そうやって六十五歳まで気長につきあうの」

子供たちは気が楽になったようだ。めいめい鉛筆を握り、机の上の黄色い用紙にかがみこむ。紫も右手で鉛筆を持った。左手は無意識に、いつものように、左の頬にあてられていた。ええと、なによりまず、おとうさんを早く楽にしてあげたい。

母は出産後すぐに死んだから、父親が男手ひとつで育ててくれた。彼は妻の忘れ形見を溺愛《できあい》していた。長時間労働のため一日いちど顔を合わせればいいほうだが、そのたびに彼は目尻をさげていうのだった。おまえはこの世界でいちばんかわいい女の子だよ。

そう思っているのは父だけだ、と紫はすでに気づいていた。顔の左側に広がる大きな黒い痣《あざ》を手のひらで隠す癖《くせ》は小学校へあがる前から身についていた。まわりの子供たちは子供らしい率直さと残酷さで痣を容赦《ようしゃ》なく指摘してくる。なんだその顔、でっかい手形ついてるぜ。真っ黒だからきっと悪魔の手だよ。おっかねえ、悪魔に触られたんだ。こっちくるな、うつるだろ。

父の口癖はもうひとつあった。おまえは世界一賢い女の子だ。

世界一はおおげさだが、学業の成績がいいのはたしかだった。ここニポーンでは勉強ができれば高収入の職業につけることも紫はすでに知っていた。だからおとうさんに楽をさせるには、いっしょうけんめい勉強して、そして。

黄色い紙へまず一行、書いた。稼げる専門職につく。

そのあとはどうしよう。紫は周囲を見回した。女の子たちの頬は白く、ほんのり桜色で、醜《みにく》い痣を持った子などひとりもいない。きっとほかの子たちはしあわせなお嫁さんになりたい、なんて書くんだろうな。だけどあたしにはそんなの縁がない。

稼げる専門職につく。そのつぎにこう書きつけた。いっぱい稼いだら、引退して優雅に暮らす。

三十五歳ちがいの父はまだ生きているだろうか。ともかく、こぢんまりしたすてきな住まいを買って、うまく想像できないけどきらきらした上品なものに囲まれながら楽しく暮らそう。もうひとつ項目を書き足す。稼いだ金は、六十五歳までにぜんぶつかいきる。

できあがったリストをながめてうなずいた。うん、よさそうな人生だ。

紫は満足し、黄色い紙片をていねいに折りたたんだ。

＊＊＊

きょうで六十四になった。自分の誕生日を忘れる者がこの世界にいるだろうか。

紫は広いベランダの籐椅子に座って正方形の中庭を見下ろしていた。傾きかけた夏の日差しがアパートメントの白い外壁を照らしている。丸テーブルにはシャンパンのボトルとグラス、そして灰皿。左手に火のついた両切り煙草。食欲がなかった。この日のために注文しておいた料理は冷蔵庫に入れたままだ。レストランがゆうに二人前の分量を届けてきたことも食欲が減退した理由かもしれない。予算だけきめてあとはおまかせにした自分も悪いのだが。

「欲は、歳とともに減衰していくものだね」

と、つぶやいた。ひとりごとが増えてきた自覚はある。父が死んだ。仕事を引退した。トーキョー中心部の静かな住宅街でひとり暮らしをはじめた。そりゃあ増えるだろうよ、とまたつぶやく。

電話が鳴った。

椅子を立ちざま灰皿に煙草を押しつける。白い袖なしワンピースの裾をさばきながら、掃き出し窓を抜けて居間へ戻る。姿勢や体重を若いときのまま維持できているのは少々自慢だった。この歳になるとなにもかもあきらめて自堕落になる者も多いのだが。

ヌメ革張りの肘掛け椅子に腰を落とす。橅材《ぶな》の小さなカフェテーブルにはイスマイル・カダレのハードカバーと、つややかな黒電話が載っていた。受話器をとる。「はい」

居間の高い天井では三枚羽根のファンがゆっくり回っていた。壁にかけたレオナール・フジタのリトグラフをながめつつ、相手の声に数秒耳を傾けてから。「いや、いらないよ。どうするかはもうきめてる」荒っぽく通話を切った。ため息を漏らす。

「さいきん葬儀屋の営業が増えたねえ。派手な葬式もりっぱな墓もいらない、うまい煙草とともに葬ってもらえればそれでけっこうだよ」

そう独語したとたん、また電話が鳴った。軽く舌打ちして受話器をあげる。「売りこみならお断り」

だが、額に立てた深い縦皺はたちどころに消えた。「なんだ、あんたかい。そうだね、あたしもついに六十四になっちまった」かすかに頰がゆるむ。「いや、すまない。あたしは引退したんだ、依頼には応じられない。ああ、うん、そうだ。ジャヴェール警部につけ回されるのももう勘弁だし」

こんどはそっと受話器を置いた。引退とはそれ自体が引退しかかったことばだ。いまの電話の主もだれもかれも、六十五歳まで働くのが当然と考えている。おそらくジャヴェール警部もそうだろう。自分に比べれば彼はずっと若いのだが。

肘掛け椅子から腰をあげ、靴下で絨毯《じゅうたん》を踏みつつ壁ぎわの脚つき簞笥《たんす》へ。いちばん上の抽斗《ひきだし》を開けて手のひら大の紙片をとりだした。書かれているのは三行だけだった。

~~稼げる専門職につく~~
~~引退して優雅に暮らす~~
六十五歳までに有り金ぜんぶつかいきる

「さいごのやつも、もうじき完了だ」

65リストを抽斗へ戻した。自分のリストはかなりシンプルだと思う。仕事上、依頼人のリストは数え切れないほどみてきた。大きな紙に何百もの項目を曼荼羅《まんだら》のように書いて自室の壁に貼り出している者も、手帳の全ページをつかって長いリストをつくりまいにち修正を繰り返す者も、小さく折りたたんで守り袋に入れ肌身はなさず持ち歩いている者もいた。

すっかり薄くなった胸に手をあてた。もうすぐリストを完遂するというのにこの虚無感はなんなのか。自分はこの世になにを残したのだろう。

少なくとも、遺伝子は残さなかった。自分を娶《めと》ろうと考える男などいない。

頭を振る。顎《あご》の少し上でそろえた銀髪が頬を打った。

箪笥の上から丸い缶を下ろす。蓋《ふた》をとる。愛飲している両切り煙草は数本しか残っていなかった。

「しまったね。また買い物に行かなくちゃ」

買い物は好きだった。稼ぎが増えて懐《ふところ》に余裕が出てくるとさらに好きになった。高級住宅街のアパートメントに居を構えたのは、近所にしゃれた商品を扱うスーパーマーケットが複数あることが理由のひとつだった。

缶の煙草を一本とる。ワンピースのポケットから銀無垢《むく》のライターを出して火をつけた。深く吸い、しみじみ味わい、白い煙を吐く。左手の中指と薬指で煙草を支えている。このように持つとさりげなく顔の痣を隠せた。若いころ身につけた癖でいまだに抜けない。

これも銀無垢の煙草入れに残りの煙草をぜんぶ入れるとこうつぶやいた。

「さて、出かけるか」

煙草をくわえて玄関へむかう。立木を模した帽子掛けから身につける小物類を気分で選ぶ。

まず、縁《ふち》にビジューをあしらったサングラス。瑪瑙《めのう》の腕輪を左手首に。トルコ石の長い首飾りを二重に巻く。羽根飾りのついた涼しげなメッシュのポークパイハットを銀髪に載せてから姿見をのぞく。黒い悪魔の手のかたち、と呼ばれた痣は個性的なサングラスと帽子のおかげで目立たなくなった。買い物籠はあけび蔓製、いまや作り手は絶滅している。携帯灰皿と財布はポケットへ。高さが七センチある太ヒールのサンダルを履くと玄関の扉を開けた。夕暮れの湿った空気が押し寄せてきた。

煙草をくゆらせながら、スーパーの広大な煙草売り場でいつもの銘柄を買い、煙草をくゆらせながら会計をすませて店の外に出た。陽が落ちかけていたが、街灯がつくのはもう少し先。街がいちばん暗いと感じる時間帯だ、ほんとうは深夜のほうが暗いはずなのだが。たそかれどきという古い表現が思い出される。

ヒールの音を響かせて白い敷石の舗道《ほどう》を歩く。すれちがう成人はみな煙草を吸っていた。紙巻派、葉巻派、パイプ派とさまざまだ。十八歳以上の喫煙率は九割を超えているとかつての同僚がいっていた。リスクはあるが、いまやだれも気にしないからね。

煙草の先から灰が伸びていた。携帯灰皿を出そうと左手をポケットに入れた、そのとき。

体の右側にバスケットボールをぶつけられたような強い衝撃を受けた。

「いたっ」と叫ぶも煙草は落ちない。火のついた紙巻を落とさずしゃべる技術は若いころに習得ずみだった。

気づけば右腕の買い物籠が消えている。なんてことだ、六年前に日本橋の骨董店でみつけたお気に入りなのに。

ひったくりめ、逃がさないよ。

すばやく背後を振り返った。小汚いなりの男の子が、愛用の買い物籠を抱えて駆け去ろうとしている。紫は二歩の跳躍で標的に追いつき、垢じみた襟首をうしろからつかんだ。ここまで〇・八秒。

「こらっ、泥棒め」

ひと声叫ぶと幼い犯人の足を払って舗道へ倒し、膝で背中に乗って小さな体を地面に押しつけた。少年は怒りのうなり声をあげた。か細い腕から高価な買い物籠を奪い返す。

「年寄りだからってなめるんじゃないよ」

つぎの瞬間、唇に貼りついた煙草の先から灰が落ちた。紫はすばやく携帯灰皿を出して蓋を開けた。灰は皿のちょうどまんなかに着地した。

「おおっ」

「すげえ」

「か、かっこいい」

通行人たちが足を止め、目を丸くして捕獲劇をながめていた。賞賛の拍手を送る者までいる。

紫はわずかに傾いた帽子とサングラスをなおしてから見物人をにらんだ。

「行きな。見世物じゃないよ」

人垣が崩れて散ったところで、紫は少年を引き起こした。十歳くらいだろうか。ひどく痩せて、半袖Tシャツや半ズボンから出た腕や脚はまるで箸のよう。ずいぶん風呂に入っていないらしく髪は脂《あぶら》で固まり、皮膚も衣服も垢で汚れほうだいだ。スラムから稼ぎにきたストリートチルドレンか、と見当をつける。

実害はなかったわけだし、警察に突き出すのもかわいそうだ。説教だけして解放してやるか。「おい、この子猿」顎をつかんで顔をあげさせる。その顔をみた瞬間、紫ははっと息を呑んで動きを止めた。

少年の右頬は大きな黒い痣で覆われているではないか。

そのわずか〇・五秒の隙《すき》をついて、小汚い少年は大口を開けて紫の腕に嚙みつこうとした。間一髪でかわし、手首をつかんで背後にねじりあげる。少年は凶暴にうなった。

「おとなしくしな、子猿」みればみるほど彼の痣は紫自身の痣に似ていた。黒い悪魔の手のかたち。「いい子にできたら、うちでなにか食わせてやる」

少年は驚いて両目を大きく見開いた。その表情に、ごくかすかだが年相応の無邪気さがみえた。

紫の手を振り切って逃走を試みる少年を、脅したりすかしたりしながらなんとかアパートメントまで連れ帰った。玄関の灰皿で煙草を消す。少年を部屋へあげようとしたとき問題が発生した。靴を履いていない。はだしの足には正体不明の汚泥《おでい》がこびりついている。

「このまま入れてやるわけにはいかないね」

痩せこけた子供の体を軽々と担ぎあげて浴室へ直行した。「食事の前にまず風呂だ。頭から尻尾まで洗ってやるよ、不潔な子猿め」猫足つきの浴槽へ放りこむ。少年は怒って野生の獣じみたうなり声をあげた。

相手の抗議を意に介さず、問答無用で汚れきったTシャツを引きはがす。「安心しな、このあと清潔な服をやるから」少年はいやがってまたうなった。裸の上半身をみたとたん、紫はぎゅっと心臓をつかまれたように感じた。

小さな背中には特徴的な長い傷が無数についていた。

「ふむ」鞭《むち》か。思ってたよりやっかいだね。

うなり、暴れる相手からズボンもはぎとった。またも驚かされた。

小汚い少年とばかり思っていたその子は、少女だったのである。

「雌猿だったとはねえ」

顔の半分を覆う黒い痣は、いかに目鼻立ちが可憐であってもすべてを無にする。いやマイナスにしてしまう。そのうえスラム暮らしでは未来などあるまい。

ワンピースの長い裾をからげて脛《すね》を出す。蛇口をひねる。シャワーヘッドから浴槽へ四十一度の湯がほとばしった。少女は驚いて水に落ちた猫のように叫び、浴槽から逃れ出ようとした。

「おっと、そうはいかないよ」

頭を押さえつけて上から湯をかける。洗い布に石鹸をたっぷりつけ、まずは顔を思い切りこすった。いやがって手足をばたつかせるが強引につづける。泡を流してみると、顔の右側の痣はますます目立ち、かつ紫自身の痣にそっくりだとわかった。黒い悪魔の手か、まるで鏡に映したようだ。だが左の頰は子供らしい桜色をしていた。

「あんた。名前は」

濡れ鼠の少女は敵意のこもったうなり声で応じる。

「そうむくれなさんな。このあとうまいものをしこたま食わしてやるから」

ぎゅううっ、と腹の鳴る音がした。食欲に負けたのか、以後はかなり扱いやすくなった。少なくとも嚙みつこうとしないていどには。

「まああみられるようになったね」

垢と脂とスラムの汚泥を取り除くと、少女はようやく少女らしくなった。簞笥から予備のパジャマを上だけ出して与える。「そのままじゃだめだ。前はちゃんと閉めて、袖は長すぎるから折り返して」自分でボタンもはめられない。ひょっとしてボタンのついた服を着たことがないのかも。

ダイニングテーブルの椅子にクッションをふたつ重ねて高さを出す。座らせる。

「おとなしく待ってな」と言い置いてから台所へ行って冷蔵庫を開けた。ガラスのボウルにたっぷりのサラダ、上からオリーブオイルとパルメザンチーズを振る。ミートローフとキッシュはマイクロウェーブオーブンで軽くあたためた。かぼちゃの冷製スープを入れたピッチャーも出す。デセールだけを庫内に残し、ほかのすべてを大きな盆に載せて食卓へ運ぶ。

飢えた子猿の腹を満たせる量があってよかった。レストランのかんちがいは怪我の功名として不問にしてやるか。

もう少女の目は料理に釘づけだ。唾を飲みこむ音がはっきりきこえた。ミートローフの皿へつかみかかろうとしたので紫はその手をすばやく押さえた。

「待ってろ、といったろう」

少女は肩をすぼめた。逆らうのは得策でないと理解したらしい。

ふたりぶんのカトラリーと平皿とスープ皿をテーブルにならべる。少女のむかいに座ると、紫は両手を合わせた。「いただきます。ほら、いってごらん」

少女は不満あふれる目つきでにらみつけてくる。いいたいことは伝わった。早く食わせろ、だ。

無理強《じ》いはしたくないな。「食事がおいしくなる呪文だよ」

するとようやく、少女は小さな両手を合わせて紫のまねをした。「いただきます」はじめてまともな声をきいた。意外にも細くてかわいらしい。

食事がはじまった。カトラリー類のつかい方を教える試みは早々に放棄した。手づかみを許すと、テーブルの上はあっというまに爆撃されたような惨状となった。食欲はすさまじく旺盛だが。

「サラダ食べないのかい」

ボウルを示すと、少女は疑わしげな目でオイルをまとった緑の野菜をじっとみた。手を出そうとしないので皿にとりわけてやる。「食べてごらん。おいしいから」

それでも動かない。手本をみせる必要がありそうだ。紫は自分の皿に生野菜を山と盛った。フォークで口に運び、咀嚼《そしやく》して笑みを浮かべる。「うん、最高。これほどおいしいものってこの世にあるかねえ」

相手はついに動いた。おそるおそる手を伸ばし、葉っぱを一枚だけつまんだ。もういちど疑わしげに凝視してから、両目をぎゅっとつぶって口に入れる。噛みしだく。だがすぐに。

「うえー」

といってテーブルクロスへ吐き出してしまった。

こんなマナー違反者は即座にたたき出すところだが、無理やり連れてきた手前、許すしかない。野菜ぎらいか。しかしキッシュに入ったほうれん草やスープの正体であるかぼちゃは気にしていないようだから、見た目をあやしんでいるだけだ。スラムでは新鮮な野菜など手に入らないせいだろう。じょじょに慣らしていけばいい。

じょじょに、か。なに考えてんだろうね、あたしは。

ナイフとフォークを動かす。食欲がなかったはずなのに、自然と料理を食べられていることに気づいた。

戦争のような食事とその片づけが終わると、戸外はとっぷり暮れていた。

「いまから帰るのは危ない。泊まっていきな」女の子ならなおさらだ。夜のスラムを歩かせたくはない。

ここへくるまでにあれほど暴れていたのだから拒否するかと思いきや、少女はあっさり首肯《しゅこう》した。夕食が気に入ったせいだろうと紫は解釈した。

居間の肘掛け椅子ふたつをむかいあわせにくっつけるとりっぱな子供用ベッドになった。中央の空間に予備の羽根枕と毛布を入れる。「さあ、寝床ができた。ここでおやすみ」

少女は臨時のベッドをじっとながめて、首を横に振った。

紫は少しむっとした。「なんだ、気に入らないのかい。じゃあ勝手にしな」踵《きびす》を返して自分の寝室へむかう。浴室とさして変わらない広さの部屋だ。眠る場所は巣穴のようにせまいほうが落ちつける。だからこのアパートメントを購入したあと壁を動かす工事をして寝室を小さくし、かわりに居間を広げたのである。

ところが少女は、紫のあとをついて寝室に入ってきた。内部を見回す。上げ下げ式の腰窓がひとつ、天板をしまえる書き物机と椅子、壁に造作された書棚、小ぶりの衣装箪笥、と視線が動いていく。ベッドに目をとめると、なんとその下にすばやくもぐりこんでしまった。

紫はベッドの脚のあいだをのぞきこんだ。「あんたも、せまいところが好きかい」

返事はなかった。スラムの少女は丸くなってすでに寝息を立てていた。

無垢な寝顔をしばらくながめてから玄関へむかう。こんどの帽子は鍔《つば》の小さいクラシカルなクロシェ。色が薄めのサングラスを選ぶ。日没後の装いだ。煙草に火をつけ、さきほど取り返した買い物籠を腕にかけると、玄関を出て外から施錠した。

訪れたのは夜間も営業するドラッグストアだった。蛍光灯でまぶしいほどにあかるい店内を回って食品売り場をみつけた。冷蔵棚のガラス扉を開けてパック入りの卵を手にとった。いつものスーパーで買う品と比べれば安物だが、しかたない。

「泊まっていけといったからには、朝飯くらい出さなきゃね」

支払いをすませて店を出る。街灯で照らされた夜の住宅街を歩きながら明日について考えをめぐらす。冷蔵庫にバターと牛乳があった、パンケーキを焼いてやろう。昼までにスーパーへ行って新鮮な食材を買い足す。野菜をうまく料理に混ぜこんでごまかす工夫をしなくては。だれかのために食事をつくるなんてひさしぶりだ。どういうわけか、ヒールサンダルを履いた足が軽く感じる。

アパートメントが近づいてきた。街路からちょうど寝室の窓がみえる位置で立ち止まった。サングラスをずらし、いぶかしげに目を細める。なにかがおかしい。

窓はゆっくり、音もなく開いた。小さな黒い頭が出てきてすばやく周囲を見回した。つづいて尖った肩が、細い腰があらわれた。窓枠に乗って姿勢をととのえると、壁の雨樋《あまどい》にむけてせいいっぱい片手を伸ばした。つかんだ。両手とはだしの両足をつかい、猿も驚く器用さでするすると降りていく。

ふうん。紫はさして驚かなかった。プロだね。たいした手際だ。

だが、あたしに勝てると思うなよ。

唇から煙草をとって携帯灰皿に入れる。足音を消すためにサンダルを脱いで買い物籠へしまった。靴下いちまいで路面をひたひたと踏みながら、まだ幼い泥棒を尾行しはじめた。

建物のつくる影から影へ、街灯のあいだの闇から闇へ。小さなはだしの足はまったく音をたてない。通行人の動きをみきわめ、交錯する視線をたくみにかいくぐって移動する。さすがの紫も舌を巻いた。あの歳で、あの技量。まさか歩けるようになってすぐ泥棒稼業をはじめたんじゃないだろうね。たしかにひったくり未遂のときも、ぶつかられるまでまったく気配を感じなかったっけ。

紫自身も足音を殺し、通行人にも尾行対象者にも気づかれぬようつけていく。

高級住宅街はとっくに通りすぎていた。公園を抜け駅前を通り繁華街を横切る。街灯の光がしだいに減ってきたので気づいた、行き先はスラム街だ。少女の足はがぜん速まった。やはり地の利があるらしい。

紫はスラムに住んだ経験はなかった。少女時代は裕福でなかったとはいえ、父の尽力のおかげでスラムへ堕《お》ちずに暮らしていけた。仕事についてからは収入があがるいっぽうだったのでよりよい区域へ居を移していった。とはいえ、現役時代はここへ通ったこともあった。当時の記憶は鮮明だが、あてにはならない。スラムとは地図のない場所、日々変化していく場所だからだ。

いけない、集中せねば見失ってしまう。

思い出に入りこもうとする自分を戒め、サングラスをはずす。視界が多少ましになった。ここに街灯は存在しない。月あかりが奇妙な町並みを照らすだけだ。ありし日の副都心の廃ビルがそびえるあいだをバラックの屋根が埋めている。あちこちに突き出る電柱から無数の電線が違法に引っぱられている。朽ちかけた電柱の列はかつての道幅を示している。もとは何車線もある広い道路だったのに、アスファルトや敷石は引きはがされて建材に再利用されていた。バラックの進出によって通路の幅は人力荷車がやっと通れるほどしか残されていない。

尾行対象者の警戒はゆるんでいた。せっかく与えた清潔なパジャマのかわりに、浴室のごみ箱から拾い出したもとの服を着ていた。ここは彼女の街、彼女が風景と一体になれる場所。だから少女はもうひと目を気にせず、路面の汚泥をはね散らかしながら自然体で歩いていた。商店や屋台に群がる貧相な大人たちも彼女を注視などしない。なにせ子供はたくさんいた。みな汚れきって、食うや食わずで、穴だらけのTシャツ姿で、みな少年のようにみえる。男装は自衛手段なのだろう。女の子とわかれば売られる危険がある。

それでも子供たちがスラムにとどまるのは、孤児院の環境が度を超して劣悪だからと紫は知っていた。不衛生で感染症が蔓延している。職員が食費をかすめとるため栄養状態もきわめて悪い。痩せてがりがりの子供たちをよそへ貸し出して労働させる。そのうえ虐待が常態化していた。

紫は住民たちの目につかぬよう注意しながら尾行をつづける。無用ないざこざを避けるための技術だった。

バラック街の通路を右へ左へ曲がったすえ、鉛筆みたいに細長い廃ビルのひとつにたどりついた。ビルはかすかに傾き、同じように傾いたとなりの建物と屋上のあたりでくっついて支え合っている。大きな地震がくれば周囲を巻きこみながら倒れるのだろう。ついでに火災を起こしてあたり一帯を焼き払うのかもしれない。そののち焼け跡にはまたバラックが増殖する。

少女はビルの外階段を両手両足で猿《ましら》のごとく駆けあがって三階に飛びこんだ。紫は路地の暗がりで五秒待ってからあとを追った。階段に手すりはなく段板はところどころ腐って抜けている。これでは手をつかいたくもなるだろう。慎重に三階までのぼって扉に貼りつき、耳をすます。

「パパ、ただいま」

あの子の声だね。父親がいるのか、孤児だとばかり思っていたのに。

扉は施錠こそされていたが、建てつけが悪く枠とのあいだから灯りが漏れていた。そこから内部をうかがう。視界はかぎられているものの、痣の少女の背中はみえた。パパと呼んだ大人と相対している。

目をこらし、少女とむかいあわせに立つ人物を観察する。少女と似たり寄ったりのひどい服を着た中年の男だ。さすがに靴は履いていたが両足ともつま先がぱっくり割れていた。スラムの住人の常として病的に痩せており、髪は肩先でもつれて固まっている。唇の端に安い紙巻をぶらさげていた。こけた頰、垂れた目尻に低い鼻、長すぎる顎。親子にしては似ていない。

「みて、パパ。これとってきたよ。ほめて、ほめて」

少女は汚れたTシャツの裾を誇らしげにまくりあげた。裸の胴には絹のスカーフが巻きつけられていた。ベンガラ・レッドの縁どりにホクサイミックス柄。まちがいない、寝室の衣装箪笥にしまっておいたものだ。

少女はスカーフをほどき、なかから拳大《こぶし》のなにかをとりだすと男へむけて差しあげた。死にかけた蛍光灯の光を受けて輝く。

あれは、書き物机の上に飾っておいたクリスタルガラスのぐい吞み。依頼人から贈られたお礼の品だ。エド・キリコという失われた伝統技術でつくられており、骨董としてたいそう価値がある。

なかなかお目が高いじゃないか。そういえばさいしょに狙ったのもあけび蔓の買い物籠だったっけ。

しかしスラムの男は少女をほめはしなかった。それどころか。

「こんな時間までなにしてやがった」

どなりつけざま、腕を振るって少女の頰を平手で張った。子供の体はおもちゃのように吹っ飛んで紫の視界から消えた。戦利品も弧を描いて飛び、一秒後にがしゃんと不吉な音をさせて命を終えた。きいいいいっ、と子猿のようなやかましい声がいっせいにあがったので紫はすきまをのぞく角度を変えた。

家具はひしゃげかけたパイプベッドひとつだけ。おかげで部屋はやたらと広くみえた。ベッドのそばに、やはり痩せて汚い子供たちが十人以上も固まってきいきい叫んでいた。その集団のいちばん前で、痣の少女が尻と片手をついて座りこんでいる。もう片方の手はさきほど殴られた頬にあてられていた。痣のないほうの、桜色の頬だ。

「きまりを守れない子はおしおきだな」男は鞭を手にしていた。紫は〇・二秒で扉のすきまから施錠のようすをみてとった。安手の閂《かんぬき》で内側から閉じているだけだ。つぎの三秒で買い物籠からサンダルを出して履く。太いヒールで跳びうしろ回し蹴り、闇をつんざく衝撃音とともに薄い扉はあっけなく屈した。

男と子供たちの驚愕の視線がいっせいに紫を刺した。痣の少女も口をあんぐり開けている。つけられていたとは夢にも思わなかったのだろう。

「なな、な」男はひどくうろたえたが、相手が華奢《きやしゃ》な老女とみてとると肩を怒らせて外股で進み出てきた。「なんだ、ばばあ。ここになんの用だ」

紫はかつかつかつとヒールを鳴らして汚泥の散った床を歩き、痣の少女に手を差し伸べた。

「さ、うちへ帰ろう」

「はぁああ」男は下品に語尾をあげた。そのとたん喉が嗄《か》れ、数度咳きこんで床に痰を吐いた。痰には赤黒いものが混じっている。男は手の甲で唇を拭い、闖入《ちんにゅう》者をにらんだ。「なんのつもりだ、くそばばあ。とっとと出てけ」と叫んで鞭を振りあげた。

瞬時に相手の力量を測る。栄養不良、しかも煙草の吸いすぎで肺をやられてるね。

紫の目にはスラムの男の攻撃がスローモーションにみえた。毒蛇の鎌首のようにおそいかかる鞭を最小限の動きでよけ、同時に上段の蹴りをくりだす。ヒールサンダルは男の右手の武器をたたき落とした。衝撃でよろけた男の背後にまわりこむと背中を軽く突く。ここまで〇・四秒。不健康な両膝はあっさりバランスを崩し、男は顔から倒れこんだ。

「帰ろうか」床に伏した男には目もくれず、紫は少女の手をつかんで引き起こそうとした。だが少女は縮こまって首を横に振るばかりだ。

「なぜ。ここにいてもいいことないだろ。着るものも食べるものもろくになくて、泥棒させられて、しかも殴られて」

それでも相手は拒絶の身振りをつづける。

そうこうするうちに男が体を起こした。倒れたときに打ちつけた軽微な痛みをのぞけば怪我らしい怪我はなにもないと気づいているだろうか。「むだだ。こいつらはここから離れない。出ていくわけがない。なんだか知らんが、あんたひとりで帰ってくれ」わずかだが懇願《こんがん》口調になっている。かなわない相手だと本能的に悟ったのだろう。

「パパ」痣の少女は紫の手を振り切って男の脚にすがりついた。ほかの子供たちもわらわらと男の足下に群れる。「パパ」「パパ」「パパ」「パパぁ」

「全員、あんたの子かい。どうも多すぎるようだね。しかもだれひとりあんたに似てないよ」

「血はつながってないが、おれの了みたいなもんだ。文句あるか」相手は胸を張ってみせる。着古して薄くなったTシャツに肋骨が浮き出てみえた。「みんな、赤ん坊のころ親に捨てられたんだ。娼婦やヤク中は産んだらぽんぽん捨てるからな。そういうのを拾ってきて育ててる。まるで慈善事業だろ、孤児院なんかよりずっといいところなんだぞ」と、さらにふんぞりかえる。

あんな最低のところと比べられても。「あんた、チャイルドギャングの元締なんだろ。その痣のある子は連れて帰るよ。子供に泥棒させたうえに殴ったり鞭で叩いたりする男のところへ置いてはおけない」

「痣」男ははじめて気づいたように紫の顔を凝視した。「ま、まさか。親戚なのか」

なにをいまごろ。ずいぶん間の抜けた男だね。「ちがうよ。さっき会ったばかりだ。あれはあたしんとこから盗んだんだよ」部屋の隅に転がっているあわれなぐい呑みの残骸と、ガラスの破片まみれになった再起不能のスカーフを指す。「もったいないことしたね、せっかくあの子が高価な品を持ち帰ってきたのにさ」

元締はしばらく紫と少女の痣を交互にみつめていたが、やがて荒れた唇から脂《やに》で染まった歯列をむき出した。上の中切歯《ちゅうせつし》が二本とも欠けていた。「連れてってもいいが、金しだいだな」右手を突き出す。手のひらの黄色さに紫は黄疸《おうだん》を疑った。

「パパ」痣の少女のかすかな声を、紫は聞き逃さなかった。少女は顔を青ざめさせ、歯をかちかち鳴らし、こぼれそうなほど両目を見開いて父と呼んだ男を凝視している。

紫は少女を振り返った。「そうだよ。あの男はおまえを売ろうとしている」ワンピースのポケットから財布を出しつつ、元締にむきなおる。「名前は」

「え。おれのかい」

つくづく阿呆な男。「あの子のだよ」

「名前なんか、つけてねえ」

「じゃあ、歳は」

「十一だ」

「名前もないのに歳はわかるんだね」

「雌なら淫売宿に卸すからな。だがあんな面《つら》じゃ、卸し先をみつけるのも苦労しそうだ。ここであんたに売っとくことにしたよ」

ひさしぶりに紫は身のうちから噴きあがるような怒りをおぼえた。財布を開き、現金をすべて引き出すと元締の黄ばんだ手に叩きつける。

「へへっ」相手は下品に笑って札を数え、ズボンのポケットに押しこんだ。「金持ちだな、あんた」

男を無視し、紫は痣の少女の手をとった。「帰ろう。おまえはもう自由だ」

紫に助けられて、少女はようやく立ちあがった。顔色はまだひどく青く、膝が笑っている。歯が鳴りつづけてことばも出せない。

「さあ、行こう」少女の肩を抱き、扉まで導いていく。その背中に元締が声をかけた。

「待った。あんた、金あるんだろ。ほかの子供らも身請けしないか。まとめて買うなら安くしとくぜ」

紫は振り返りもしなかった。「慈善事業じゃないんでね」痣の少女を抱きかかえながら扉を抜ける。危なっかしい階段を下り、ふたりでスラムの闇にまぎれていった。

＊＊＊

　パンケーキづくりの手順は体に染みついていた。父が母から習い、自分は父から習った。子供のころ、休日の朝食はきまってこの料理だった。特別な道具がいらず、どこにでもある廉価な食材で満腹になれる。おまけに心も満たされるやさしい味だ。

　卵を割る。卵黄と卵白は別々にふたつのボウルへ分け入れる。卵黄のほうのボウルに砂糖と植物油を加えてよく混ぜる。小麦粉とベーキングパウダーをいっしょにふるい入れ、さっくりと混ぜる。いっぽう卵白は、砂糖を加えてメレンゲになるまでしっかり泡立てる。ふたつのボウルの中身を合わせてパンケーキ種をつくる。フライパンを熱してバターを入れ、種を落として丸く焼く。両面がきつね色に焼きあがったら白い大きな皿に重ねていく。積みあげたパンケーキのてっぺんにバターの塊を載せ、流れるほどに糖蜜をかける。

　ダイニングテーブルにはすでにミルクピッチャーとグラス、取り皿とカトラリー類がならんでいた。中央にパンケーキの大皿を置くと寝室に声をかけた。

「おいで、朝食だ。育ち盛りなんだからしっかりお食べ」

　返事はない。

　開け放した扉を抜けて寝室に入る。床に膝をつき、ベッドの下をのぞいた。昨夜、帰宅するとすぐ少女はこの場所にもぐりこんでしまった。好きにさせておこうとあえてほうっておいたのだが、さすがになにか食べさせるべき頃合いだ。

「出ておいで。腹が減ったろう、うまいものをつくったよ。おまえのきらいな野菜じゃないから」

返事はない。紫は数拍置いてから、静かにこういった。

「捨てないよ」

ひゅっ、と息を吸う音がベッド下の暗がりからきこえた。

「あたしは、おまえを捨てない。ぜったいに捨てない。さいごの一日までおまえといっしょにいてやるよ」

ベッドの下から少女が顔を半分のぞかせた。何度もうちすえられたあげく絶望した獣のような目が老女にむけられた。

その視線をまっすぐ受けとめながら。「ごらん、この痣」紫は自分の左の頰を指す。「おまえの痣とそっくりだ。ひとめみたときから、あたしは運命的なつながりを感じていた。ひょっとしたら前世で会っていたのかもね。だから、おまえを捨てない。ずっとおまえを守る。信じてくれるかい」

しばらく無言の時間が流れたあと、ようやく少女は隠れ場所から這《は》い出てきた。首だけあげて床にうずくまる。痣のないほうの頰は紅潮している。

「信じて」紫は相手の両目を一心にのぞきこんだ。少女の深いブラウンの瞳は痣のある老女の顔を映している。

命名の儀式の時間だ。紫はそう感じた。

「おまえの名は、桜にしよう」桜色の頬に触れる。この孤児の記憶にしみこむように、空白の十一年を埋めるように、ゆっくり発音する。「さ、く、ら。どうだい、いい名前だろ」

「さ、く、ら」少女はか細い声で復唱した。

紫はうなずくと、立ちあがって居間へ行き、簞笥から65リストと筆記具をとって戻ってきた。少女のそばの床に紙片を広げる。「いいかい、これは生きているうちにやりたいこと、やるべきことを書くリストだ。あたし自身への聖なる誓いだ」

~~稼げる専門職につく~~
~~引退して優雅に暮らす~~
六十五歳までに有り金ぜんぶつかいきる

筆記具を揮《ふる》ってさいごの項目を消す。相手が文字を読めなくてもわかるように、声に出しながら余白に書き加える。「桜に、稼げる専門技術を、伝える」

紙片を指しながらほほえんでみせた。「稼げる専門技術といっても泥棒じゃないよ。違法といえば違法だが、客から感謝されてたんまり金のもらえる仕事だ」こっちからあいつに電話して、きのうの依頼を受けよう。老兵は前線に戻るんだ、新米に背中をみせるために。

桜と名づけられた少女は体を起こした。手を伸ばし、紫の痣のあるほうの頬をそっとなでた。指先が深い皺をなぞる。

「すてないで」少女ははじめて涙をみせた。「もう、すてられるの、いや」あふれた涙は朝露のように頰を転がり、顎から膝へ落ちる。

「捨てないよ」紫は少女の薄い肩に両手を回した。少女の小さな手も老女の背中に回された。

「命つきるまで、けっして」

ふたりはそのまましばらく抱き合っていた。テーブルの上ではパンケーキがゆっくり冷めながら、食べられるのを待っていた。


この過密都市トーキヨーで一戸建に住む者は全世帯の〇・一パーセントもいない。

依頼人の家を高い塀が囲んでいた。塀の上からきれいに剪定《せんてい》された庭木の枝がのぞいている。紫と桜はならんで門の前に立った。背後から夏の午後の太陽がふたりの背中をあぶり、門扉《もんぴ》にくっきり影を落としている。桜にはいま紫が着ているものとよく似た子供用ワンピースを買い与えていた。帽子、サングラス、アクセサリ類も。紫は現役時代に愛用していた真紅のダレスバッグを右手に提《さ》げている。左手は桜の手を握っている。

用件を告げて門を入ると、まず出迎えたのは使用人だった。

庭は小さいながらよく手入れされていた。庭木の姿はととのえられ、敷石は掃き清められ水が打たれている。木陰に入れば奇跡のように涼しかった。金のかかった拵《こしら》えに臆するようすをみせない桜を、紫は頼もしく思った。忍びこみ慣れているだけかもしれないけどね。

「お二階へどうぞ」

古風な上がりかまちは膝までの高さがあった。使用人に導かれて無垢材の階段をのぼる。金持ちが将来に備えて自宅にスロープやエレベータをつける風習はすっかり廃れていた。

「奥さま。おみえになりましたよ」

ふたりが通されたのは広い居間だった。床にも壁にも天井にも天然木を贅沢につかっている。なんと窓枠まで木製だ。あの板ガラスの薄さ、前時代の骨董品ではないのか。高価な調度を見慣れた紫もさすがに目を細めた。

天然皮革のソファに座っていたのは、三十代とおぼしき丸顔の女性。そのとなりによく似た丸顔の幼女、五歳くらいだろうか。母親のほうがはじかれたように立ちあがって紫らを迎える。

「お待ちしておりました。東雲《しののめ》先生のご推薦のかたですね」

「東雲とは長いつきあいでね」帽子とサングラスをとる。つぎの瞬間、相手は驚愕の表情を浮かべる。見慣れた反応だ。痣は畏怖《いふ》の念を引き起こし、仕事にいい効果を与えると気づいてからは積極的に利用していた。

丸顔の女性は急いで笑みをつくった。もちろん大人は痣について指摘などしない。「東雲先生からはいろいろうかがっています。母をおまかせできると感じましたの。ところで、こちらは」桜に目をやる。

「養女だ。弟子はとらない主義だったが、筋がいいんでね。見学させる」

「よろしく、おねがい、します」少女は教えたとおりにあいさつし、帽子とサングラスをとった。髪はいきつけの美容室で紫と同じかっこうにしてもらっていた。

女性の顔にまた驚きが走った。痣のつながりに気づいたのだろう。納得したように「こちらこそ、よろしくね」といってから居間の奥を振り返った。「お母さま」

奥の扉が開いた。続き部屋から老女があらわれる。黒々と染めた髪は頭上で高く結ってラメのターバンを巻いている。自宅にいるのに隙のないメイクをし、極彩色のイヤリングとネックレスを身につけている。ぴったりした黒いスパッツに包まれた脚ははっとするほど長くかたちがよかった。

老女はモデルのような足運びでソファまで進み出た。「東雲先生がぜひにと、おっしゃるから」といいつつ客に視線を投げる。その直後、口を開けて数秒、固まった。そしてわななく指で紫を差した。

「そ、そ、その痣」声のあいまに歯がかちかち鳴る。「忘れもしない、忘れるものですか。は、は、帚木《ははきぎ》。帚木紫」

東雲のやつ、名前くらい伝えておいてくれればいいのに。医師としての腕はたしかだが、むかしからどこか抜けたところのある男だった。「はて。お会いしたことがありましたかね」

「ありましたかね、ですって」老女は拳を握りしめて紫に近づいた。身のこなしは若い女のように軽やかだ。「忘れたなんていわせない。三十二年前の、あの日」

「お母さま、落ちついて」娘がなだめようとするも、老女はとりあわない。

「三十二年前、全国格闘舞踊競技会A級戦決勝。場所は九段下のニポーン武道館。ここまでいえば思い出してくださるかしら」

「ああ」紫は両手を打ち合わせた。「あのときの」

「わたくし、決勝まで進んだのははじめてでしたの」老女は興奮のあまり肩を震わせていた。

「けっきょく、四十点満点であなたが優勝をさらっていった。わたくしはリベンジを誓ったのに、以後あなたの姿は格闘舞踊の世界から消えた」

「引退したんだ。なんでも早めに引退するのが好きでね」

老女はアイラインを引いた両目をつりあげた。「おかげさまで、わたくしの65リストには未完の項目が残ったままなのよ」ソファに腰を落とすとスパッツのポケットから小さな革表紙の手帳をとりだして開き、紫に突きつけた。ほとんどの項目は線を引いて消されていた。唯一残っていたのは。

帚木紫に勝利する

紫は鼻から息を吐き、となりでおとなしく立っている桜の頭をなでた。復帰のしょっぱなから個人的な因縁ありの案件とは。もっと一般的なやつをみせてやりたかったのに。いや、個人的因縁があるからこそあたしに回したのかも。食えないね、あの男は。

「あの、どうぞお座りになって」おずおずと娘がソファを勧め、使用人に紅茶を命じる。帰られては困る、と目が訴えていた。

桜とともに患者と差しむかいのソファに腰を落ちつける。ダレスバッグをそばに置く。「あたしはきょう、仕事するためにやってきた。私怨はいっとき忘れて、話をきかせてほしい」「お母さま」娘がうながす。老女はため息をつくと使用人が運んできた紅茶茶碗を手にした。「話すことなんて、ひとつしかない」茶碗の中身をすする。少しは落ちついたようだ。「わたくし、もうすぐ六十四歳なのよ。再来週が誕生日」

紫はうなずいた。もっとも不安が高まってくるころだ。

「だって、腹が立つじゃない」老女は茶碗を置いて立ちあがった。テーブルとソファのあいだに片足で立ち、華麗に一回転してみせる。まっすぐ伸びた姿勢にぶれはない。技術点十九芸術点十八、と紫は判定した。まだまだ格闘舞踊の大会にだって出ているくらいなのに。「こんなに元気なのに、どうして、どうして」そこで声がとぎれた。眉の両端がさがり、額に八の字の皺ができた。唇が震えた。両手で顔を覆ってソファにくずおれる。娘が心配そうにその肩を抱いた。老女の訴えがくぐもってつづく。「どうして、六十五歳になったらぜったいに死なきゃならないの」

口調や表情はそれぞれだが、すべての患者がいちどは口にする台詞だ。

紫はちんまり座っている孫娘に目をやった。「なぜ来年おばあちゃんが死ぬのか、嬢ちゃんはわかっているかな」

幼女は無邪気なようすで首を傾けた。たいてい、就学前の子供はことの経緯まではきかされていない。桜もきっと知らないだろう。いい機会だ。

「じゃあ、嬢ちゃんがわかるように話そうか」煙草を求めてポケットに手を入れたが、幼児がいるので思いとどまった。そもそもこの家に喫煙者はいないらしい。匂いでわかる。裕福な旧家では前時代の禁煙の習慣をいまだに守っていたりするものだ。「百年ほど前。世界は人間が多すぎて、食べものや住む場所や燃料やいろんなものがなくなりかけていた。そこで世界中の国々の代表が集まって会議を開き、人間の数を減らす方法を話し合った。方法は二種類あった。生まれてくる人間を減らすか、死ぬ人間を増やすか」

つまり、世界への入口をせばめるか出口を広げるかだ。

「生まれる人間を減らすには、女のひとが子供をはらむ可能性を減らせばいい。死ぬ人間を増やすには、老いた人間が早めに死ぬようにすればいい。はたしてどっちにするべきか」

紫は天井をみあげた。十字型の大きなファンがゆっくり回っていた。手は間断なくポケットの煙草入れをまさぐっている。「みんなが納得できるように多数決できめた。結果は、死ぬ人間を増やすほうが勝った」

その決議では各国が平等に一票ずつを投じた。ところで国々の多くが発展途上国であり、平均寿命は短かった。今後の労働力となる赤ん坊を減らすのは困るが、たとえば六十五歳以上の老人が一律に死んだとて状況はほとんど変わらないとかれらは考えたのだった。

よくあるかんちがいだ。平均寿命は、大多数の人間がその年齢で死ぬという意味ではない。

「そのあと頭のいい科学者たちが、新しい病原体をつくって世界中に撒いた。ほどなく全人類が感染した。ひとたび感染すると六十五歳までしか生きられない。その性質は子供にも受け継がれた」

厳密にいえば六十五歳の誕生日ぴったりに死ぬわけではない。ウイルスベクターが人類の生殖系列細胞に注入した致死遺伝子はテロメアの長さを測っているので、人生の残り時間のカウントはかなり大まかだ。それでも九五パーセントの人間が誕生日の前後半年以内に死亡する。八ヶ月以内で一〇〇パーセント。当時の科学者たちはひじょうに優秀だった。

「唯一の救いは、死ぬときまったく苦痛がないところだね」

すると患者の孫はあどけなく首をかしげて鋭い質問をした。「おばちゃま、しんでみたの」

紫は思わず苦笑した。「あたしはまだ死んだことないよ。だけど、苦しんでいるかどうかはみていればわかる。いままで死んでいったひとたちはみんな安らかにほほえんでいたんだ」

傍証だけでなく明確な根拠もある。致死遺伝子は発現と同時にエンドルフィンを放出するよう設計されていた。自然が与えた脳内麻薬様物質のおかげで苦痛どころか幸福感に包まれて昇天できる。このしくみは医療関係者のあいだで慈悲のトリガーと呼び習わされていた。

「ねえ。まだ終わりじゃないでしょう」患者はようやく落ちつきをとりもどして、孫のやわらかな髪をなでていた。「その先。なぜ65リストが生まれたか、なぜあなたのような職業が存在するのかも、この子に話してやってくださらない」

これまた、桜にきかせるいい機会だ。「それで、国のえらいさんがたは考えた。六十五歳でかならず終わってしまう人生をできるだけ有意義にすごすため、人生の目的を考えさせる授業を学校でやったらどうだろう。こうして65リストが誕生した」養女に目をやった。この政策は学校に行けない子供たちをとりこぼしている。いや、無視している。

「だが、65リストだけでは死にゆく人間の心を救えなかった。たとえ苦痛がないと知ってはいても、死を前にしてひとは迷い、恐れ、後悔する。そんなひとたちを支えるのがあたしたちの役割だ」紫は自分の胸に手をやった。「いまのところ国から認可されていないので法律の範囲外にある。だからひとはあたしらを非合法医と呼ぶ」

しかし東雲のような合法の医師もときに非合法医を頼りにするのだった。

「死の恐怖を専門に癒やすお仕事は帚木先生がさいしょにはじめた、と東雲先生からうかがいました」患者の娘がいった。

「そうらしいね」紫はいっときむかしを思い出した。しかし、この変わった職業を思いついたきっかけまで披露する必要はないだろう。「何年かしたらまねする連中がいっぱいあらわれたよ。そのうち淘汰されていったが」

「あのう」娘は遠慮がちに問う。「その、帚木先生は無免許医なのでしょうか」

「同業者には医師免許のないやつもいるよ。だって非合法だから免許なんて関係ない。だが、東雲からきいていると思うけどあたしはちゃんと国試を通った。何年か合法の仕事もしていた。そこは信頼してくれていい」

相手は安堵の表情をみせた。当人から直接ききたかったのだろう。

「さて。それでは施術をはじめようか」治療といわないのは紫のひそかな矜持《きょうじ》だ。これは医療行為ではない。

ソファに座りなおす。となりには桜がいる。そっくりな痣のあるふたりがならんでいるところは患者らにとってさぞかしインパクトのある光景だろう。「六十五歳で死ななきゃならないのは、みんな同じ。あんたもあたしもだ」

「知ってるわよ、そんなの」患者はテーブルに置いた手帳に目を落とす。「やり残しがあるうちは、死ぬに死ねない。でも、きょうは神さまがくれたチャンス」と叫ぶとまた立ちあがった。ほんと、じっと座っていられない女だねえ。

「帚木紫、尋常に勝負しなさい」試合開始の口上を唱えて構えをとる。

藪雨《やぶさめ》の構えか。A級戦ファイナリストにふさわしいな。一瞬、武道館の八角形の闘技場が懐かしく脳裏をかすめる。歓声、ついで静寂、真剣勝負。切れ味のよい技の応酬。審判の旗があがる。

しかし紫はソファの背に体をあずけて微笑した。「なんだい、こんなところで。だいいちあたしはずうっと前に現役を退いたんだ。いまはただのばばあだよ、そんなのに勝ってうれしいかい」格闘舞踊の技術を実戦に応用していることは伏せておく。

「じゃあ、どうすればいいの」老女は膝を崩してソファに戻った。両手で顔を覆う。「リストが完了できない。これじゃ未練が残っちゃう」

やっぱり65リスト政策は完璧じゃないね。

この方法がどのていど人生の質の向上に貢献しているのか定量した研究はない。紫の現場感覚ではむしろ問題を深くしている。もっとも、紫に回されてくるのは合法医が匙《さじ》を投げたケースだから偏りはあるだろう。

「もういちどいうが、あたしとあんたは施術者と患者。いったん過去は忘れて」ソファを立つ。娘が空気を読んで母親のとなりを空《あ》けてくれた。紫は空いた席へ座って患者の肩に手を置いた。「どんな感じだい。問題があるから東雲のクリニックへ行ったんだろ」

「よ、夜、眠れない」老女は顔を覆った手のすきまから声を絞り出した。むかしのライバルにすら頼りたいほど深刻なのだろう。「心臓には問題ないはずなのに、胸が痛くなる。たくさん汗が出て喉がからからになる。ちょっとうとうとしたと思ったら、いやな夢をみてすぐに跳ね起きてしまう」

「寝室から叫び声がするんです」娘がいいそえる。「この子も目を覚ますくらいに」と幼い少女をみやる。

それは心配だろう。「どんな夢」

「はっきりおぼえていない。だけど、いつもさいごはなにか黒くてぼやっとしたものに体を少しずつかじられて、つま先も残さずきれいに食べられてしまうの」

患者の背中をなでてやった。永遠なる消失、無への恐怖か。よくある症例だ。ならば、この患者への対処は。

桜のとなりの席へ戻り、真紅のダレスバッグを開いた。患者も、患者の家族も、桜も紫の動きを注視している。視線の圧力には慣れていた。いわば、ここは舞台で自分は役者だ。落ち着き払った態度で鞄から紙をいちまい出す。

「トリノコ紙」と、口上をはじめる。「その色、鳥の卵のごとし。ゆえにトリノコと呼ぶなり。紙肌なめらかにして書きやすく、性堅くして久しきに耐え、これ紙の王というべきか」つづいて鞄から硯《すずり》と墨と緑磁《りょくじ》の水滴を出した。「この水は夜明けの草の葉に宿った露を集めたもの。ゆえに地の汚れを知らない」硯の陸《おか》へ硬貨ほどの量を出す。ななめにすり減った墨の頭をつけて前後に動かしはじめる。「幼子のように、手弱女《たおやめ》のように。あるいは墨の重みだけで」水はみるみる黒くなり、粘度が増していく。「ほおら、香りが立ってきた」全員が熱心に紫の手元をみつめていた。そうだ、よくみて記憶に焼きつけるがいい。こんな道具をつくれる職人ももういないのだから。京橋の骨董店の片隅でみつけたときには躍りあがったものだった。墨をすり終えると筆を出し、墨を含ませ。「むん」と気合いを入れてからひと息に書いた。

なかきよの　とおのねふりの　みなめさめ　なみのりふねの　おとのよきかな

「よい夢をみるための祭文《さいもん》である。なお回文になっている」とおごそかに述べる。「しかし、これだけでは完成しない。娘さんとお孫さん、ちょいと手を片方ずつ、貸してくれないかね」ふたりが手を出すと、紫はそれぞれの薬指の腹に墨を塗った。「無名指とも呼ぶ。癒やしの力を持つだいじな指だからね、名前を隠して邪悪な存在から守っているんだよ。名を知られると呪われてしまうから」ふたりの指紋を祭文のそばに捺《お》した。墨が乾くと紙を舟のかたちに折った。「枕の下へ入れなさい。悪い夢から守ってくれる。これでおおかただいじょうぶだが、万がいち悪夢をみてしまったばあいの呪文を授けておこう」

バククラエバククラエバククラエ

「唱えれば悪夢は消える。では、これにて。見送り無用」

紫は桜の手を引いてソファから立った。施術が終われば退出はすみやかに。患者宅で茶などいただきながらだらだらと雑談をしていると効果が薄れる。

門を出ると街に夕陽が落ちようとしていた。まず紫は煙草を出して火をつけた。煙を深々と吸いこんでから、桜と舗道を歩き出した。

「今回は急ぎの件だったからしかたないが」紫は弟子に語りかける。「依頼から施術日までに時間があるばあいは、患者とその周囲をしっかり下調べしておくのが鉄則だ」

「したしらべ」少女はサンダルを履いた足をちょこまか動かして老女から遅れまいとしていた。

「仕事は。趣味は。家族構成は。友人関係は。宝物はなにか、苦手なものはあるか。くれぐれも相手に気づかれないように嗅ぎ回るんだよ。むかしの言い方をすれば探偵さね」

「たんてい」

「桜はそういうの得意だろ」

弟子はうなずく。表情はどこか自慢げである。

「そうやって得た情報から施術方法を考える。きょうは、さいわいわかりやすかったね。依頼してきたのは娘で、孫もいた。このふたりが鍵だ」桜を見下ろす。「死への恐怖を消すにはね、薬だけじゃだめなんだよ」

まだ合法医であったとき思い知った。どんな抗不安薬も効かない患者がいた。ある日、東雲が新しく入手したばかりの薬の効能を自信満々で患者に紹介しつつ、うっかり名前の似た胃薬を処方してしまった。不思議にも、抗不安効果などないはずの錠剤が患者の恐怖をやわらげたのである。それがヒントになった。

「墨をする儀式や祭文や呪文はもっともらしさを出すための飾りにすぎない。患者の恐怖の本質とは、消失の恐怖。だから彼女の遺伝子はこれからも連綿とつづいていくのだと印象づけて、施術とする」

「れんめん、ってなに」

「とぎれなく長くつながっていくようすだよ」紫は養女にたいしむずかしいことばを躊躇《ちゅうちょ》なくつかうときめていた。わからなければ質問せよとも言い含めていた。

「いでんし、ってなに」

「体の設計図だ。親から子へ受け継がれる」

「おもいでは、うけつがれないの」

紫は微笑して頭を指した。「それはここにしまわれていて、口から出ていってひとの頭に入るのさ」

「ふうん」と納得してから。「きょう。いくら、もらったの」

「たんまりもらったよ」紫は破顔した。「金のあるやつからしこたまとるのが早く金持ちになる秘訣だ」

と、行く手の街路樹の下に見覚えのある男が立っていることに気づいた。濃紺の帽子、水色の半袖シャツに濃紺のスラックス。腰まわりに黒い革帯を巻いて伸縮警棒を吊っている。

「よお、帚木」制服警官は右手をあげた。くわえ煙草が動いた。「ずいぶんひさしぶりだな」

「菰野《こもの》かい」紫は両切り煙草を大きくふかした。「もうすっかり中年じゃないか。老けちまったねえ」

「老けたのはお互いさまだ」警官は路面に灰を落としながら近づいてきた。汗を吸った制服には皺ができている。真紅のダレスバッグを顎で差すと。「その鞄持ってるってことは、稼いできたんだろ。分け前をよこしな」

紫は養女に顔をむけた。「あの手の小物はね、金を払って遠ざけておくんだよ。まともに相手する時間がもったいない」

「小物っていうなよ」だが菰野はさしていやがるようすもなく、色の悪い唇に煙草をくっつけたまま笑っている。

紫も煙草をくわえたままで、ダレスバッグからもらったばかりの熨斗《のし》袋を出すと紙幣を何枚か抜いた。「ほらよ。ほんっと、あんたら腐ってるね」

「まいど」悪徳警官は下品に笑いながら受けとった紙幣を小さく折りたたみ、制服の胸ポケットにつっこんだ。「非合法活動で荒稼ぎしている輩に腐ってるなんていわれたかないな。おれは富の再分配ってやつを実行しているだけよ」フィルター近くまで吸った煙草を投げ捨て、手を突き出した。

紫は顔をしかめ、ポケットから銀の煙草入れを出して一本わけてやった。火も貸してやる。

「やっぱりいい煙草吸ってやがるな」菰野は両切り煙草を無遠慮にふかした。「じゃあまたな。死ぬまでしっかり稼いでくれよ」背中をむけ、手を振りながら去っていく。

「こもの」桜は舗道の上で煙をあげる吸い殻をながめていた。「のしちゃえば」紫をみあげて首を傾ける。

「のしちゃうこともできるがね。警察の人間に手を出すとあとあとめんどうだから、やっぱり金で解決するのがいちばん楽だよ。おぼえておきな」

「はあい」桜はまだ菰野の背中を見送っている。

なにせスラム育ちだ、警官に恨みがあるのかもしれない。だがこの世界で腐っているのは警官だけではない。

「さて。スーパーで買い物して帰るか」紫は桜の髪をなでた。「今夜はごちそうにしよう。なにがいい」

「パンケーキ」少女はぱっと顔をあかるくする。紫は思わず苦笑した。

「お嬢ちゃん、お名前は」老婦人は薔薇色の頬をしていた。加齢による基礎代謝量低下のため全身にまんべんなく脂肪がついてしまっているが嫌らしい太りかたではない。ととのった目鼻立ちから往時の美しさがうかがえた。

「ははきぎ、さくら」

自然にいえるようになったな、と紫はとなりに座る養女を見下ろす。もう名前をひらがなで書けるし、そろそろ漢字を教えてやるか。「リストには未完の項目がずいぶんあるね」スケッチブックのオリーブ色の表紙を閉じると、ソファから身を乗り出してテーブルのむこうの患者に返す。

六十四歳の老婦人は小ぶりのスケッチブックを抱きしめた。「やりたいことがありすぎて。でも、ぜんぶすませるだけの時間はなさそうよね」客間の時計が柱の上から午後三時を打った。「まいにちまいにちリストをながめて、あれもしなくちゃ、これもしなくちゃとリストに書き足して、そのたび立ったり座ったり電話をかけてみたりそわそわしっぱなし。ひとときたりとも気が休まらないの。寝ているときも夢にみるし、さいきんは食事も楽しめなくて。おいしいものは大好きなのに」淡い桃色の口紅を塗った唇からふうっと息を吐く。

紫は神妙な表情を浮かべてうなずいた。こういうタイプは比較的やさしい。晩年にむけてリストの項目が増えていくのは不安のあらわれだ。数を増やすのは自分へのごまかしにすぎないので、ひとつでも達成できれば恐怖は消える。「優先順位はつけられるかい」

「それができないから困っているのよ」患者はふっくら白い右手を顎にあてた。「いちばんしたいのはなにか、考えすぎてもう自分じゃわからなくなってしまったの。それで、あの有名な帚木先生にご相談したくて」

「それならば」真っ赤なダレスバッグを開けた。「御玉子さまにうかがってみようかね」とりだしたのは手のひら大の小箱だ。宝石箱のように黒いベルベットで覆われている。かまぼこ形の蓋を開けると、やはり黒のベルベットでふんわり囲まれた卵が入っていた。鶏卵ほどのサイズで殻はクリーム色だ。

「これが。おたまご、さま」老婦人は語尾をあげる。

「ニジェール川のほとりに住むたいそうめずらしい鳥、コンジキカンムリサイチョウの卵だ。現地では予言する鳥として知られている。しかもこれは有精卵」箱から卵をつまみあげて患者にそっと手わたす。「気をつけて。ひどく高価なんだ、うっかり割らぬように」

老婦人は慎重な手つきで受けとった。「そんな貴重なものを、そんな遠くからどうやって」

紫は口の端を持ちあげた。「たいへんだったよ。手に入れるまでにふたり死んでる」

相手は顔を青くした。

「有精卵だから、アフリカからここへ船で運ばれてくるあいだに若干だが発生が進んでいる。つまりその卵には生きた雛が入っているんだ。あなたのリストのうちいちばん重要なものはどれか、コンジキカンムリサイチョウに質問してみるのだよ」

つづいて鞄から紅茶の受け皿くらいの皿も出し、テーブルに置いた。「手順を説明しよう。水平な場所に皿を据え、その上で卵を立ててみるんだ。そのあいだ、あたしがリストの未完項目を読みあげる。卵が立ったとき読みあげていた項目が、御玉子さまの選んだものだ」

「卵を立てるなんて、むずかしそう。わたくしにできるかしら」

「あなたが立てるのではない。御玉子さまが、いや予言する鳥がみずからの力で立つのだよ」

「そうなの。よかった」患者は安堵の笑みをみせ、紫にスケッチブックを手わたした。「お願いします」

じつは、卵は根気さえあれば立てられる。卵殻表面に微細な凹凸《おうとつ》があるためだ。より立ちやすくするため、皿の表面にはこれまた微細な凹凸が加工されている。長いリストを何周か読みあげるうちに一度くらいは立つのである。

雰囲気を盛りあげるため、紫はテーブルの四隅で香を焚いた。ほどよく煙がたちこめてからスケッチブックを開く。「では、はじめようか。一、初恋のひとを探し出したい」老婦人は真剣な顔つきで皿に卵を立てようとする。そのようすを桜がこれまた真剣な顔つきでみつめる。見学中の直弟子らしく必要以上にしゃべらず、かつ威厳と神秘性をもって、と教えたとおりに実行できていた。

リストが半分ほど進んだころ、客間の外でなにやら騒ぎが起こった。「いけません、義人《よしひと》さま。奥さまはお取りこみ中です」

「通してください」扉が勢いよく開いた。「おばさま、待って。それは詐欺だ」

飛びこんできたのは息を呑むほど美しい青年だった。患者と目鼻立ちがよく似ている。

紫は闖入者をながめた。若いころはこういう男がいちばん苦手だった。だが年齢を重ねたいまならあしらえる。「出ていきな。施術に他人が口を出しちゃならない」彼の存在は桜から報告を受けていた。だがあくまで知らないふりをする。

「他人じゃありません。ぼくは甥《おい》です」青年は額に落ちた長い髪を払うと患者の前にひざまずいた。「ねえおばさま、だまされないで。ぼくはいろいろ調べたんだ。非合法医ってのは医者じゃない。法外な金をとっていんちき治療をする詐欺師だよ。いってることはみんなうそっぱち。外で立ち聞きしてたけど、それだって、ほら」患者の手から卵を奪いとって、皿の上で割ってみせる。

つるんと黄色い卵黄が盛りあがっていた。

「ただの鶏卵だ。無精卵だよ。そもそもコンジキカンムリサイチョウなんて鳥はどこにも存在しないんでしょう」紫を振り返る。かたちのよい眉の下の両目はこの若さに特有のまっすぐな正義感に満ちていた。

桜が不安げにみあげてくるが、紫は冷静な態度を崩さない。

すると。「あら、義人さん」患者は薔薇色の頬にえくぼをつくった。「そんなの、もちろん知ってたわよ」

「え」

「治療の内容が嘘かどうかなんて、どうだっていいの」患者は甥とともに入ってきた使用人に合図を出した。使用人は生卵の載った皿をさげた。「先生を信じたいのよ。信じれば、迷いから解放されて楽になれるから」

「え。ええっ」青年は白い顔をますます白くする。

「失礼いたします」使用人が戻ってきた。さきほどの皿はきれいに拭きあげられている。片手には六個入り鶏卵の紙パックがあった。「奥さま、これでよろしいでしょうか」

「ええ、ありがとう」使用人をさがらせると甥にほほえみかけた。「いいのよ、お金がかかっても。だって帚木先生はわざわざうちへ足を運んで、わたくしに合った治療方法を考えてくださるんですもの。相応のお礼はしなくちゃね。義人さんの気持ちはありがたいけど、どうかじゃましないで」

「メタプラセボ効果だよ。偽薬と知って服用してもちゃんと効くんだ」紫は青年に視線を投げた。「あんたの65リストには、きっとこう書いてあるね。正義をつらぬく、って」

「な、なぜそれを」

「伊達にこの仕事を長年やっちゃいないから」紫はソファの背にもたれた。「あんた、この先の人生はまだまだ長いんだ。正義の意味ってなんなのか、いちどとっくり考えてごらんよ」

青年は顔を白くしたまま両の拳を震わせた。しかしことばを返さず、もういちどだけ伯母をみやると部屋から出ていった。香の煙がかすかにゆらいだ。

時計が三時半を打つ。

「さあ、先生。つづきをやりましょうよ」患者は往年の美女の笑みをみせ、紙パックからクリーム色の卵をひとつ出した。パックの表面には平飼い地鶏卵と印字されていた。

最上階のレストランの予約済テーブルにはすでに東雲がいた。

「待ったかい」

「いや、ぼくもいまきたところ」

という会話をかわすあいだに給仕が椅子を引いた。翡翠《ひすい》色をしたエナメルのハンドバッグを置いてから座る。席からはトーキョーの夜景が一望できた。

「白いドレスか」東雲はいつものように紫の装いをほめた。「やっぱりきみは白が似合うな、もう白衣は着ないんだろうが」彼自身は麻の三つ揃いを着ていた。若いころよりだいぶ腹が出てベストのボタンを押しあげている。すっかり銀色に変わったあごひげはきょうもみごとに刈りそろえられていた。

ソムリエがボトルからワインを注ぐ。ふたりはグラスをかかげた。「乾杯」

さいしょのひと口で喉を湿してから東雲がきいてきた。「桜ちゃんはどうしているの」

「夕食はつくって置いてきた。出るときは、漢字の書き取りをやってたね。ようやく五年生の内容に追いついたところだ」

「そりゃ、早いなあ」東雲は感嘆の声をあげる。「算数はどうだい」

「書き取りよりは好きなようだね。法則性があるから」

「漢字は、暗記しちゃだめだっていってやれよ。表意文字だから法則性があるんだし」

「そうだね。ありがとう」ワイングラスを唇にあてる。勉強は期待以上のペースで進んでいる。栄養バランスの必要性を理解し野菜を食べるようになった。髪や体を清潔にする習慣も、掃除や料理の基本も身についた。床ではなく、納戸を改装した寝室のベッドで寝るようになった。スラムの子猿だったころとは大ちがいだ。だが。

前菜がきた。甘海老とアボカドのタルタルをつつきながら会話がつづく。

「養女か。いいな、にぎやかそうで」東雲はフォークを止めて窓の外をみた。「ぼくはようやくひとり暮らしに慣れてきたところだよ」

「もう三年になるかね、奥さんが亡くなって」

「年上の女と結婚したら先立たれるのは自明」相手はまた視線を料理に戻した。「あの日はたまたま自宅にいたんで、看取ってやれた。患者をなんどもみたから知ってたけどさ、あんなに満ち足りた顔で逝《い》くんだね」

紫はうなずいて海老を口に含む。ローズマリーの香りがふわりと鼻へ抜けた。父が死んだ日を思い出した。あのときも父は笑顔でいったのだった。おまえは世界一かわいい女の子だよ。おまえと暮らせてわたしはしあわせ者だ。

「それが重々わかっていても、やっぱり死は怖いんだね。おかしなものだね人間って」

飲みこんだ海老が食道のあたりで止まるような感覚をおぼえた。リストのさいごの項目をやりとげられるのか。自分にもそれほど時間は残されていない。

捨てないで。あの日、桜はいった。もちろん捨てない、けっして捨てない。だが旅立つ日はいずれかならずやってくる。

軽い咳払いをひとつして、紫は思考を切り替えた。「あんたのリストはどうしたい」

相手はふっと笑っていつもの台詞をいった。「ないしょだ」

「ずるい男だねえ。あたしのリストはみているくせに」項目を書き換えたことはいわないでおく。

「紫らしいリストだと思ったよ、シンプルそのもので」東雲は目尻の皺を深くしてかつての同僚をみた。「項目の書きかたが具体的で行動的だ。たとえば、早くおとうさんを楽にしたい、じゃなくて稼げる仕事につく、と書くとかね」

紫は返事をせずにアボカドを口に入れた。具体的に、行動的に。だからさいごの項目はあのように書いた。けっして捨てない、などとは書かなかった。

「じつはね、まだひとつ未完なんだ」東雲はフォークを置いた。「でも、いいや。きみの方針に倣《なら》うなら、リストに書くようなものじゃなかったかもね」

前菜の皿がさげられ、スープがきた。淡いグリーンは舌に載せてはじめて枝豆の色だとわかった。

「ところで。ジャヴェール警部はまだきみを追っかけているの」

「いや。復帰してからはみてないね」ジャヴェールはもちろん本名ではない。あまりのしつこさに東雲がつけた渾名《あだな》だった。「でも、菰野のやつには会った」

「ということは、再登場まで時間の問題かもな」東雲は目を細めてスプーンを動かした。「気をつけろよ、紫。警察は逮捕にさいしますます銃の使用をためらわなくなっているんだ」

「嗅ぎ回るだけしかできないよ。だって被害届がひとつもないんだ、逮捕状なんか出やしない」

「それもそうだな」東雲は皿を奥へ傾けてさいごのひと匙をさらう。「思えば、ひどい誤解だよな。紫としてはなんとか合法の範囲内でと工夫をめぐらしたのに、非合法あつかいだなんて」

「気にしちゃいない。人生は皮肉屋だって知ってたから」紫もスープの皿を空けた。「それに、合法医やってたときよりずっと稼げるし」

魚料理は鱸《すずき》のポワレ。夏らしくレモンが隠し味だった。「なぜジャヴェール警部はあんなにしつこくきみにつきまとうんだろうね。ぼくのクリニックにもなんども聞きこみにきた。おかげで単純接触効果が起きて、秘書が彼に恋文をわたしていたよ」

「なんだそりゃ」ふたりは屈託なく笑った。

「きみが引退したと説明してもぜんぜん信じなくてさ。信じたくないとしか思えないよ」

東雲の観察眼は信頼に値する。「あらゆる非合法行為を許さない、とでもリストに書いてるんだろ。二番煎じの非合法医たちをぜんぶ捕まえちまって、手持ち無沙汰なのかもね。それか、痣のある女に恨みがあるんじゃないのかい。むかし手ひどく振られたとかさ」

ふたりは笑う。痣をジョークにできる相手は東雲だけだった。

しばらく静かに魚を味わう。むかいに東雲がいるおかげで思い出がつぎつぎよみがえってくる。医師免許とりたてで大学病院の勤務医だったころ。救急外来にはしばしば保険に入っていない患者がかつぎこまれてきた。そのばあい治療はしてやれない。若い紫は現行の医療制度に憤りながらも貧しい患者を帰らせるしかなかった。

そののち、学生時代の同期の東雲から開業したばかりのクリニックに誘われた。ほどなく、あの胃薬処方事件が発生。

法律の外側での治療というアイデアが浮かんだ瞬間だった。胃薬でいいなら、もう一歩進んで偽薬でもいけるのでは。プラセボ薬は薬事法上の薬品ではなく食品に分類されている。

東雲も追憶に浸っていたようでとつぜん笑いはじめた。「いや、ちょっと思い出してね。きみがさいしょにスラムへ行くといった日だよ。ぼくが心配してついていった、あれ」

「ああ」紫はナイフの先で白身の魚にレモンソースをつける。「おぼえてたのかい」

「すごかった。いまでもはっきり日に浮かぶよ」相手は拳を唇にあててわきあがる笑いをこらえている。「回し蹴りが先頭の男の顔へみごとにきまったとたん、全員が悲鳴をあげて逃げてったじゃないか。野次馬はやんやの喝采《かっさい》。助けるつもりのぼくも終始ただの観客だった」

「お恥ずかしいよ。あのころはまだ若くて、ひと目を引かない技術を会得していなかった。相手を傷つけずにおとなしくさせる技術もね」

皿に残ったソースをパンで拭った。実戦からはずいぶん離れている。当時の技の切れがいまの自分にあるだろうか。もしものときに桜を守ってやれるだろうか。

魚の皿のつぎはグラニテだった。「梨だな。夏ももう終わる」ひと匙含んで東雲がいった。「よかった。やっと涼しくなるよ」半球状のグラニテのてっぺんに載ったミントの葉をスプーンの先でていねいによけた。その直後、差しむかいの男が頭をがっくりと落とした。

「東雲」思わず叫んで椅子を立った。すばやく相手のそばに寄り、まず手首、ついで首筋に触れる。ああ、なんてことだ。

両手でそっと顔をはさんで上向かせる。まぶたは閉じていた。唇にはかすかな笑みが浮かんでいる。その口元、目尻、額へ時間とともにひとつひとつ刻まれていった皺は人生への満足を無言で語っているようだった。

リストの未完了項目がなんだったかは知らない。だが、未完のままでよかったのだろう。刈りそろえた白いあごひげに触れる。「東雲」鼻の奥が痛くなる。喉が詰まった。声がかすれた。「に、肉料理を食べずに行っちまうなんてお行儀が悪いじゃないか」

いつのまにかテーブルのまわりにレストランのスタッフが押し寄せていた。かれらはとまどうようすもみせず、ぐったりと動かなくなった東雲の体を手際よく担架に乗せた。客の年齢層の高い店だからこんな事態には慣れているのだろう。

「おしあわせな最期《さいご》でございました」支配人とおぼしき中年の男が定型の送りことばを紫に告げ、右手を黒い制服の胸にあててふかぶかとお辞儀をした。

紫はひとりきりでレストランを出て、ひとりきりで帰路についた。

アパートメントの玄関扉を開けると奥から桜がはじけた豆のように飛んできた。「おかえり」あかるい声で叫び、帽子とサングラスとハンドバッグをとりあげて帽子掛けに戻してくれる。紫の手を引いて居間へ導く。「いわれたとおりお片付けしておいたよ。漢字のドリルも終わった。いまは算数やってるとこ」台所では食洗機が低くうなりながら水蒸気をあげていた。ダイニングテーブルには鉛筆と開いた帳面が載っている。

紫は養女の頭をくしゃっとなでると膝をつき、その細い体を抱きしめた。

「どうしたの」

少女の耳のあたりの髪に頬をすりつける。子供特有の甘い匂いがした。「今夜。友だちが死んだんだ」

「六十五歳なんだね」

「誕生日までまだ八ヶ月もあったのに。あいつ、あたしより先に死にやがって」涙が頬をつたった。肩が震えた。知っている、苦しみはないともちろん知っている。しかし、父がみまかったときにもこうやって泣いたのだった。あのときは東雲がいた。

＊＊＊

夏がついに去った。金木犀《きんもくせい》の香りとともに透明な秋がやってきた。朝晩の気温がさがりはじめると紫は桜にコートを買ってやった。どういうわけか桜はコートについた丸い綿毛飾りをことのほか気に入った。木々が芽吹きはじめて重たい冬服をしまうころとなっても、綿毛飾りだけをはずしてアクセサリのように身につけていたくらいだ。

「なにがそんなにいいんだい」

紫の質問に少女はこう答えた。「手触り」そして上機嫌に指先で白くふわふわした飾りをなでた。

また夏がやってきた。紫は誕生日がきたことを桜に伝えなかった。いったところでどうなる。自分にだって逝く日はわからないのに。

その間、紫は順調に仕事を受け、順調にこなしていった。せまりくる死におびえる金持ちの患者にはことかかなかった。受けとった報酬は信託にして桜に残した。これだけ稼いでおけば成人するまでだいじょうぶだろう。

当面、金の心配はない。だがそのあとは。

正常そのもののはずの心臓が締めつけられる。さいきんは依頼人が許せば桜に施術をさせてみる。だが相手の恐怖を消すまでには至らず、いつもとちゅうで紫が替わるはめになった。

「筋はいいんだ。よく相手を観察してるし、方向性はあっているよ」依頼人宅の門を出たところで、肩を落とす桜をはげます。「とくに事前調査は万全だった。あたしにもあそこまではできない」スラムの泥棒として鍛えあげた桜の探偵力はみあげたもので、この点について紫はまったく不安を抱いていなかった。

「地道に場数を踏むよりないね」そのあと養女を骨董屋めぐりに連れていく。目利きのしかたを教えるためだ。道具の調達も仕事のうちである。さいわい、こちらも筋はよかった。

圧倒的に経験が足りない。施術の、いやひととのかかわりの。まだ十二歳なのだから当然だ。

ああ時間が、もっと時間がほしい。独り立ちできるまで見守ってやれたら。

どうして六十四歳の誕生日にあの子と出会ってしまったのだろう。

「わからない値をとりあえずxと置く。すごいだろ、正体不明なものに名前をつけて取り扱い可能にしてしまうんだよ」

その日。夕食後の勉強の時間、方程式の基礎を桜に教えているとき、玄関で呼び鈴が鳴った。

いやな予感がした。東雲が死んだいまとなっては、こんな時間にここを訪れる者などいないはず。

だが居留守をつかっても無意味だとわかっていた。紫は桜に目配せをすると玄関へ立って扉を開けた。「はい」

「おじゃまするよ」

ジャヴェール警部は中折れ帽を脱いだ。一重まぶたの三白眼があらわれた。薄い唇から吸いかけの煙草をとり、携帯灰皿に入れてスーツのポケットへ戻す。背後にいる部下の私服刑事たちも同様に玄関先で携帯灰皿をつかった。

よくしつけられてるね。紫は腕を組んだ。「逮捕状をみせな。存在するならね」

警部はだまったまま内ポケットから紙片を引き抜いて開いた。

罪名欄をみて紫は目をむいた。「誘拐。そんな馬鹿な」

「被害届にそう書かれていたんだ」ついに逮捕状を出せたのだから得意げに笑ってもいい状況だが、警部は眉すら動かさない。そうだ、むかしから表情にとぼしい男だったっけ。

だれが被害届を出したかは見当がついた。こんなに時間がかかったのも道理だ、警察署へ近寄るにも勇気がいっただろうから。

警部は無言で手錠を出した。

「ちょっと待っとくれ」気弱そうな笑みをつくってみせる。「これからしばらく拘留だろう。出かける前に、せめてバスルームをつかわせてくれないか。こうみえても女で、女にゃいろいろあるんでね」

相手はうなずき、片手をあげて背後の部下たちを制した。

「ありがとよ」笑顔をみせ、ゆっくり浴室へ入る。すばやく施錠する。すでに桜がそこにいて、窓を開けて待っていた。紫はシャワーを全開にして浴槽にあて、高い水音がつづくようにした。それからふたりは靴下を脱ぐとめいめいワンピースのポケットにつっこんだ。

桜を先に逃がす。少女の体は小さな窓をやすやすとくぐりぬけて雨樋にしがみついた。引きとってから一年、まともに肉がついたし身長も伸びはじめているが、軽い身のこなしは健在だ。樋を下りるかと思いきや、逆に上をめざしている。

ふうむ。こういうときには頼もしいかぎりだね。

紫も頭を窓枠に通し、つづいて肩を通した。胴を通すとき背中が枠にこすられて痛かったが、なんとか抜け出せた。

雨樋を両手でしっかり握り、はだしの両足もつかって体を支える。じょうぶな雨樋のついた建物でよかった、と安堵する。

みあげると、ちょうど少女の白い足が屋上へ消えるところだった。音をたてないよう細心の注意を払いながら雨樋をのぼる。夜風がワンピースの裾をなぶった。手のひらから汗が出てきた、いちど休んで脇腹の服地で片手ずつ拭わねばならなかった。あの子のまねをするのもたいへんだ。

フェンスを越えて屋上へたどりつく。桜は遅かったね、といわんばかりの表情で迎えてくれた。紫は苦笑を返すと少女のあとについて歩き出した。正方形の中庭を囲む屋上を半周したあと、またフェンスを越えて雨樋にとりつく。こんどは下りて、ついに暗い路上へ到達した。そこに私服は潜んでいなかった。ふたりは無言でうなずきあうと、ポケットから靴下をとりだして履いた。

どこへ逃げるべきか。

そもそも逃げるべきなんだろうか。紫は桜の先導で夜の街路を走りながらも心をさまよわせていた。ひとたび逮捕状が出れば、あのジャヴェール警部を振り切って逃亡するのは困難だ。いっそ素直に拘留されて裁判を待ったほうが。誘拐なんて完全ないいがかりなのだから、正式な養子縁組の手続きもすんでいるし。金を払っていい弁護士を雇えばきっと。

いいや、と首を振る。裁判なんて、あたしにそんな時間は残されちゃいない。あたしはさいごの一瞬まで、あの子のそばにいてやるんだ。誓ったじゃないか、けっして捨てないと。

気づけば繁華街をとっくに通りすぎて、うす汚れた猥雑な地域に入りこんでいた。そうか、この先はスラムだ。桜は地の利のあるところへ逃げこもうとしている。

少女の手をつかんで引き寄せた。「そっちはだめだ」元締にみつかったらやっかいだ。あの男がそれほど自分を恨むとは想定外だった。あんなにたっぷり払っておいたのに。

あの男なりにこの子を愛していたのか。いや、愛と呼ぶにはあまりにゆがんでいる。むしろ執着か。不当に所持品を奪われたように感じたのかもしれない。

「こっちにしよう」桜の耳へささやくと、元締の住む廃ビルから直角の方向へ曲がった。記憶をたどりながら汚穢《おわい》だらけのせまい道を進む。さいわい月が出ており、街灯のないスラムの道もあかるく照らされていた。建物はずいぶん入れ替わってしまったけれど、地形やランドマークはそのままだ。たしか、この先。ほらあれだ、崩れかけた歩道橋。紫は少女の手を引いて積みあがった廃タイヤのあいだを抜けた。蚊が幾匹か、ふたりのあたたかい血を狙って追ってくる。

よかった、まだあった。

赤さびだらけの屋根のバラックは記憶どおりの場所に建っていた。青いトタンの壁には薄い扉を囲むように大きな蛇と蜥蜴《とかげ》の絵。若かりし日の紫自身が描いた。病の苦しみから家族を守ってくれると説明しながら。

桜の手を握りしめると、空いたほうの手で扉を叩いた。

四十がらみの女が顔を出した。「だれだい」猜疑《さいぎ》心むき出しの目つきで紫を、そして桜をみた。「なんの用だい。立ち退きの話ならお断りだよ」女の右目のまわりは青黒く内出血している。

女の足下には裸に近いかっこうの幼児が三人、不安げな表情でまつわりついていた。汚れた小さな顔には少なくとも一箇所の内出血がみられた。靴脱ぎなどはなくいきなり居室で、地べたにすりきれたカーペットが敷かれているだけ。古びた家財道具が力つきたようすで壁によりかかっている。部屋の中央のかしいだ卓でやつれた中年男が酔いつぶれていた。室内は工業用アルコールに酷似した安酒と疲れと前途への諦念の臭いで満ちていた。

「失礼。ひとちがいだ」紫は少女の手を引いて一歩さがった。扉はバラックの壁が揺れるほど荒々しく閉じられた。

あの一家がまだ住んでいるわけないだろう。もし住んでいたとして、どうしてもらうつもりだったんだ。

もときた道を戻ろうと振り返った。するとそこに、月光を背中に受けてだれかが立っていた。

「あれ。ひょっとして」

若い男の声だった。その人物は小走りに近寄ってきた。ネクタイ姿の会社員だとわかった。若者は月光を頼りに紫の顔をみて、うれしげに声をあげた。

「帚木先生でしょう。ぼくですよ、あのとき祖母がお世話になった」

紫は苦笑した。目立つ痣があるのも悪くない。出会ってからどれほど時が流れてもおぼえていてもらえる。「あの坊やかい、みちがえたね」

「よかった、こんなところで会えるなんて。いや、ぐうぜん会うとしたらここなのかな」若者は興奮して紫の手をとり、上下に振った。「むかし住んでいた場所をみにきていたんですよ。たまに懐かしくなるので」

「いまはどこにいるんだい」

青年は中流階級が住む街の名をあげた。「先生のおかげです。往診を終えて帰りぎわ、ぼくにいったでしょ。這いあがりたかったら死にもの狂いで勉強しろって」

「ああ、そうだったね」

相手は興奮して思い出話をつづける。「ほんとに、あのときは魔法をみてるみたいでした。祖母の苦しみは癌の痛みだけじゃなくて、なぜまだ六十五歳にならないのに死ぬのか、ってところも大きかった。まいにち恨み言をきいていたぼくら家族もつらかったが、先生のことばでみんなが救われた」

「ムンテラってやつだよ」

「先生はこうおっしゃいましたね。寿命なんだよ。早く死ぬのは罰なんかじゃない、この世での役割を終えて人生を卒業していくんだ。ほらごらん、こんなにりっぱな子供さんやお孫さんがいるじゃないか、って」

紫はうなずく。

「それから波の喩《たと》え話をしてくださいました。小さな波は、海であがったりさがったりぷかぷかしながら楽しくすごしていた。ところがある日、前をゆく波たちが岸でつぎつぎ砕け散るさまをみてしまう。さあどうしよう。青くなっているとつぎの波に声をかけられた。事情を説明するとその波は笑った。わかってないなあ。ぼくらは波なんかじゃなくて、海の一部なんだよ」

その話は、東雲が勧めてくれた古い本に載っていた。書名は『モリー先生との火曜日』。いまも寝室の書棚にある。

青年は桜に目を落とした。「ところで先生は、どうしてここへ」ふたりそろって靴下いちまいだと気づいたようだ。

「じつは」手短にいきさつを話す。

「それでしたら」青年はうなずいてネクタイの上から自分の胸を叩いた。「いい場所を知っていますよ。ご案内します、ほとぼりが冷めるまで隠れていたらどうでしょう」

「ありがとう、手間をかけるね」

「とんでもない。先生はぼくら全員を救ってくれた。しかもプラセボ療法は治療じゃないからお金はいらないだなんて。いつの日か、少しでもいいから恩返ししたかったんですよ。さあ、こっちへ」先に立って手招きする。

桜が首をかしげて紫をみあげた。紫は片目をつぶってみせた。金持ちからはとるが、金のないところからはとりようがないだろ。


スラムの通りを五分ほど歩いたのち、青年はトンネルの入口のような構造物の前で立ち止まった。「ここですよ」

トンネルに似てはいるが、床面は階段となって地下へ潜っていた。アーチ状の入口上部にはこう書かれていた。

東新宿

「廃線になった地下鉄の入口です。内部は入り組んでいて、隠れるのに最適ですよ。うちもマフィアに目をつけられたときにこもっていました」

青年は丸い月をみあげた。つらかった経験もいまでは思い出に昇華しているのだろう。

「もちろん地下鉄ですから線路をずうっとたどっていけばトーキョーから出ていけますよ。北へ進めば山、南なら海です」

「ありがとう。ここまででいいよ」紫は桜の手を握りなおした。「世話になった。達者でな」

「気をつけて」青年が手を振る。

ふたりは手をつなぎ、靴下を履いた足でひたひたと廃墟の階段を下りていった。月あかりは数メートル進んだだけで背後に消えて周囲は塗りつぶされたような闇となった。紫はポケットをさぐって銀のライターを出した。小さな炎だが、階段を踏みはずさないていどの役には立った。

「山と海、どっちがいい」小声で桜に話しかける。

「海」と答えて、すぐに。「あ。やっぱり、山もいいな」

紫は苦笑した。いつか両方ともみるといいよ。

階段、踊り場、また階段。ずいぶん深かった。もう何メートルくらい降りたのだろうか。下へ行くほど空気がよどみ、黴《かび》と埃《ほこり》のいりまじった臭いが強さを増す。小動物がすばやく逃げ去る気配がする。ときおり天井から滴が落ちてふたりを驚かせた。小さな手が強く握り返してくる。

「むかしのひとはすごかったね」また桜に話しかけた。闇をゆく少女の心を不安からそらしてやりたかった。自分をはげますためでもある。「こんなに深くまでトンネルを掘って電車を通すなんてさ。この階段も当時は自動で動いていたらしいよ」

「どういうこと、自動で動くって」

「人間が自分の足で上り下りしなくても、階段のほうが動いて運んでくれるんだよ」

「すごい」少女は息を呑んだ。

「自動階段どころか自動人形さえいたって話だ。人間よりもずっと賢くて、なんでも調べて、考えて、判断して、人間よりもじょうずにやってくれたそうだ。たしか、たしか」紫は遠い記憶を振りしぼる。「モラヴェック、って呼ばれてたはず」これは伝聞、不正確な情報。ある患者が子供のころ祖父からきいた話を、自分がきいたのはもう三十年も前だ。

「すごい」と桜はもういちどいって。「ねえ。どうして、いまはすごくなくなっちゃったの」

「えらそうな連中がいろいろ理由を述べてるけどさ。資源の枯渇とか、気候の変動とか、新型感染症の流行とか、深刻な金融危機とか。でもあたしはね、この世界から六十五歳以上の人間が消えちまったせいじゃないかと思ってるよ。老人から若者へ、有形無形のいろんなものが継承されなくなったせいだ」自分のことばで不安が増した。そうだ、もっと長生きできたなら。

ふたりは階段を下りつづけた。時間の経過は不明で、何階ぶん降りたのかもわからなかった。靴下いちまいの足の裏が痛くなってくるころ、ようやく階段が尽きてふたりはプラットホームに立った。

「降りて、線路を進もう。枕木につまずかないよう気をつけな」

という注意は無意味に終わった。桜は危なげなく暗い線路へ飛び降りた。釈迦に説法だったね、と苦笑して紫もつづく。

ふたりはアーチ天井の地下通路に立った。闇をたたえた両端のどちらが北で、どちらが南かはわからない。

「山でも海でも、どっちでもいいんだろ」

少女はうなずいて笑顔をみせた。「山だったら、花を摘む。海だったら、泳ぐ」

「じゃあ、選んでごらん。どっちがいい」

桜は地下通路の両端をなんどか交互にながめてから。「こっち」と一方を指した。

ふたりは手をつないで歩き出す。

ひたひたひた。靴下を履いた二組の足が、ライターの放つかすかな光を頼りに進んでいく。桜のワンピースの襟もとでは白い綿毛のアクセサリが揺れている。時間や距離の感覚は闇に溶けてまぎれてしまった。しばらく進むと、通路の両側にプラットホームの端がみえてきた。

「おお、つぎの駅だね」

距離感をとりもどせて、紫はようやく安堵した。すると桜がいった。「少し休もうよ」

「そうだね、そうしようか」

少女は軽い身のこなしで先にプラットホームへ這いあがり、紫に手を差し伸べた。

どうやら疲れているのはこの子じゃないみたいだね。

苦笑し、養女の手をとる。ホームの縁にならんで腰を下ろし、両足をぶらつかせて大きく息を吐いた。逃げ切れるかもしれない、という希望がわいてきた。山か海でしばらくほとぼりを冷ます。地方の都市でまた施術をはじめてもいいだろう。桜に訓練を積ませて、いずれはトーキヨーへ帰らせようか。この子ひとりなら問題ないはず。被害届を出されないレベルの施術ができるなら、警察だって恐るるに足らずだ。

あかるい未来が描けてきた。体があたたまってきた。だが。

「いたぞ、あそこだ」

強力な白い光がホームを端からなでていき、ふたりの顔を照らして動きを止めた。紫は反射的に桜を抱きかかえると背後の闇へ逃れようとした。しかし光の束は執拗にふたりを追う。

「みつけました。西早稲田駅の上りホームです」刑事のひとりが無線にむかって叫んでいた。反対側のホームから黒い人影がみっつ、よっつと飛び降りて線路を横切ってくる。つづいて銃声。紫は背中に焼けつくような衝撃を感じた。しかし、かまわずに走りつづけた。

「阿呆。撃つなって命令だろ」怒号が背後へ遠ざかっていく。

紫と桜はホームを全力疾走した。とちゅう、地上への上り口をみつけて飛びこむ。かつては電力で動いていた階段を死にもの狂いで駆けあがった。下りも長かったが、上りはその何倍も長い道のりに思えた。息を切らし、踊り場をいくつも越えて、さらにのぼるとようやく平らな面が広がっていた。紫は溺死寸前で岸辺へ泳ぎついたように感じた。ああ、やっと地表だ。これで追っ手を撒くのも楽になるはず。

ところが少し走ってみると、そこは開けた地面ではなく改札階にすぎないと気づいた。あわてて逃げ道を探すが、前方からも後方からも足音がせまってくる。

ちっ、進退きわまったか。

紫はすばやく周囲をみわたした。ライターの光が壁に描かれた赤い丸と三角形のサインを浮かびあがらせた。女子洗面所だ。桜の手を引いて駆けこみ、個室のひとつに飛びこむと錠を下ろす。

「だいじょうぶ」荒い呼吸をききつけて、桜が心配げに問うてきた。紫の手からライターをとりあげて傷のぐあいをたしかめようとする。

紫は床に座りこみ、あえぎながら胸を押さえた。銃弾は肋骨のあいだをきれいに抜けたらしい。アドレナリンが減ったのかきゅうに激痛が襲ってきた。傷を押さえた手のひらにあたる血の勢いで、自分はもう長くないと悟った。このようすでは半時間ももつまい。

ここで死ぬのか。致死遺伝子の発現ではなく失血で。

ライターのほのかな灯りで桜の顔がみえる。苦痛のため視界がゆがむ。熱い血液が心臓の鼓動に合わせて流れ出ていくのがわかる。手足の先がしびれてきた。出血性ショックがはじまったようだ。ああ、死ぬ。いまから。そんな、なぜよりによっていまなんだ。いまはだめだ、ぜったいに。

少女の不安げな顔が目の前で揺れている。

紫は血にまみれた手を伸ばし、震えながら、桜の痣のある頬に触れた。「おまえを遺しては逝けないよ」

するとと桜はとつぜん、ワンピースにつけていた綿毛飾りを引きむしった。口に含む。かすかにがりっ、と音がした。

それから少女は老女の額に唇を寄せた。そのまま数秒、やわらかい唇を老いて皺の寄った額にあてていた。顔を離すと、口からなにかを出してライターの光で照らしてみせた。二本の指のあいだには血の色をした小さな塊がはさまれていた。

「ほら。恐怖を吸い出してあげたよ」

自信に満ちた表情で、頬の内側からの血で染めた綿毛をライターの炎にあてた。赤い塊がくすぶり、焼けて黒ずんでいくにつれ、紫の胸を塗りつぶしていた恐怖は小さくなっていった。

そうか。

もうだいじょうぶなんだ、この子は。あたしを癒やせるならほかのだれだって癒やせるさ。

桜は指のあいだに残った灰を吹いて空中へ散らした。紫はそのようすを満足げに目を細めてみていた。傷の痛みはもう気にならなかった。だって恐怖が吸い出されて、灰になって消えちまったからね。ああ、まぶたが重くなってきた。もう目を開けていられない。

周囲が光で満たされた。糖蜜とバターの豊かな香りがただよってきた。みあげれば懐かしい顔があった。六十五歳で死んだ父が、エプロンをつけフライパンをたずさえて紫にほほえみかけていた。

おまえは世界一かわいい女の子だよ。

「桜」血まみれの手でもういちど養女の頬をなでた。真っ赤な線が少女の顔に引かれたが、紫の目はもうみえていなかった。「おまえは、この世界でいちばんかわいい女の子だ」

老女の動きが止まった。少女の頬から手がすべり落ちた。

「血痕が、こちらに」

大勢の足音がせまってきた。桜が振り返ったとたん、女子トイレの個室ドアは耳を聾《ろう》する音を立てて外から強引にはずされた。少女の視界に、ジャヴェール警部と部下たちがひしめきあっていた。手持ちライトの光条が個室をすみずみまで照らした。

警部は個室内を見下ろした。長年追いかけていた非合法医は胸を撃たれて大量の血を流し、すでにこときれていた。そのそばに十二歳くらいの少女。被疑者とよく似た痣がある。頬に血をつけ、銀色のライターを握りしめて、警察の面々を眼力で殺さんばかりににらんでいる。

「すっ、すみません」若い部下が顔を青くして声を震わせた。「お、脅しのつもりだったんです。でも相手の動きが速すぎて」

警部は弁解した部下を振り返った。一重まぶたの目に激しい怒りが宿っているのをみて、彼ともっとも長く仕事をしてきた部下は驚きを禁じ得なかった。あのひとが感情をあらわにするなんて。

しかし警部はなにもいわずに、死体にむきなおるとその前にひざまずいた。スラックスの膝が鮮血を吸っていった。手錠をしまいこみ、かわりに革の煙草入れを出す。その愛用品を、血染めのワンピースの上に載せた。ほんの一秒だけ両目を閉じたのも、古株の部下は見逃さなかった。

短い黙禱を終えると警部は立ちあがった。「死人は逮捕できんな」

「ほら、お嬢ちゃん、おいで」ほかの部下がかがんでやさしい声を出す。少女は小さな犬歯をむき出して追いつめられた獣のようになった。「だいじょうぶ、きみを保護してあげるんだよ。さあ、怖くないから」

警部は部下の肩を叩いた。「やめておけ」

「えっ。でも」

「逮捕状をちゃんとみたのか」警部は内ポケットから紙片を引き出した。「ここだ。誘拐対象者の名前が空白になっている」

「あっ」部下は少女にむきなおった。「お嬢ちゃん、名前はあるのかい」

すると少女はうなり声を止めてはっきりと。「あるよ。桜っていうの」と、答えた。

それでも部下は食いさがる。「しかし。たとえひとちがいでも、連れ帰りましょうよ。だって放っておくわけには」

少女はまた攻撃的にうなりはじめる。

「阿呆」古株の部下が上司にかわって声をあげた。「おれたちはこの子の保護者を殺したんだぞ。いっしょにきたがると思うのか」

ほかの部下も口を添える。「署に連れてっても、けっきょくは孤児院送りになるわけだしな。置いていって、この子の自由にさせたほうがしあわせなんじゃないの」

少女を保護しようとした部下はだまりこんだ。

「被疑者死亡により捜査終了。撤収だ」警部は一同に声をかけると個室に背をむけた。そのまま振り返りもせず洗面所を出て地表をめざした。部下たちは無言でついていった。

桜という名の少女は死体と取り残された。

＊＊＊

居間で黒い電話が鳴っていた。

白い袖なしワンピースの裾をさばいて、夏の夕陽のあたるベランダから右の頬に痣のある少女が入ってきた。肘掛け椅子のひとつに座り、受話器をとる。しばらく無言で用件をきく。高い天井ではファンがゆっくり回っている。少女はついに口を開いた。

「帚木紫は死にました。あたしは桜、養女です。紫の技術はすべて受け継ぎました。あたしが参りましょう、それでよろしいでしょうか」

受話器を置いた。立ちあがり、寝室へ行って真紅のダレスバックをとってきた。玄関へむかうとちゅう、壁ぎわの簞笥の上から両切り煙草の缶をとった。蓋を開ける。なかには紙片がいちまいだけ入っていた。桜は紙片の折り目を伸ばした。

　稼げる専門職につく
引退して優雅に暮らす

桜に稼げる専門技術を伝える

紙片にふっとあたたかい息を吹きかけてから、ていねいにたたみなおして煙草の空き缶にしまった。

「いってくるよ、おかあさん」

きょうの依頼はスラムの住人からだ。金にはならないが、かまわない。

玄関で帽子とサングラスとアクセサリ類を選ぶ。姿見の前で帽子の傾きぐあいを調整する。七センチヒールのサンダルを履くと、格闘舞踊のA級選手のように誇りに満ちて背筋を伸ばし、扉を外の世界へむけて開いた。

太っていたらだめですか?

口腹の欲の奴隷は――常に奴隷である。自由であろうと思うなら、何よりも――まず、口腹の欲から脱しなければならない。

トルストイ

年にいちどの健康診断は、彼女にとって憂鬱きわまるイベントだった。

「BMI三七、腹囲一一九。去年からちっとも減っていないね」

色浅黒く白い歯のまぶしい産業医は、検査データを印字した紙片から顔をあげて大仰に眉をひそめてみせた。

額にできた皺さえ美しい。ああ、そんな顔でみないで。

心臓が高鳴る。頰が熱くなる。面談室は冷房がきいているがむき出しの二の腕が汗ばんでいた。もっとも汗は真冬でも出ている。

「去年もいったけど、ダイエットはがんばっているの」

「ええ」と笑顔でうなずいた。がんばっているのは事実だ。だが連日の夕食抜きに耐え抜いて、一ヶ月で五キロ減ったと喜んでもダイエットをやめたとたんもとへ戻ってしまう。その繰り返しだ。

医師は苦笑した。「成功してないみたいだけど」

彼女も苦笑を返す。「でも、あんまり食べてないんですよ。ほんとです。なのに体重はぜんぜん減らないんです。おかしいな」正直な気持ちだった。たしかにダイエット中ほどじゃないけど、いまだって食べる量はずいぶん少ないはず。どうしてだろう。リバウンドする魔法をかけられているとしか思えない。

「ふつうの減量法がうまくいかないなら、薬をつかう手もあるよ」産業医は椅子の背に体をあずけた。「マジンドールという、国内で唯一承認された痩身薬《そうしん》だ。依存性や精神作用があるので医師の監督のもとに使用する」

「そんな、お薬なんて」彼女は白くぷくぷくした手で検査データシートのコピーを振りかざした。「血圧も血糖値もコレステロールも肝機能も正常範囲でしょう。わたし、病気じゃありません」

「でもね」相手は真剣な表情をつくった。「肥満はさまざまな病気のリスク要因なんだ。二型糖尿病、循環器疾患、各種の癌。いまはまだ若いし、健康にみえるかもしれないけど、あと何年かしたらつらい思いをするかもしれないよ。薬がいやならダイエットはこれからもつづけて、最終的にBMI二五以下をめざしなさい。いいね」

「はい」丸い両肩をすくめた。痩せろといわれるとほんとうに気持ちが沈む。そんなのわかってる、子供のころからずっといわれつづけてきた。この白衣をまとったギリシャ彫刻のような医師にやさしく諭されるともっとつらい。こうして会って、顔をみられるのはうれしいけど。

BMI二五なんて、あまりに遠すぎて。

その日の勤務が終わって退社するとき、社員用通用口のガラス扉に自分の姿が映った。気になるお腹やお尻をすっぽり覆う地味な色のチュニックに黒のスパッツ。きのうも似たようなかっこうだった。ひょっとして、こういうだっさい服ばかり着ているから痩せられないのでは。こんなおばさんっぽいのじゃなくて、二十七歳という年齢相応の、かわいい服を探してみよう。そんな服が似合う体型になりたいと思えば気力もわくかも。

社屋から表通りに出る。ビルのあいだの空をあおぐ。初夏の太陽はまだ西の高い位置にあり、退勤時刻の首都トーキヨーをあかるく照らしていた。家に帰るにはまだ早い、とほほえみかけているようだ。

よし、お買い物だ。

ゆったりした広い舗道を五分ほど歩いて、おしゃれな女の子たちで賑わうファッションビルに入った。バーゲンセールがはじまったばかり、店頭には手ごろな値段の色あざやかな服がハンガーにかけられ客たちを誘《いざな》うようにならんでいる。

わあ、すてき。

と、そのうちの一枚を手にとった。小花柄のワンピース、共布《ともぬの》のベルトがウエストをきゅっと締めるデザイン。丈も短くて膝が出そうだ。サイズをみれば七号で、およびじゃないのは自分でよくわかっている。でも、いつかこんな服を着られたらいいな。

だれかに肩をつつかれた。「ちょっと、あなた」

痛いなあ。「はい」語尾をあげつつ振り返ってみると見知らぬ女性が立っていた。同い歳くらいだが、両手でつかめそうな腰まわりはあきらかに七号サイズ。その知らない女性がとげのある声でいった。「この売り場には、あなたのための服はないと思うけど」ミニ丈ワンピースを奪いとり、抱えてレジへ持ち去ってしまった。

しばし呆然とそのスレンダーなうしろ姿をながめていたが、すぐに頭を振って気持ちを切り替えた。気にしない気にしない。国際線のエコノミークラスで隣席のひとにまいったなデブかよと舌打ちされ、肘掛けを乱暴に下ろされてお腹の肉に食いこまされたまま激痛を十二時間がまんしたときに比べたら、こんなのぜんぜん。

しかし彼女の不幸はそこで終わらなかった。

翌日。けっきょくいつもの地味な服装で出勤するとなぜか人事部から呼び出しがあった。「失礼します」白い扉を叩いて面談室へ入ると、人事部長がひとりで待っていた。ものすごくいやな予感がする。入社以来はじめて冷房を本気で寒いと感じた。

「座って」人事部長は長机をはさんで差しむかいのパイプ椅子を勧めてきた。彼女のお尻が片方ずつ乗るようふたつならべて置かれている。その細やかな気づかいと、相手の顔に貼りついている無理やりな微笑が彼女の気持ちをさらに滅入らせた。賭けてもいい、これから悪いニュースをきかされるんだ。

人事部長は咳払いしたり指で長机の表面をとんとん叩いたりいかにも中年男性らしい駄洒落をいったりさいきん反抗期だという中学生の娘の話をしたりしてから、もういちど咳払いして本題に入った。「あのね。とってもいいにくいんだけど」

「馘《くび》ですか」相手があまりにつらそうなので機先を制していってみる。このひときっと人事にむいてない。

部長はあきらかにほっとした顔をした。「すまないね。じつは、そうなんだ」

「なぜですか。わたし欠勤もないし、自分でいうのもなんですがデザイン部では実績を出していると思うんですけど」ついさいきんも、とある上場企業のロゴデザインプロジェクトを完了させたばかりだ。納品物をみてクライアントは期待以上だと喜んでくれた。うれしさ誇らしさで大きな胸がさらにふくらんだ。

「じつはね。解雇の理由は、きみの能力じゃない」口調には心からの同情がこめられていた。

「きみの体型のせいなんだよ」

「まさか。太ってるから、って意味ですか」

うなずきが返ってくる。

「なぜ。ますますわかりません。営業や受付ならともかく、デザインの業務は太ってたってなんら支障はないでしょう。そりゃあ」と、自分のりっぱな下半身に目を落とす。「椅子はふたつ必要ですけど、椅子なんて倉庫にいっぱいあまっているし、体型で会社に迷惑をかけてなんか」

「そこなんだが」相手は深くため息をついた。「これはわが社だけの問題ではなくて、これから国中の企業が肥満者を解雇しはじめるだろうね。なぜなら現政府は、肥満者は病気にかかりやすいから保険料を上乗せするときめたんだ。扶養未成年者拠出金と似た制度で、上乗せぶんの全額を雇用者である企業が負担せねばならない。そして、きみはこのたびの定期健診で重度の肥満と判定された。ＢＭＩが高いほど保険料もあがるんだ、だから」

ひどい。そんなの肥満者狩りじゃないか。

数ヶ月前。ここニポーンをかつてのような長寿大国にするという公約をかかげて国民健康増進党がはじめて政権をとった。さっそく国民全員に番号をつけ、身長体重や検診データなどを管理しはじめた。上昇するいっぽうの肥満率を把握するためとはいえ、ちょっと全体主義的かもと危ぶんではいた。しかし、まさかこんなかたちの皺寄せが自分にくるとは。

会社を放り出されたら収入がとだえる。食費も家賃も払えない。まいにち通う場所も、同僚たちとのちょっとした語らいも、デザインの技術が向上するよろこびや達成感も失ってしまう。それに、もう二度とあの産業医に会えない。

失業。はじめての経験だった。しかもこんなに理不尽な理由で。

うちのめされ、疲れはてていたから帰りの地下鉄ではぜひとも座りたかった。だが空いていたのは三人がけシートのまんなかだけで、両端に座る標準体型のひとたちの目つきはあきらかに。

くるな。

と語っていたのでけっきょく立ち通しとなってしまった。自重で足の裏が痛かった。

駅を出ると外は雨だった。しまった、折りたたみ傘もってないや。

彼女は家へ、安全な場所へ帰りたい一心で走った。舗道にたまった水が跳ねてスパッツの裾を濡らす。ああ最低、こんなにひどい一日ってありなの。

ようやくアパートの玄関にたどりついた。ぺたんこの靴を脱ぎ、むくんだ脚をさすりながら部屋へよろめき入った。なおワンルームでひとり暮らしである。せまさは気にしていなかった。そのぶん家賃が安いし、なによりなんでも手の届く距離にあるのが快適だ。部屋干ししていたタオルをとって髪と体をざっと拭く。夏だし風邪はひかないだろう。

一秒でも早くビーズソファにダイブしたかったが、その前にいつもの流れで簡易キッチンに圧倒的存在感で鎮座する巨大な冷蔵庫を開けた。アイスクリームの一リットルパッケージを引き出し、蓋をとってスプーンをつっこみながらソファへ移動する。

「ああん、もう。いやんなっちゃう」

ソファにお尻を落とすやいなやスプーンを口に押しこんだ。クッキーアンドクリームはいちばん好きなフレーバーで、つねに半ダースは買い置きしていた。そのためにわざわざ大家族むけ冷凍冷蔵庫を選んだのである。

背中ぜんたいをやわらかなソファにあずけ、片手でアイスクリームをすくいながら、壁ぎわに置いたホームAI一体型テレビに声をかける。

「おねがいモラヴェック、私用メッセージボックスを開けて。それとなにか癒やし動画を」モラヴェックとはホームAIの名前で、ウェイクワードにもなっている。ああ早く、この最低な一日をちょっとでいいから楽しくして。

三二インチの画面があかるく光り、長毛種の白い猫を映し出した。ぱっちりした青い両目が印象的だ。猫は小さな薄桃色の口を開けてにいいい、と鳴いた。かわいいなあ、となごむ間もなく通知の嵐が画面をよぎってじゃまをする。

「健康的に食べて痩せる、伝統発酵食品ダイエット。まずはカマンベールチーズをお届け」「脂肪燃焼効果絶大、四川《しせん》激辛ダイエット。初回無料」「おいしいからつづくこんにゃくパスタダイエット。麺に食物繊維たっぷりのこんにゃく粉を贅沢に四パーセントも練りこみました。これならカルボナーラでも安心」

やめてやめて。どうしてこんな、生傷をえぐる内容ばっかりなの。あっちいって。わたしをほっといてよ。

押し寄せる大量の広告メッセージをかたっぱしからジェスチャで消していく。

そのなかに政府通知がまじっていた。つぎのようなタイトルだったのでうっかり消しそうになった。

「おめでとうございます。あなたは政府主催ダイエット王決定戦の第一回参加者に選ばれました」

危ないあぶない。まったく、スパムまがいのタイトルつけないでよ。

ともあれ、なにがおめでとうなんだろう。通知を開けると、中身は改行のほとんどない典型的お役所文書ですぐに頭が痛くなった。タイトルとはちがった意味で問題がある。いつものことだが、政府は本気で国民に情報を伝える気があるんだろうか。

苦労しいしい読みとったところによれば。

現政府は加速する肥満率上昇傾向を打破すべく国民的イベントを企画した。それが、通知タイトルにあるダイエット王決定戦である。国民のなかから抽選で参加者五名を選ぶ。なおBMIが高いほど参加権の当選率があがるしくみだ。優勝者には五億イェンの賞金、そして最新の瘦身術がほどこされる。以後はダイエット王として政府の肥満撲滅キャンペーン等に継続して起用する。もちろんそのたびじゅうぶんな報酬が出る。

うわあ、すごい。優勝したら大金持ちだ。しかもスリムな体になってタレントあつかいだなんて。

たった五人のうちのひとりとなった幸運に舞いあがった。アイスクリームのパッケージを持ちあげて思い切りばんざいしてから、中身をきれいにたいらげた。以上は彼女にとっておやつである。夕食はいつもの宅配ピザで3Lサイズを注文した。ふだんは2Lでがまんしてるけど、今夜はちょっとだけ多めに食べてもいいよね。だって優勝したら瘦身術を受けられるんだし。

優勝したら。

ちょっと待て。ホームAIを通じて宅配の注文を終えたあと、むっちりした両腕を組んだ。ダイエット王決定戦というけれど、いったいどうやって優勝者をきめるのか。

政府通知を隅から隅まで読み返したが、競技の詳細やルールの説明はいっさいなかった。そのかわり、見落としていた文言を文書の末尾に発見した。
一、参加権の当選者はいかなるばあいも辞退を許されない。
一、競技の敗者は死なねばならない。
へっ。

なにこれ。どういうこと。なんだかすごく物騒なんですけど。

読みなおしてみた。やはり、競技の敗者は死なねばならない、と書かれていた。

嘘でしょ。

彼女は笑った。乾いた笑い声が小さな部屋のさして高くない天井に響いた。まったく、政府もいつのまにブラックジョークをかますようになったのか。国民を番号で管理しデータを把握するようになったと思ったら、はては抽選でデスゲームの開催ですか。笑えるなあ。

いやいや、政府通知をよそおったスパムの一種と考えるのが妥当でしょう。このお役所風文章のやたら名詞が多いところとか重要なことはさいごのほうにこっそり書くあたりとかほんとよくできてるけど、ただのジョークスパム。気にしない、気にしない。

そのとき玄関でチャイムがぴほーん、と鳴った。心臓が止まるほど驚いたが、宅配の注文を思い出して安堵し、ソファから立った。そういえばスパムにつられてつい3Lを頼んじゃったなあ。まあいいか、失業したときくらいたくさん食べて元気出さなきゃね。「はいはいはあい、いま行きますよ」

だが扉のむこうにいたのはピザの配達人ではなかったのである。

「テレビの前のみなさん、こんにちは。土曜日の昼下がりをいかがおすごしでしょうか」

司会者はマイクを握り、奇妙な光沢のある辛子色《からし》のジャケットを着て、赤茶に染めた髪を軽く巻いて左右に流していた。スリムな体型はいわずもがなだ。

「記念すべき政府主催第一回ダイエット王決定戦がいよいよはじまります。さきほど選手たちが会場入りいたしました」彼を追っていた遠隔操作カメラは少し引いて、白いドーム状の室内ぜんたいを写した。広さは野球のダイヤモンドが入るくらいか。窓はなく、出入口は両開き扉が一箇所だけ。カメラはふたたびズームし、円い床の中央付近を狙う。そこには五人の肥満者がだるそうに座ったり横たわったりしている。全員がひどく疲れきって、いらいらした表情を浮かべていた。

うう、つらい。

失業したばかりのデザイナはひたすら爪を嚙んでいた。じき肉まで達しそうだ。自分の脚を食べる蛸《たこ》の気持ちがいまならわかる。ともあれ、マニキュアしてなくてよかった。

「では、出場選手へのインタビューです。年長者から順にお話をうかがいましょう」司会者は七十歳前後とみえる男性に近寄ってマイクをむけた。「どうですか、いまのお気持ちは」

「腹へったよ」老人は片方の肘をついて白い床に横たわり、もう片方の手でりっぱな太鼓腹をなでた。刺繍の入った絹のシャツ、サスペンダーで吊った膝丈パンツ、頭には革の帽子。肥満者用のおしゃれな既製服は存在しないのでオーダーメイドなのだろう。「さっきまでの個室ではミネラルウォーターが飲みほうだいだったが、水だけじゃ耐えられん。いいかげんにしてくれよ、どれだけ待たせりゃ気がすむんだ」

「あと三十分ほどで競技開始ですよ」司会者はジャケットの袖口をずらして高価そうな腕時計に目を落とした。「みなさんには四十時間の絶食が課されます。きていただいたタイミングによってもう少々長いかたもいらっしゃいますけど」

「四十時間かあ。人間ドックで胃カメラを受けたときでもそこまで長くなかったぞ」老人は力なくため息をついて床へあおむけになった。大きな腹がたっぷんと波うった。「もうだめだ。そりゃあおれの体には四十時間どころか十日も食わずに生きていけるほど脂肪がついてるのは知ってるが、だからといって空腹感が弱まるわけじゃない。ダイエット王なんとかとやら、とっととすませてくれよ。おれは賞金にも痩身術にも興味はないんだ」

「視聴者のみなさん」と司会者はカメラ目線になった。「彼のリングネームはビショクカ。引退した貿易会社経営者で、世界中のおいしいものを食べ歩くのが唯一の趣味です。その結果、BMI三八のこんな体になりました」

「なんだあ、リングネームって」たったいまビショクカと名づけられた老人が問う。

「この番組をみているみなさんがおぼえやすいように、つけるのですよ」司会者は撮影用メイクをほどこした白い顔に撮影用の笑みを浮かべた。「視聴者のみなさんは競技がはじまるまでのあいだご自宅のホームＡＩから選手に投票ができます。みごと勝者をあてますと賭け金とオッズに応じて配当が出ます」

「つまり、公営ギャンブルかい」

「そのとおりです」また司会者はほほえんだ。「収益は国の肥満対策プログラムにあてられます。では、つぎのかた」

マイクを振られたのは四十代の女性だった。色黒で化粧気はなく、つやのない髪をひっつめにしている。はちきれそうな黒ジャージのパンツと黒いＴシャツの上にアップリケつきのエプロンをかけている。ポケットの片方からは布巾、もう片方からはキッチンミトンがのぞいていた。エプロンやミトンは手づくりらしい。

縫製技術はしっかりしているが見た目がいまいち。と、もとデザイナは評価した。とくにエプロンのアップリケ。なにゆえ手形。なぜそれを選ぶか、すごいセンスだ。

「なんなの、この状況」その女性は黒く太い腕を振り回した。「いきなり、有無をいわさずホテルのちっこい部屋へ押しこんで、ご飯もぜんぜん出してくれないし。そのうえこんなおかしな場所へ連れてきてさ。子供らのとこへ返してよ、あの子たちきっと飢えてるよ。どうしてくれんの」

「彼女のリングネームはモッタイナイ」司会者はまたカメラに顔をむけた。「五児の母、専業主婦です。子供たちの食べ残しをお腹の中に片づけているうち、増えに増えたるＢＭＩはいまや三九。食べものをけっして捨ててはならないという古い考えの持ち主なのです」

「悪かったね、古くさくて。あたしらの世代は親からそうしつけられたんだよ」モッタイナイはぷいと横をむいた。「いいから、早くここから出してってば」

「優勝すれば痩せられますよ。高額賞金も手に入るんですよ」

「痩せるのは、もうどうだっていいけど。こんな歳だし」張りつめた頰に分厚い手のひらをあてる。「でもお金はほしいかな。子供らにたあんと食べさせてやれるから」

「それでは、つぎです」司会者が振り返った。カメラが失職したデザイナを狙う。

やだ、わたしいま、生まれてはじめてテレビに映ってる。緊張と興奮で一瞬だけ激しい飢餓感を忘れ去った。「わ、わたしのリングネームはなんですか」

司会者は満面の笑みをみせた。「リバウンド」

がっくり肩を落とした。あたっているだけに反論できない。政府はＢＭＩどころかそんな細かい情報まで把握しているのか。

「どうです。優勝したいですか」

「え。ああ、はい。そりゃあ、したいかしたくないかでいえば、したいです。痩せたいし賞金もほしい」

「失業したばかりなんですってね」

いろいろ、つつぬけなんだなあ。「はい。太りすぎが理由で解雇されました」

「痩せたら、会社をみかえしてやれますね」

「ええ」チャンスだ、あの質問をしてみよう。「あの。通知のさいごに書いてあったあれは、ほんとですか。負けたら死ぬ、ってやつ」

「おいおいお嬢さん」ビショクカが口をはさんできた。「あんなの政府の嘘にきまってるだろ。おれたちを真剣にさせるための方便だよ」

「でも」リバウンドは会場の一隅に目をやった。

ドームの白い壁と床の境目から突き出るように、鮫の頭が生えていた。もちろん精巧なつくりものだが、こころもち開いた口から銀色に輝く刃物のごとき歯がのぞいている。この場所に移送され閉じこめられた当初から、巨大な頭はものすごく不吉な存在感を放っていた。ちょうどひとひとり入るくらいの口のサイズが、不吉さの度合いをますます高めている。

「もちろん、ほんとうです」司会者は撮影用スマイルのままうなずく。「食べたひとは、そのかわりに食べられちゃうんですよ」

「嘘、うーそ」ビショクカは横たわったまま片手を振った。「そうやっておれたちを怖がらせているだけ。飴だけじゃなく鞭もないとゲームを投げるやつが出てくるから」

そうだよな、ただの脅しだよな。リバウンドは豊かすぎる胸をなでおろした。いくら全体主義っぽい政府だからって国民を、しかも四人も殺すわけがない。それもカメラが回っている前で。

「そして、つづきましては」司会者は四人目に近寄ってマイクを突き出す。「あなたも失業したばかりでしたね」

そうなのか。リバウンドはインタビューを受ける青年をあらためてながめた。メレンゲみたいに白くてやわらかそうな脂肪が全身にたっぷりついている。髪も目の色も薄い。幅広な尻をべったり床につけ、両脚を乳児のように開いている。横縞柄のTシャツが脂肪のつきぐあいを強調してしまっていた。室内が暑いと感じているのかむやみと汗をかいている。上背が大きいせいで小山のごとき印象だ。

青年はめがねの奥で気弱そうな笑みをみせた。「そうなんです。ぼくエンジニアなのに、太ってたって業務になんの問題もないはずなのに」

うわ、似てる。彼女はつい両手でむちっと頰をはさんだ。

「彼はナガラグイ」司会者はカメラにむきなおった。「ベジタリアンですが、テレビをみながらナッツ類や植物油をつかったポップコーンを食べつづけたせいでこうなりました。まだ二十四歳なのにBMIは四〇です」

「BMIにはひずみがある。体重を身長の二乗で割っているから、同じような体型でも身長があまりに高いと数値が大きくなってしまう。また若い男は骨や筋肉の割合が高いため全体的な比重も高くなりがちで、やはり大きい数値が出やすい」ナガラグイは低い声でつぶやいた。

「さあ、さいごの選手です」もとエンジニアの台詞を無視して、司会者は十代の少女のそばへ行った。彼女はここにきてからひとこともしゃべらず、白い顔をますます白くして、プリンのような体をただふるふるふるふると震わせている。特注サイズの制服と、ふたつにわけて黒ゴムで結んだ髪が幼さを強調していた。

かわいそうに、とリバウンドは少女に視線を投げる。多感な年ごろなのにこんなところに引き出されて、衆目にさらされて。

「なんっと、弱冠十五歳にしてＢＭＩ四一の猛者《もさ》」司会者は雰囲気を盛りあげるように声を高くした。「与えられしリングネームはヤケグイ。いやなことがあると食べて食べて食べて食べまくって、その結果がこのとおり」

「ちょっと」モッタイナイが鋭い声で割って入った。「この子まだ中学生だろ。そんないいかたってないよ」

「成長期なら肥満判定にはＢＭＩじゃなくてローレル指数をつかうべきだ」ナガラグイがつぶやく。

司会者は子を持つ母からの批難も技術者からの指摘も無視した。「学校は楽しいですか」

少女はだまったまま目を伏せた。そのようすにリバウンドは胸が痛くなった。体型を理由にいじめられているのかも。

司会者はまとめに入る。「テレビの前のみなさん、お好きな選手にお好きなだけお賭けくださいね。試合はまもなくはじまります。それではいったんお知らせです」

「ちょっと待って。ルールは」リバウンドは叫んだが、司会者はカメラにむかって陽気に手を振りながらワイヤで吊りあげられ、ドームの天井部分へ吸いこまれていった。五色のスモークと底抜けに陽気な音楽が彼のあとを追いかけた。

食べたら、食べられる。ヒントはそれだけか。

すると両開きの扉がひらいて、白衣を着たひとたちがドーム内に入ってきた。病院でみるような金属のカートを押しつつ、肥満者たちにまっすぐ突き進んでくる。

「さて、ここからは放送席より実況します」司会者の声がドームに響いた。「いま、医療チームが登場しましたね」

なあんだ、看護師さんたちか。念のためゲーム開始前に検査でもするんだろうな、脈とか血圧とか。

リバウンドはそばにやってきた白衣の女性に腕をあずけた。ほかの肥満者たちも同様に振舞っている。

看護師たちは手際よく選手たちの袖をまくりあげ、ゴムの駆血帯を巻いた。むき出しになった腕の内側の皮膚をアルコール綿で拭う。

あれ。この流れ、まさか注射するの。「ちょっと、やめて」リバウンドはあわてて腕を引く。

「おい、いったいなんだ」ビショクカが声をはりあげた。「おれの血管になにを入れるつもりだ」

「だいじょうぶ、体に害はありません」司会者がやさしげな声でいう。「申しわけありませんが、注射を打たないとゲームに参加できないきまりなのです。なあに、ちょっとちくっとするだけですから」

「むむっ」ビショクカはしばしだまって。「しかたない。ゲームははじまらなくちゃ終わらないもんな」観念したように腕を差し出した。

リバウンドも彼に倣った。やっぱり優勝したいしね。

看護師はしばしのあいだ脂肪の厚みに阻まれて血管探しに苦労していたがそこはプロ。ついに針を入れ、透明な液体を注入しはじめる。

「これ、なんの注射ですか」

質問してみたが相手は白いマスクで顔を半分以上も覆っており、ひとこともしゃべらない。選手と会話しないよう厳命されているのだろう。

針が抜かれ、アルコール綿で止血され、看護師たちがカートを押して退場したところで、司会者の声がまた響いてきた。「テレビの前のみなさん。いまのはステロイド注射でした」

はあ、ステロイド。リバウンドは首をかしげた。スポーツ大会でときどき問題になる、あれでしょ。このゲームは強制的にドーピングさせるんですか。

「ステロイドといっても、ドーピングにつかうあれとは別物ですよ」司会者はリバウンドの、選手たちの、そして視聴者の疑問に答えてくれた。「あちらは性ホルモンの一種です。このたび使用したのは副腎皮質ホルモン。強力な抗炎症作用があるのでアトピー性皮膚炎のかたは塗り薬としてごぞんじですね。ただし副作用も強烈です。内服や注射で体内に入れたばあいは」

そのばあいは。リバウンドもほかの肥満者たちも、唇を引き結んでつづきを待った。

「恐ろしく、空腹感が強まります。それこそ地獄の餓鬼のように」

「そんなばかげた副作用、あるかい」ビショクカが使用ずみのアルコール綿を放り投げた。「だまされるか。そうやって心理的に追いつめるつもりだろ。腹が減る薬を打たれたと信じれば、ほんとに腹が減ってくるからな」

ううっ。リバウンドはきゅるきゅる鳴る胃の上を押さえた。やめてやめてやめて。それでなくても、あの拉致《らち》された夜にアイスクリームを食べて以来ずうううっと、水しか口にしてないんだから。空腹になる薬の話なんてききたくない。

異常な飢餓感がわきあがってくる。いますぐ食べたい、食べなければ死んでしまう、という切迫感。胃と喉が締めあげられるリアルな感覚。顔が熱くなり、手のひらや首のうしろに汗がにじむ。心臓が脂肪に囲まれた胸郭を激しく叩いている。どんなに過酷なダイエットをしたときでもこれほどひどい、内側からかじられるような空腹感の経験はなかった。

みれば、ほかの参加者たちも腹を押さえて苦しげにもだえている。ステロイドの話がまるきり嘘だったとしても、政府の狙った効果は発揮されているようだ。

「さて、四十時間が経過しました。視聴者投票はここで締め切ります。それでは選手のみなさん、グッドファイトを。レディ、ゴー」

半球状の天井にゴングが鳴り響いた。音楽まで鳴り出した。ドームの端ばしからスモークがあがり、スポットライトが乱れ飛んだ。さきほど看護師たちが退場した扉がふたたび左右に大きく開きつつあった。

ファイトって、いったいなにがはじまるの。

スモークをかきわけて、両開き扉の奥から白い舞台が押し出されてきた。つづいて芳醇《ほうじゅん》な香りが鼻をついた。ああこれは焦がしたバター、あぶった肉、そして熱した胡麻油。クミンや八角やミントの香りも。指揮者のタクトで合図されたかのように、肥満者たちの腹がいっせいに鳴った。

舞台の上には輝くステンレス製のキッチンが造作されていた。白い服に白い帽子の男たちが三人、包丁をきらめかせ、フライパンを振るい、銅鍋をかき混ぜている。

「あっ、あれは」ビショクカがヴァイスヴルストのごとく太い人差し指を振りあげた。「あそこで中華包丁を握っているのは赤坂の高級中華料理店総料理長。ふたつ名は、よみがえった伝説の特級厨師。あっちが広尾にあるミシュラン殿堂入りフレンチレストランのオーナーシェフ、フランベの魔術師と呼ばれている。あの若い男が、先日ボローニャ国際新人創作料理賞をとったばかりのイタリアンの新星。この三人が一堂に会するとは、なんという贅沢」

すごい。リバウンドは息を呑んだ。いまの説明がほんとなら、政府はこのゲームにどれだけの金と手間をかけているのか。この会場やキッチンステージだってわざわざこしらえたわけだし。

「いらっしゃいませ」特級厨師が丸く分厚いまな板の上で豚の骨つきもも肉をふたつに叩き切った。たぁん、と小気味よい音が響く。「わたしの料理は一皿必食。食べなければきっと後悔します」

「どうです、この舌もとろける料理」魔術師と呼ばれる男が盛りつけの終わった皿を持ちあげる。カメラが狙う。牛肉のソテーに載っているのはフォアグラとトリュフではないのか。そのまわりをカラメル色のソースが囲む。つけあわせのポテトとクレソンさえ輝いている。「食べないんなら、捨てちゃいますよ」じゅうぶんに映像を撮らせたあとキッチンの隅のごみ箱へ移動する。

「えええっ。もったいない」モッタイナイが叫んで黒い両手でひっつめにした頭を抱えた。

食べたら、食べられる。リバウンドは達人のつくったおいしさ完全保証つきの料理と、背後の鮫の口を交互にながめた。わかった、誘惑に負けて料理に手を出せば、あの口に入れられて強制退場っていうルールなんだ。食べられるメタファだな。

でもどうやって。スタッフ総出で負けた選手を担いでいって、あの口に無理やり押しこむんだろうか。みんな百キロ以上あるからすごくたいへんそうだけど。それとあの歯、テレビのセットにしては鋭すぎ。あっそうか、危なそうにみえるけど手品の小道具みたいに触ると引っこむんだよねきっと。

「ぼ、ぼくはベジタリアンだ」ナガラグイが声をはりあげた。「バターや肉をつかったものはいっさい食べないぞ」

「そんなお客さまのために」イタリアンの新星がフライパンを大きくひと振るいした。若菜色の植物油をまとったペンネ、そして赤と緑のあざやかな具が宙に舞いあがった。その動きは飢えた肥満者たちの目にスローモーションとして映った。「ぼくの料理は完全ビーガン食だ。エクストラバージンオリーブオイルにセミドライトマト、パプリカ、バジル、オレガノ、エシャロット、ポルチーニ茸。野菜だけでもこんなにおいしい料理をつくれるよ」

ナガラグイだけでなく参加者全員が思わず息を呑み、鼻をひくつかせ、首を前へ伸ばした。きゅうきゅうきゅうきゅう。押し寄せる濃厚な匂いと視覚刺激のせいでかれらの腹はバグパイプ楽団のように鳴る。

リバウンドは自分の胃が底なし沼になった気がした。なんておいしそう、あれを胃の腑におさめたい。ひと皿だけでも、いやぜんぶ。

だめだめ、わたし。首を左右に強く振ってこらえた。優勝するんでしょ。痩せて、大金持ちになるんでしょ。こんなところでくじけてどうするの。

「どおれ、いただくか」ビショクカが重たげな腰をゆっくりあげた。「それ、捨てないでくれよ」フレンチシェフに近づいていく。

リバウンドはもと貿易会社社長の膝丈パンツに包まれた迫力のあるお尻を見送った。そっか、彼は勝負に興味がないのだっけ。おいしい料理を食べたらさっさと退場するつもりなんだ。そのいさぎよさがうらやましい。リバウンドが、そしてほかの三人も、口腔にたまった大量の唾液を飲みこんだ。

「どうぞ」フランベの魔術師はビショクカに皿を差し出す。つづいてフォークも。

「ここであんたの料理を食べられるとは。これまでなかなか予約をとれなくてな、ようやく念願かなったよ」ビショクカは満面の笑みで皿を受けとり、フォークを握った。「ロッシーニ風か。個人的に、ロッシーニの生きざまは大好きだ。もちろん彼の考案した料理も」

料理人は微笑を返す。「今回は立良形式ですので、フォークだけでいただけるようひと口サイズにアレンジしました」

「なお、この料理の正式名称は牛フィレ肉とフォアグラのロッシーニ風」司会者がリバウンドら庶民のために解説を入れる。『セビリアの理髪師』『泥棒かささぎ』などのオペラ作品で知られるイタリア生まれの作曲家ジョアキーノ・アントーニオ・ロッシーニは三十七歳のとき大ヒットナンバー『ウィリアム・テル』を書いて巨万の富を得たあとあっさりアーリーリタイア。パリに移り住み、もとからの趣味である美食の道を追究しました。トリュフを探す豚さえ飼育していたそうです」

なるほどビショクカが敬愛しそうな人物だな、とリバウンドは思った。

「おお、この理想的な焼きあがり。そして豊潤なフォンドボーとバルサミコの香り」ビショクカは鼻腔をふくらませ両目を細め、さもうれしげに口元をほころばせた。おいしい料理がほんとうに好きと伝わってくる表情だ。

「どれどれ、それでは」

フォークを口に入れた。咀嚼《そしゃく》した。顎のたっぷりした脂肪が震える。「うむ。火の通しかげんといいソースといい、文句のつけようがない。まちがいなくこれまで食べたうちで最高のひと皿だよ。満足だ、もういつ人生が終わっても」

とつぜん、彼はフォークを落とした。つづいて、食べかけの料理が載った皿も落とした。足下に白いポテトが転がり、褐色のソースが散った。割れた皿とつけあわせの上にがっくり両膝をついた。そのままものもいわずに倒れ伏す。

肥満者たちは動揺して口々に声をあげた。

「えっ、なに。なにが起きたの」

「まさか料理に毒が」

「ちがう。毒じゃない」ナガラグイが右手を伸ばした。上腕の脂肪がぶるんと揺れる。「あれをみて。それからあっちも」

まず彼が指したのはビショクカの丸い背中だ。左右のサスペンダーのちょうど中間に、目立つ朱色の綿毛がついた矢のようなものが刺さっている。つづいてナガラグイは一同の背後、ななめ上を指す。

上方の壁の一部にいつのまにか小さな窓が開いて、ライフルをかまえた男がのぞいていたのである。

「あ。あれって、麻酔銃」

とリバウンドが叫んだとたん、床が動き出した。キッチンが載るステージ部分はそのままで会場の円い床だけが少しずつ傾いていく。

うわっ、危ない。

リバウンドは急いで這《は》いつくばり、両手両足で床面にしがみついた。ほかの三人も同じ姿勢をとる。さいわい床の傾斜はごく浅い角度で止まった。だが意識を失ったビショクカの体は自重のためすべり落ちはじめた。四人はただ見送るしかない。うっかり手を離せば自分たちも落ちていくからだ。肥満者たちは重力の恐ろしさを身にしみて知っている。重力はかれらにたいし敵意に満ちた振る舞いをする。そこは標準体型の者たちが知らない世界だ。

ちょっと待って、あの先にはたしか。

リバウンドは首をねじまげてうしろをみた。ビショクカがずるずると落ちていくその先には、精巧なつくりものの鮫の口が、上下の顎をいっぱいに開いて待ちかまえていた。

まさか、まさかね。リバウンドは額にいやな汗を感じた。演出でしょ。食べられて死にました、っていうメタファでしょ。敗者は死ぬって、そんな、まさか。

ビショクカが鮫の口へ落ちる瞬間、彼女は両目をぎゅっと閉じた。だがその直後、恐ろしい叫び声でまた目を開いてしまった。

すぐとなりで、モッタイナイが大汗を流し決死の形相で叫んでいた。血走った目はいまにも飛び出してしまいそうだ。つい、リバウンドは彼女の視線の先を追ってしまった。ああ、なんてことだ。

鮫の口は閉じられていた。鋭利な歯は引っこんでなどおらず、大量の鮮血で染まっている。口元の床にはスペイン産生ハム原木のようなものが転がっていた。それは切断されたビショクカの片足だと認識できたのは数秒たってからだった。

「嘘、うそ。嘘、うそうそ。なななにあれ」

モッタイナイの顔は涙と鼻汁にまみれていた。床の角度は水平に戻っている。血糊は洗い流され、食い残しの片足もすでに回収されていた。リバウンドはことばひとつ出せず、ただヤケグイの肩を抱いていた。少女は地震に遭《あ》ったゼリーみたいに震えていた。

「やつら本気だ。本気なんだ」ナガラグイは押し殺した声でいった。めがねのレンズが汗で曇っている。「やつら、肥満者には人権なんかないと思ってやがる。そうだ、太っていると人間あつかいされないんだ。ただ太っているだけなのに。いつも、いつだって」拳で床を激しく叩いた。だがその音は派手な音楽で消されてしまった。スモーク、そしてライト。白い煙をかきわけてつぎなる舞台が押し出されてくる。リバウンドはライトのまぶしさに目を細くした。

ふたつめの舞台はキッチンのとなりに出現した。さほど大きくはなく、ちょうどひとりひとり立てるサイズだ。じっさいだれかが立っていた。

スモークが晴れた。スポットライトがあたった。

「はーい。選手のみなっさーん」輝く銀色のブレスレットをつけた華奢な右腕があがった。白いチュールのミニスカートからすらりと細い足が伸びている。ツインテールにした真っ黒でまっすぐな長い髪、ほんのりチークのナチュラルメイク。「おなか、すいてますかーっ」

「あっ。あれは」

「うっそ、ひょっとして」

選手たちは新たに出現した人物を指さしてつぎつぎ叫んだ。

「やほー」その人物は愛くるしい微笑を肥満者たちにむけた。さいきんグルメ系テレビ番組でよくみかける顔。代謝が恐ろしく高いためか食べても食べてもけっして太らない夢のような体をもつ、そうだ彼女はあの有名な。

「大食いアイドル、ナツメちゃんだ」

と、叫んでからリバウンドはふと横をみた。ナガラグイは口をあんぐり開け、完全に魂をもっていかれた目つきで可憐な美少女の姿を凝視している。

「ちょっと。どうしたの、しっかりしてよ」青年のやわらかな脇腹を肘でつついてみた。二度三度と突いてもまったく気づかないので、二の腕の肉をつかんで揺すぶってみるとようやく相手はこう漏らした。「ま。まさか。本人に会えるなんて」

「ってことは。あなた、ナツメちゃんのファンなの」

ナガラグイは深くうなずいた。顎が首まわりの脂肪に埋まった。

「きょうは好きなだけ食べていいよ、っていわれてやってきましたあー」アイドルはキッチンステージへ身軽に飛び移った。「わあ。ナツメ、チャーハンだーいすき。ねえねえこれ食べていーい」たったいま火から下ろされたばかりの中華鍋をのぞきこみ、かわいらしく小首をかしげてみせる。

「もちろん、どうぞ。一皿必食」赤坂の総料理長がかつかつかつとお玉を鳴らして鍋の中身を皿に移す。蓮華《れんげ》を添えて差し出す。みごとな半球状に盛られたチャーハンの米ひとつぶひとつぶが卵と胡麻油をまとって黄金色に光っている。

「わあい。ついさっきスタジオのそばの半多屋《はんだや》でめし（大）と豚汁（特大）を食べたんだけど、じつはちょっと足りなかったの。いっただっきまーす」ひと匙すくい、パールピンクの小さな唇のあいだへ押しこむ。しっかり咀嚼し、味わってから。「とってもおいしいでーす」心底しあわせそうな笑みを浮かべる。

肥満者たちはそのようすをほんの数メートル先からみつめていた。画面での彼女の食べっぷりはいつみても気持ちよく、また食べかたが上品で、かつ料理にたいする愛と敬意を感じさせた。そこが人気の秘訣だ。

しかし、それをじかにみせつけられるとなると。しかも四十時間絶食後に、ドーピングまでされて。

かれらを本能が駆りたてた。食え、食え、食え。さあひと思いに食ってしまえ。本能はただ餓死の危険に対処するだけではない。人類は群れをつくり助け合い、仲間と共食して絆を強めるように進化してきた。そばでだれかが食べていればかならず自分も食べたくなるのである。その誘惑にリバウンドは二の腕を強くつねって耐えた。だめ、わたし、前に出ちゃだめ。政府は肥満者なんて社会のお荷物、できるだけ早く片づけたいと思ってるんだから。無慈悲に、ごみのように捨てたいと考えているんだから。

「やっぱりチャーハンは卵と豚肉と葱《ねぎ》。シンプルなのがいちばんだよねー」ナツメは無邪気に料理をほめながら、二口三口四口と食べ進み、ついにはひと皿をたいらげてしまった。「ね、すっごーくおいしいよ。どうしたのみんな、いっしょに食べようよー」これまた無邪気に空いた皿をかかげてみせる。

ぐび。喉を鳴らす音がきこえた。リバウンドはとなりを盗みみた。ナガラグイの両目はあやしく輝いている。両手を固く握りしめて膝の上に置いている。ぽっちゃりした拳にはそれぞれよっつのえくぼが浮かんでいる。標準体型のひとなら静脈や関節が浮き出るところなのだが。

「あっ。あっちは、なんだろー」大食いアイドルは皿と蓮華をきちんとならべて置くと、若きイタリア料理人のむかいへ跳ねるように移動した。「なにつくってるのー、おにいさん」

「ブラウンマッシュルームとバジルとナッツのピザです」青年はオーブンを開け、木製のひらたいシャベルのような道具でピザを出した。オリーブオイルと焼けた小麦とトマトソースの香ばしい匂いが立ちあがってきた。

リバウンドはめまいがした。その生地だけでいいから、どうかひと口かじらせて。

「石窯で焼くのが王道ですが、ここには設置できませんでした。そのかわり、オーブンにセラミックの板を入れたのでかなり近い焼きあがりになるはずです」まだぱりぱりと音がしているピザ生地の上に緑あざやかなバジルを散らす。その上からローストして砕いた胡桃《くるみ》とアーモンドとカシューナッツをふりかける。さらに、鷹の爪やガーリックやおしゃれな香草が入った小瓶からオイルをひとまわし。シェフ特製の魔法がかかった調味料にちがいない。

「わっ、いいにおーい」アイドルは三角形にカットされたひと切れをつまみあげて尖った頂点を口に入れた。「いやあん、おいっしー。ほんのり辛くて、胡桃がかりかりで、生地は最高にクリスピー」空いたほうの手のひらをかわいらしく頬にあてる。意図してやっているのかは不明だが純朴な若い男たちを瞬殺するしぐさだ。

そのとたん、ナガラグイが床を蹴って立ちあがった。象のごとき二本の足がずしずしずしとキッチンステージにむかって歩いていく。

「待って、止まって。止まれったら止まれ」

「こらあ、だめだよ。食べたらどうなると思ってんの」

「いいんだ」彼は背後の歳上女性たちからの声にこたえた。「いいんだ。ナツメちゃんといっしょにいちどでも食事できるなら、どうなったって本望だ」

なにいいい。ファンとは、ファンの魂とはそこまで強いのか。

「冷静になって」リバウンドは声を嗄《か》らして叫ぶ。「その、あなたの大好きなナツメちゃんだってあいつらの仲間なんだよ。あなたを陥れようとしてるんだよ」

「ちがう」彼は振り返ってきっぱりいった。燃えるような目をしていた。「彼女は悪くない。だって、直前までスタジオの外で食事をしていたといったじゃないか。しかも半多屋にテレビはない。こんなむごたらしい殺人ゲームだと知らずに出演しているんだ」

一理ある。そうかもしれない、でも。「だからといって、そんな自殺みたいなことしなくたって」

「止めないで。いまこの瞬間が、ぼくの人生のハイライトなんだ。ものごころついてからずっと、馬鹿にされ、笑いものにされ、こづきまわされ、ついには職まで奪われたみじめな二十四年間の」青年は笑顔さえみせて前をむき、ステージへ歩を進める。

「あっおにいさん。いっしょに食べよー」

アイドルはビーガンピザをもうひと切れとってナガラグイに差し出した。彼は女神からの贈りものを賜《たまわ》るようにうやうやしく両手で受けとり、陶酔しきった表情でその端をぱりりっ、と嚙みとった。

ああっ、やめて。

つぎの瞬間、赤い目印のついた矢がナガラグイの背中に立った。リバウンドは叫んだ、声をかぎりに。青年はこのうえなく満ち足りた表情を浮かべたまま目を閉じ、膝を屈し、どうと顔から倒れこんだ。そして床が傾いていった。

床がもとの角度に戻るころには残された三人はすっかり泣き疲れ、動転し、青ざめはて、大汗をかき、体をひどく震わせていた。だからアイドルの乗ったステージがさがって新たなステージが登場しても少しのあいだ気づかなかった。

スモークが晴れた。登場シーン用の音楽は鳴りやんで、かわりにあかるい四拍子の曲がビートを刻みはじめた。

えっ。こんどは、なに。

リバウンドは腫れた両目でステージをみやった。その上には今回もスレンダーな女性が立っていた。だが先のアイドルのような華奢さや可憐さはない。黒いビキニトップスとショートパンツ、健康的な小麦色の肌。鍛えあげられた肉体は体脂肪率たったの一四パーセントとうたわれている。しかも彼女はなんと四十歳なのである。

「そっこの、デブどもぉ」高らかに叫んで金色に染めたセミロングの髪を肩から払い、くっきりとアイラインを引いた目で三人の女をにらみつけた。「そんなだらしない体型でよく恥ずかしげもなく生きていられるね。あたしだったらいますぐダイエットをはじめるよ。そして三ヶ月でかならず結果を出す」

「あっ、あんたは」モッタイナイがブーダンノワールのように太い指でステージ上の女性を差した。「カリスマ辛口ダイエットインストラクター、ひとよんで燃焼系マサコ」

「そう」マサコはしなやかな筋肉のおかげでかたちのよい腕をくびれた腰にあて、ポーズをつくった。「脂肪は、燃やすものよ」いつものきめ台詞をいってビビッドレッドの唇の端をあげる。

なんのためにこのひとを出してきたんだろう。リバウンドはカリスマインストラクターをみあげ、つづいてその横のステージで料理をつくりつづけているカリスマシェフ三人衆に目をやった。マサコは自身が考案した油脂類カット調理法で本まで書いている。その彼女が、グルマンむけの脂の多い料理を食べるとも思えないし。

「あんたたち。たまたまみんな女だから、女どうし忌憚《きたん》なく意見してやるけどね」マサコは三人の肥満者たちをステージ上から睥睨《へいげい》した。「そのままの体型じゃ一生、男できないよ」

「ちょっと待って」リバウンドはモッタイナイの太い腕をとった。「それ嘘だよ。だってこのひと、結婚して子供もいるよ」

「たねあかしはかんたん」カリスマインストラクターは上から目線の態度を崩さない。「結婚したころは痩せてたんだよ」

「そうなの」視線をむけると、モッタイナイはだまったまま申しわけなさそうな表情でうなずいた。

「でも。でもね」リバウンドはヤケグイを抱き寄せた。この子はまだ十五歳だ、この子の希望を打ち砕いてはならない。「でも、男のひとたちよくいうじゃない。ぽっちゃりした女性は魅力的だ、って」

「あんたはかんちがいしている」相手はつめたい声でいいはなった。「男たちのいうぽっちゃりとは、くびれたウエストと細く長い手足をもち、胸と尻だけが豊かな女性を指している。あんたのような巨デブは含まない。かんぜんに、対、象、外」

ああ。そこまではっきりいわなくても。

ヤケグイの震えが伝わってきた。みれば、その顔は白色度一〇〇パーセントの複写用紙のように蒼白で、唇を血がにじむほど強く噛んでいる。口の端からはよだれが流れ出している。だいじょうぶだろうか。リバウンドはもっとも年少の選手を思いやり、そして政府の意図に気づいた。まさか、なんと陰湿な。

「だから。痩せな。ダイエットしなきゃ、だれにも振りむいてもらえない。女あつかいどころか人間あつかいもされない。人生は最低のまんまだよ」

マサコはステージ上で華麗に一回転すると音楽に合わせ、これまた彼女考案のエアロビクスをとりいれたオリジナルダンスを踊り出した。ステップを踏みながらも選手たちを振り返ってはきついことばをあびせつづける。

「痩せるなんてかんたんさ、消費カロリーが摂取カロリーを上回ればいい。そんなシンプルなことができないなんて、最低、最低、最低。意志の力がなさすぎる。食べたいだけ食べるのは理性ある人間じゃない、獣だよ獣。け、も、の」

リバウンドの腕のなかでヤケグイは全身をわななかせていた。震えはしだいに大きくなり、予測される東海大地震にみまわれた中部地方の軟弱地盤のようになり、そしてついに。

おおおおおおおおん

と、天に叫ぶとリバウンドの両手を振りきり立ちあがった。シェフたちが料理をつくるステージめざしてまっしぐらに駆けていく。

と、いいたいところだが波うつ脂肪が彼女自身のじゃまをした。間一髪、リバウンドとモッタイナイの伸ばした腕がヤケグイの制服の裾をとらえた。ふたりは少女を床へ押さえつけた。

「おちついて。あれはマサコの作戦なんだから」

「そうだよ。いらいらさせて、やり食いさせようとしているんだ。だまされちゃだめ」

だがヤケグイはおおおおおん、おおおおおんと横浜港に停泊する客船の汽笛のように咆哮し、桜島大根のごとき両腕と両脚を振るって暴れまくる。若いだけに力が強い。少しずつ、少しずつ、蠱惑《こわく》的な香りただようキッチンステージへむかって這い進んでいく。

「だ、だめだよおお」モッタイナイが叫んだ。「もう抑えきれないよ。あたしたちの力じゃ無理だよお」

そのとおりだ。力だけじゃ止められない。

リバウンドは必死でふんばりつつ考えた。この子を死なせるわけにはいかない。これまでたった十五年の人生で、きっとつらい経験を無数に味わってきたはず。いつもいじめられて、少なくともいじられて、肉まんとか雪だるまとかボンレスハムとか不名誉な渾名ばっかりつけられて、男の子たちには存在しないものとみなされて。でも生きていれば、くじけそうになってもそのたび勇気を奮い起こし奮い起こししながら生きつづけていれば、自分に得意なこともみつかるし、なかにはやさしいひとだっていると気づくはず。

デザイン部の同僚たち。産業医。人事部長。そりゃあ通りすがりの他人さまはつめたいけど、自分を個人的に知るひとたちはみんなやさしかった。

だめ。この子を死なせるのはぜったいに、だめ。

「きいて」ヤケグイとモッタイナイにだけきこえるよう声を落とした。「もうすぐ、あの料理をお腹いっぱい食べられるようにしてあげる。だからちょっとのあいだだけ、話をきいてくれる」

「え。それほんと」モッタイナイが目を見開いた。「危なくないの」

「だいじょうぶ、信じて。わたしたち全員生き残って、政府をあっといわせてやりましょ」余裕の笑みさえみせる。するとヤケグイはもがくのをやめた。リバウンドはより小声になってふたりに作戦を伝えた。それから。

「準備はいい」声をかけるとふたりはうなずいた。「じゃ、いくよ」

三人は同時に立ちあがった。リバウンドをまんなかにして、右にヤケグイ、左にモッタイナイ。三人あわせてＢＭＩは一〇〇をゆうに超える。その巨体がみっつ、足を踏みしめるたび全身の脂肪をたるんたるんと揺らしながらキッチンステージめざして進んでいく。

ステージの前に到達すると。「料理をちょうだい。三人ぶん」リバウンドは高らかに命じた。

さすがのマサコも驚いてダンスをやめた。

「ご注文ありがとうございます」プロとしてつねに時間と戦うシェフたちの動きは迅速だった。仕上げの段階にあった料理を手早くまとめて光の速さで皿に盛り、選手たちの前に差し出す。タイミングもぴったりだった、同時にオーダーされれば同時に提供するのも基本である。酢豚、オムレット、野菜のリゾット。三人の肥満者は息をあわせて当時に皿を受けとり、息をあわせて同時にスプーンを手にし、息をあわせてまったく同時に。

口に入れた。

「おおっと、これはなんたる番狂わせ」放送席から司会者が叫んだ。「いかがしたものでしょう。視聴者のみなさま、これから少しのあいだ協議に入ります。テレビを消さずにお待ちください」BGMの音量がきゅうに大きくなった。

よし、もくろみどおりだ。

政府は健康政策の象徴としてのダイエット王をただひとりだけ選び出そうとしている。三人同時に食べはじめてしまっては勝者をきめかね、混乱するにちがいない。このままいけばゲームは中止になるはず。

と思いながらもリバウンドは手と口を止めなかった。こんなおいしいオムレツはじめて。まず卵の味が濃厚。そしてバター、これきっとフランス産だ。それからもちろんプロの技による絶妙な焼きぐあい、とろけて崩れ出す寸前でうまくスプーンに載ってくれる。舌の上に移せば、もう極楽。

両どなりではモッタイナイが酢豚を、ヤケグイがリゾットを食べつづけていた。三人はめいめいきれいに皿を空け、めいめい叫んだ。「おかわり」「おかわり」「おかわり」

「はい、ただいま」シェフたちは客の動きを読んでいたのだろう、オーダーに応じてすぐさま皿を満たした。

なんという至福の時間。

三人が四度目のおかわりを食べ終えるころ、ようやく放送席から司会者の声が響いた。「たいへんお待たせいたしました。協議の結果をお伝えいたします」

ふんふん。リバウンドは余裕の表情で口をもぐもぐさせていた。もう中止するしかないでしょ。残念でした。

司会者はマイクのむこうでひとつ咳払いしてからつづけた。「三人が食べはじめたときの映像を、スロー再生して勝者判定いたしました」

えっ。

リバウンドの手からスプーンが落ちた。

「その結果、コンマ一秒の差でリバウンドが遅かった。よって、第一回ダイエット王はリバウンドに決定」

音楽が鳴り、紙吹雪が飛び、スポットライトが彼女を照らした。それと同時に。

「あっ」

「うっ」

両どなりのふたりが体に矢を受けて、数秒ののち崩れ落ちた。また床が傾く。リバウンドは反射的に這いつくばった。その左右を、意識を失ったふたりがすべっていく。麻酔を打たれたタイミングがわずかにちがうせいか、ヤケグイが先に鮫の口へ入っていきそうだ。そのあとをモッタイナイが追っている。

いけない。

リバウンドは力いっぱい足を蹴り出し、まるで空飛ぶヒーローのように両腕を前に突き出して、お腹で床をすべっていった。まずモッタイナイの右手をつかみ、つぎにヤケグイの左手をとらえる。離すな、この手をぜったいに離すなよ、自分。

三人は巨大な串団子のようにつながって鮫の口へ近づいていった。もっと、もっとふたりを引き寄せて。串団子じゃなくておはぎのような塊になれば、あの顎がいかに大きく開いたとて落ちようがないはず。

仲間たちの手をしっかりつかんだまま、リバウンドは遠隔操作カメラにむかって叫んだ。

「人間はね、どうやったって食欲には勝てないもんなの。だって食欲は根源的本能でしょ、食べなきゃ死んじゃうんだから。そんなのを抑えようったってむだ、むだ、むだな努力」ああっ手が震える。ふたりともあまりに肉が多いからつかんでいるのがむずかしい。ううう、指が痛くなってきた、でももっと引っぱらないと。ばらばらになったらおしまいだ。

ふんばれ、自分。ここが人生最大のふんばりどころだ。「太ってたっていいじゃない。病気が心配なのかもしれないけど、でも人類って、有史以来ずうっと病気と闘ってきたでしょう」

もう少し、もう少しふたりを引っぱるんだ。がんばれわたしの手。「太っていても、生きていたって、いい、でしょ」もう少し、もう少し。さあ、もう安全なくらいひとかたまりになったぞ。

間近にせまる鮫の口をみやった。口はすでに開ききっているが、三人を同時に飲みこむほどの広さはない。してやったり、と彼女は唇の端に笑みを浮かべた、その直後。

背中の一点に強い衝撃、そして鋭い痛みを感じた。不自然な眠気がわきあがり、急激に体の自由を奪っていく。

やられた。なんとしてもふたりを助けさせないつもりだな。でも、そうはさせるか。

さいごの力を両手にこめて、仲間たちの体を思い切り左右へ突き放した。リバウンドひとりだけがまっすぐ鮫の口をめざして落ちていく。

さよなら、みんな。さよなら、この世界。

視界の隅に、こちらへむかって駆けてくるカリスマインストラクターの姿が映った。そのうしろから三人のシェフも。愛する家族や人生をかけて育ててきた店を人質にとられているものの、ついに目の前の事態を見過ごせなくなったというかれらの事情も知らないまま、リバウンドの意識は暗転した。

初夏の日差しあふれる週末の午後だったが、彼の心は晴れなかった。今週は優秀な女性社員に解雇を告げねばならなかった。もういやだ、こんな仕事。

気張らししたいが、出かける元気もわいてこない。テレビの前のソファに座り、ホームAIに話しかける。「おねがいモラヴェック、テレビつけて。そうだな、なにかバラエティ番組を」

画面があかるくなる。きょうは部活が休みの娘もめずらしく居間にいて、彼のとなりに腰を下ろすといっしょにテレビをみはじめた。そのおかげで人事部長の落ちこんだ気持ちは少し癒やされた。

映ったのは国営放送局の特番だ。彼はぼんやり視線をむけていたが、ある人物が登場すると、目をむいて思わずうわっと声をあげた。

「どうしたの、おとうさん」娘は父の顔をのぞきこむ。

「あ、あれだ。あのひと」彼は画面を指した。「あの女のひとね、今週までおとうさんの会社にいたんだよ。いったいどうしてテレビに出てるんだろ」

ふたりはしばらくのあいだならんでソファに座り、番組をみていた。だがさいしょの選手が鮫の口に落ちるやいなや震えあがり、ひしと抱き合って喉が痛くなるまで泣き叫んだ。

「なんてことだ」人事部長は鼻を詰まらせながら居間の天井をあおいだ。「政府はいったいなにを考えている。太っているからって、医療費に負担をかけるからって殺していいわけがない」

娘は涙で汚れた顔をがくがくとうなずかせた。「おとうさん。あんなのだめ。あたし、あんなの許せないよ」

「そうだ。もちろん、わたしもぜったい許せない。ぜったいにだ」父は娘の手を強く引いて立ちあがった。「行こう。わたしらにもなにかができるはずだ」

ふたりは地下鉄を乗り継ぎ、国会議事堂前駅で降りた。駅は異様に混雑している。じきにふたりはみなが自分たちと同じ方向をめざしていると知った。人混みにもまれながらたどりついたのは首相官邸と内閣府のあいだの道路。その路面を朝のラッシュ時に負けない密度でひとが埋めている。急ごしらえのプラカードや幟《のぼり》を手にした者も多い。

「いますぐ、あの番組をやめさせろ」

「太ってるから殺すなんてひどすぎる」

「体重なんかで差別するな」

「殺すな。非人道的だ。恥を知れ」

父と娘も群衆に唱和し、首相官邸にむかって拳を振りあげた。娘のとなりには私服の産業医が、父のとなりには買ったばかりの小花柄ワンピースを着たスレンダーな女性がいて同じように叫び、拳を振っていた。

国営放送局前にも大群衆が集まっていた。かれらは拳をあげ、叫び、ののしり、投石をも辞さなかった。正面扉を破って局内に乱入してくるのでは、と恐れた番組責任者はついに決断した。彼はマイクを握って建物の外へ音声を流した。

「わかりました、いますぐあの番組を中止します。だからどうぞ静かに家へ帰ってください、お願いします」

国民健康増進党政権が倒れてから二年が経過した。彼女のBMIはやっぱり三七のままである。

とはいえ、二年前とはずいぶん印象が変わっている。ここは都内の賃貸オフィスの一室。きょうの彼女はひまわり柄を大胆にあしらった白地のワンピースを着ている。ひまわりの花びらと同じあざやかな山吹色のベルトのせいで体はひきしまってみえる。靴も山吹色のエナメルだ。ふたつの椅子をつかってデスクの前に座り、液晶ペンタブレットにむかって専用ペンを走らせている。ぷっくりした指先はきちんとマニキュアされビジューが光っている。

彼女のとなりではモッタイナイと呼ばれていた主婦がミシンをつかっていた。得意の洋裁の技術をいかし、もとリバウンドがデザインした肥満者用の服の試作品を縫いあげている。ふたりが立ちあげたアパレルスタートアップの業績は順調に伸びていた。なにせこれまでどの服飾メーカーも本気で開拓しなかった分野だ。そこに情熱と技能をあわせ持った女性たちが切りこんできた。成功しないわけがない。

ぴほーん。オフィスの玄関でチャイムが鳴った。入ってきたのは。

「おみやげにケーキを買ってきましたよ」十七歳になった少女は白くぽちゃぽちゃした頰にあかるい微笑を浮かべ、ぽちゃぽちゃした右手で紙箱をかかげてみせた。髪は結ばずにふわりと肩へ流し、少し大人びた雰囲気になっている。

「わあ、ありがとう」

「いいタイミング。休憩しましょ」

ふたりは仕事を中断して少女といっしょに丸テーブルを囲む。かつてヤケグイと呼ばれた少女は服飾専門学校に通っている。このオフィスにもまいにちのようにやってきてはふたりの仕事を手伝っている。卒業したあかつきには頼もしい戦力となってくれるだろう。

三人は笑い、手を叩き、紅茶をすすり、ケーキを口に運ぶ。そんなテーブルを見下ろす位置の壁に、額に入った写真がふたつ飾られていた。おしゃれな革の帽子をかぶった老人と、色白でめがねをかけた青年が写っている。

玄関扉のプレートには会社のロゴを出している。デザインしたのはもとリバウンドだ。白地に黒く、手のかたち。製品を手塩にかけてつくっていると伝えたかった。なにより、三人を強く結びつけたのは手。ゲームの終盤で握りしめた、手と手。

「じつはあれ、あたしのエプロンのアップリケなんでしょ」と、縫製担当者がからかう。ちがうよ、と服飾デザイナは笑い飛ばす。

＊＊＊

あれから数世紀が経過した。

地球の上空を一合枡に似た物体が周回していた。かなたよりきたる異星の探査船である。こんなサイズだからもちろん生身の生命体が乗っているはずもない。探査船そのものが自律した機械知性なのだった。宇宙空間のわずかな温度差からエネルギーを得て推進し、故障が起これば自己修復し、いよいよとなれば自己複製して、幾世代かを重ねたすえにとうとう銀河の辺境たるこの太陽系までやってきた。

探査船の目的は他星の生物を調べ、そのデータを母星へ送ること。地球は生命に満ちあふれており、キューブ型機械知性はここまではるばる旅をしてきたかいがあったとはりきっていた。ひと月ほどかけてこの惑星をじっくり観察したのち、長い記録文を送信した。以下、人間にかんする記述を抜粋する。

「ヒト属はつぎの二種。*Homo sapiens*（知恵のヒト）と *Homo obesus*（太ったヒト）。前者は絶滅危惧《きぐ》種なうえに食べるところがあまりない。後者はよく太っており食用にむく。ソテーにすると美味であろう」

異世界数学

数学で苦労していても気にしなくていいよ。なにせ、わたしのほうがもっとたいへんな思いをしているんだから。

アインシュタインより女子中学生バーバラ・ウィルソンへの手紙

三点。

エミはかぎりなく白紙に近い解答用紙をみつめた。その右隅に、赤いペンではっきり書かれている、数字の3。

三点か。こいつは、やばい。数学の点はいつも悪いけれど今回はまちがいなく最低記録。さすがに両手が震えてきた。

「放課後、数学教員室までおいで」

担任教師の志村は、小テストを返しざまそうささやいてとなりの机へ移った。縦縞のタイトスカートのお尻がこちらをむいた。志村は隣席の男子に答案を返してこういった。「ほんとうは百二十点やりたいところだ」

教師はつぎの机へむかう。エミは横目で隣席をうかがった。谷山くん、ほめられたのにやっぱりいつものクールな表情のまま。あっ満点の答案、コンビニのレシートかなんかみたいにあっさり数学Ⅱの教科書にはさんじゃった。あらら、また別の本読み出したよ。解析概論、高木貞治著。たかぎさだはる、ってえらい数学者なんだろうな。あんなに厚い本を書いて。

その数学者の名前が「たかぎていじ」であることをエミは知らない。

志村はこの男子生徒が授業をきいていなくても気にしなかった。彼女だけではない、ほかの教師もそんな感じだ。内職するな、と怒声が飛んでくる中学時代の教室風景とは大ちがいだった。

はあ、とエミは吐息を漏らす。このままじゃほんとにやばい。小テストの3という赤い数字と、隣席の少年の横顔を交互にみた。日焼けを知らないかのような白い肌、それでも不健康な印象はない。専門書のページをみつめるまなざしに力があるからだ。やわらかそうな髪、秀でた額、高い鼻梁《びりょう》、小さな顎のすべてが知性を感じさせる。

きゅううっ、と胸が締めつけられた。痛む部分を制服のブレザーの上からさすると、内ポケットの生徒手帳が手に触れた。ほぼ白紙なので生徒たちからただのメモ帳と揶揄《やゆ》されている。印字された校則はただの一行だけだ。

下駄履き登校を禁ずる。

旧制中学時代から百数十年の伝統を誇る、バンカラな校風の、県下きっての進学校。それがここ三の丸高校である。

「失礼します」

扉を叩いてから数学教員室に入る。今回もやっぱり背筋がざわざわした、手のひらに汗がにじんできた。案の定、すぐ右手の巨大な黒板の前ではふたりの教員がチョークの粉まみれで激論をかわしている。

「だから、このアイデアをさいしょに提唱したハンス・モラヴェックによれば」

「しかし、その論文は多世界解釈の一人称による証明方法がテーマで」

書き殴られた複雑な数式の意味はまったくわからないしわかりたくもない。

部屋の中央の、田の字に置かれた事務机のひとつから志村が顔をあげて手招きしてきた。

「ここ、座れ」机のとなりの丸椅子を指す。

居ごこち悪げに腰を下ろすと、担任は積みあがった書類のすきまからガラス瓶をとった。

「飴《あめ》、いるか」

いつも勧められるがいちども食べたことはない。色つきの飴玉が数学の問題を思い出させるせいだ。袋から赤い玉を引いたあと黄色の玉を引く確率を求めよ。ああげんなりする、そんなのどうだっていいじゃない。

だからエミはきょうも首を横に振る。

「そうか」志村は飴の瓶をひっこめた。肘掛けつきの回転椅子を少し回して脚を組む。タイトスカートの裾から膝が出た。右の膝頭、薄手のストッキングから透ける痣をこれまでになんどみつめたのだろう。赤ちゃんの手のような大きさとかたちをしている。

担任教師はショートカットの髪のあいだに指を入れ、ふちなしめがねの奥から女子生徒をみた。「呼ばれた理由は、わかってるな」

うなずいた。声さえ出ない。

「さっきの小テスト。点をとれたのは、唯一のサービス問題。暗記していればいいやつだ、今回は」

「二次方程式の解の公式」頬に脱脂綿を詰めたみたいな口調で答える。頭のなかで暗唱する。にーえーぶんのまいなすびーぷらすまいなするーとびーじじょうまいなすよんえーしー。まるで呪文だ。

「そう、中学生でも知ってるやつ。今回だけじゃない。一年のときからみているが、どの小テストも中間試験も期末試験も、きみは暗記で対応できる問題しか点をとれなかった。私立文系志望なら許されるかもしれない、だが」

担任の目に射すくめられて両肩をすぼめた。

「来年きみが受験を希望しているのは国立大学の西の雄、キヨート大学だ。二次試験では文系学部にも数学が課される。毎年、暗記の通用しない難問ばかりが出題されるのはもう知っているね」

「はい」ううう、胃が痛い。

「しかも数学の配点は高い。あそこの受験生は、文系であっても数学で高得点をとる子たちばかりだ。これも知っているね」

「はい」目の前が暗くなってくる。

そこで志村ははげますように口調をやわらかくした。「高望みがすぎるとはいわない。まだ一年以上あるんだ、それまでに暗記数学を脱却すればいい」

「はい」自信のなさが声に出ている。

教師は椅子の背に体をあずけて笑顔になった。「地頭いいんだし、数学のおもしろさに気づけばすぐ得意になれるって。ほら、元気だせ」

「失礼しました」うなだれたまま教員室を出た。扉を閉め、廊下でふうっと息を吐く。首や両肩を回してがちがちに緊張していた筋肉をほぐした。ああ、どっと疲れた。

志村先生や数学教員たち、そして谷山くん。数学がすきで得意なひとたちは、なぜ数学がおもしろいと思うのかぜんぜん教えてくれない。そんなの自明、って顔してる。かれらだけで固まって、内輪で盛りあがってて、こっちは指をくわえてみてる感じ。

あああ、やだな。まいったな。どうしよう。

いつから数学ができなくなったのか。小学生のころはそうでもなかった。中学ではかくだんに点がさがり、苦手科目だとはっきり自覚した。なにがきっかけだったか、もはや思い出せない。

とにかく寒気がするほどきらいなので考えて解くのは放棄し、数学は暗記科目だと割り切った。さいわい公立高校入試は県下の全校が共通の問題をつかう。数学はパターン丸暗記で攻略できる出題レベルだった。よってつつがなく高得点を得て、名門である三の丸高校にも合格できた。

だが、大学入試はちがう。各校が求める学生だけを選びとろうと独自の設問を練りあげてくる。

暗記の通用しない難問。もう、未来まっくら。絶望しかない。

通学鞄を抱えて校舎を出た。秋のはじめのさわやかな風が金木犀《きんもくせい》の香りを運んできた。すでに夕方だった。建物の壁は金色に染まり、庭木が芝生に長い影を落としている。帰宅部の子たちはとっくに帰ってしまい、部活のある子たちはグラウンドや体育館や音楽室や美術室や部室棟でそれぞれの活動に熱中している時間帯だ。ゆえに昇降口の先にはみごとに人影がなかった。エミだって帰宅部だから、担任との面談がなければいまごろ電車に揺られているはずだ。

部活は、一年の夏までは軟式テニス部に所属していた。どこかに入っておきたかっただけで、じきテニスはむかないとわかって辞めた。そのとき部長にもいわれた。うん、むいてないかなとは思ってたんだ。文化部のほうがよかったんじゃないの。なんかこう、じっくり頭つかうやつ。

だが、やりたいことを探していまさら文化部めぐりをするつもりはなかった。勉強時間を確保せねば志望校に合格できないと知ったからだ。

志望校。自分の、というよりは、彼の。

校門を抜ける。どっしりした瓦の切妻屋根を太い柱が両端で支えている。薬医門と呼ばれ、将軍お付きの医師が通るための門であったときかされていた。門を出れば、そこは橋。本城橋《ほんじよう》という古風な名だが近代的な鉄とコンクリート製で、自動車もすれちがえる幅がある。はるか下を線路が通っていた。堀だった地形を利用したという。つまりこの高校は城跡に建っているのだった。

ふと立ち止まって鞄を置き、鉄の手すりに両手をかけた。秋風がふわっとあがって紺色のプリーツスカートをふくらませ、肩までの黒髪を舞わせた。車輪が刻むかたたん、かたたん、というリズムがしだいに近づいてくる。

どうしよう、数学の成績がこのままだったら。

列車のせまる音をききながら、夕暮れの空に心をさまよわせた。同じ大学に行きたい。あの、となりの席なのにいちども口をきいたことがなくって、授業中は分厚い専門書ばかり読んでいて、ときおりポケットから生徒手帳を出しては書きつけたメモをながめている、そのメモが数学の難問だって自分が知ったのはついさいきんの、彼。志望校はキヨート大学の一択、学風に惹かれたためだとひとづてにきいた。この高校の優秀な生徒はふつう、首都にあって地理的にも近いトーキヨー大学を目指すのに。

どうしてこんなに気になるのか、わからない。わからないけどやっぱり、谷山くんと同じ大学に行きたい。

でも、数学が。

橋の上をまた風が吹き抜けた、エミは体を震わせた。心が暗く重くなった。背後から黒い腕が伸び、尖った爪の生えた手でつかみかかってくるような錯覚をおぼえた。もういやだ、逃げたい。逃げ出したい。

かたたん、かたたん。線路からの音はさらに大きくなった。列車は橋の真下を通る瞬間、長く強く警笛を鳴らした。まるで心の叫びのようだった。

手すりから身を乗り出し、通過する列車が巻き起こす風になぶられながら、いにしえの城を守った堀にむけて叫んだ。「数学なんて、この世界からなくなっちゃえばいいのに」

いいのに。いいのに。いいのに。

こだまが警笛の残響と溶けあう。音にまぎれてこんな声がきこえた気がした。

その願い、叶えよう。

はっとして体を起こし、周囲を見回した。毎朝毎夕踏みしめる、いつもの橋の白い路面と、夕陽で赤く染まった旧城下町ミトの風景がみえるはずだった。駅舎、県庁、県立図書館、街のシンボルである芸術館の三重らせんタワー。ところが。

彼女が立っていたのは木の板をつなぎ合わせた粗末な橋だった。

「えっ」思わず声をあげ、橋の下をのぞきこんだ。鉄の橋桁は消えており、もっさりと苔のついた丸太が橋を支えている。その下に小川、護岸工事もされていない。光る流れのなかに小魚の影がみえた。頭上をあおいだ、太陽はほぼ真上にあった。そんな馬鹿な、夕方のはずでは。

「ええっ」ふたたび叫んだ。なになになに、いったいなにが起きたの。

しかし考えをまとめるひまもなく。「そこ。どいた、どいたあああっ」

叫び声に振りむいた。なんと、雄牛二頭に曳《ひ》かせた荷車が目の前にせまっていた。叫んだのは荷車を御する男である。赤い顔と青い両目、帽子からはみでた黄色い巻き毛、革ベルトで絞った膝上丈のチュニック、長靴下、手袋と木底の革靴。ファンタジー作品に登場する中世の農夫そのままの姿だった。

「ご、ごめんなさいっ」荷車をやりすごすには橋の幅が足りないと気づき、急いであとずさった。橋をわたりきってから横へよけて待つ。木製のくびきをつけた雄牛たちがじれったいほどゆっくり通りすぎていった。陽の光と労働であたたまった動物の体から脂と糞の臭いがたちのぼる。ぎしぎし、がたがたいう荷車の車輪も車軸も木製で、サスペンションなどなさそうだ。荷台には大きな樽が何本も載っていた。液体の波立つ音がかすかにきこえる。色、音、臭気。夢にしてはリアルすぎないか。

頬をつまんで引っぱってみた。痛い、やっぱり夢じゃない。ということは。

まっさきに思い浮かんだのはファンタジー小説の設定だった。中学までは推理小説が大好きだったのだが、ここ数年はファンタジーばかり読んでいる。勉強の息抜きにちょうどいい。読書のあいだだけは受験の恐怖を忘れられた。

いまのこの状況。小説によくある、主人公がとつぜん異世界へ飛ばされるってやつに似てる。似てるけど。

首を横に振ってその考えを打ち消した。どうしたのわたし、そんなことが現実に起こるわけないでしょ。あれはフィクション、おもしろおかしくするためにつくりあげた絵空ごとだってば。

かといってほかの説明も思いつかない。

荷車を見送ったあと、あらためてまわりの風景を観察してみた。本城橋をわたった先につづく文教地区のおもかげはみじんもない。白い敷石の舗道やプラタナスの木陰やむかいの女子校やそのとなりの小学校はどこへ行ったのか。

道は未舗装で埃っぽく、幅はさきほどの荷車がやっと通れるくらい。左右は農地。長方形に区切られ、作物が育って青々とした部分もあれば休耕中で黒い部分もある。民家がぽつぽつと建っているがみな小さな平屋、土壁で屋根は草葺《ぶ》き。その屋根には煙突があって薄灰色の煙がたなびいている。家々と耕地のむこうには森。みっしり茂って地平線を縁どる影のようだ。緑の濃さ、まぶしい日差し、かすかにきこえるひばりの声。初夏なのか、季節までちがうとは。

背後からひとの声がした。振り返ると、荷車の農夫と似たいでたちの男が三人、農具を抱えてなにやら話し合いながらこちらへ歩いてくる。エミは反射的に逃げようとした。やましいことはしてないけど、現地のひとにみつかりたくない。しかし。

「なんだいお嬢さん。変わったかっこうだな」むこうから声をかけられてしまった。

しかたなくつくり笑いを返す。濃紺のブレザーに膝丈スカート、黒いローファー。ニポーンの女子高生の標準的な制服だが、ここではなはだ浮いている。しまったな、どう説明しよう。

すると。「そうか、わかったぞ」赤い髪の農夫が両手を打ち合わせた。「お嬢さん、旅の占い師だろ」つづいてほかのふたりも。「そうか、占い師か」「なるほど、だからそんなけったいななりを」と勝手に納得する。

はあ、助かった。そう安堵したのもつかのま。

「ここで占い師さんに出くわすたあ運がいい」赤い髪の男は声を高めた。「ひとつ、知恵を貸してくださらんか。お礼はするで」三人ともエミを期待のこもった目でみている。

こうなったら話を合わせるしかない。うまく答えられるかもしれないし、てきとうな嘘で切り抜けたっていい。「わ、わたしでよければ」

「じつは、領主さまがお命じになったのだよ」赤い髪の男が農地を指した。「ここから、ほれ、あっちまでの区画に、新しい道を二本つくれと。二本がぶっちがいになるようにして、道幅はどちらも同じにせよとな。だが」

「道以外の、畑として残す広さがさめられてるんだ」鼻の長い男が引きとった。「収穫を必要以上に減らすな、ってね」

背の低い男がつづける。「それでおれたち、道幅を何キュビットにするべきか話し合ってたんだが。ぜんぜん答えが出ない」

げげっ、よりによって数学。

と凍りついたが、繰り返し刷りこんだ記憶が脳から自動的に漏れ出てきた。これは高校入試数学で有名な、いわゆる道幅問題だ。

解法は暗記している。長方形をした区画の縦横の長さと、残すべき土地の面積の数字を農夫たちからききとる。小枝を拾い、地面を黒板がわりにして書きはじめた。

求める道幅をxとして二次方程式を立式し、因数分解がめんどうなので解の公式をつかう。にーえーぶんのまいなすびーぷらすまいなするーとびーじじょうまいなすよんえーしー。

「ちょいちょいちょいっと、ここここへ数字を代入して。ほら、解がふたつ出るけど片方はマイナスだから、こっちを採用。道幅は2と4分の1キュビットにすればいいよ」1キュビットが何メートルかは知らないが、とりあえず答えは出たぞ。

だが農夫たちは喜ぶどころか恐怖の表情を浮かべていた。彼らはいっせいに。

「か、開放派だ」と叫んでくるりと背中をむけ、土埃をあげて走り去ってしまった。

なんなの、せっかく問題を解いてあげたのに。

小枝を放り投げてしまうと、遅まきながら通学鞄がないと気づいた。あちらへ置いてきてしまったらしい。つまり、右も左もわからない異世界で身ひとつ。

教科書、辞書類、通学定期、ハンカチ、リップクリームの入ったポーチ、そしてお財布。そんなものがこの世界で役に立つとも思えないけど、使い慣れたものたちが根こそぎ消えたことは足下が崩れるような不安を呼び起こした。

きゅうに寒気がして両腕を体に回した。のどかな風景に惑わされるな、こいつはけっこうおおごとだ。いったいどうすればもとの世界に帰れるのか。

動揺のため注意力が薄れた。耕地の一角からあがった狼煙《のろし》も目に入らなかった。なにやら重低音がきこえると気づいたときにはもう遅かった。目の前に騎馬の小集団がひづめを鳴らして駆けつけていた。すべての馬は鴉の翼のごとき黒で、そろいの真紅の馬具がよく目立つ。

「そこのおまえ、おまえだ。あやしげな服を着た黒髪の小娘」

騎馬の男たちはエミを取り囲んでいっせいに槍の先をむけた。水滴のように頭頂部が尖った兜《かぶと》をかぶり、鎖帷子《くさりかたびら》を着こみ分厚い革の手袋やすね当てをつけている。武具には無数の傷がみてとれた。実戦によるものだと悟って少女は震えあがった。

ひとりだけあきらかに質のよい、銀色に輝く鎧を着た男が腹の底を震わすような声で叫んだ。

「おまえ、開放派だな。都《みやこ》まで連行する」兜の鼻あてのせいで表情がみえないためますます不気味だ。

「ま、待って」あわてて両手をあげた。「いきなり、なに。わたしなにか悪いことしたの。それと開放派ってどういう意味」

「数学の技をつかっただろう。開放派の証拠だ」

「はあ。やっぱりわかんないんですけど」

鎧の男はさらなる抗弁を許さず、すぐさま少女に縄をかけ、引いてきた馬の背に手際よくくくりつけた。「どうっ」武装した男たちは黒い乗馬の横腹を蹴ると、逮捕者を連れて駆け去っていく。

そのようすをさきほどの農夫たちが遠くからみつめていた。

「恐ろしい。あんな、ほんの娘っ子なのに開放派とは」

「あの子これからどうなるんかな」

「そんなの、おれたちが心配してどうする。さ、行こう。仕事に戻るぞ」

彼らはめいめいチュニックの胸を押さえた。衣服の下には財布があり、鎧の男からわたされた報奨金が入っていた。

駆ける馬の振動は激しく、口をしっかり閉じていないと舌を噛みそうだ。全身に荒縄が食いこんで痛い。ひづめの巻き起こす土埃がようしゃなく顔にかかり、目に入って涙をにじませ、鼻腔にもぐりこんでくしゃみを誘発する。

なになに、なんなの。なんでわたし縄で縛られて、どこに行くかも教えてもらえないの。そもそもこのひとたち、だれ。

質問したいがろくに声も出せない。よしんば出せたとしても、疾駆する馬のけたたましい足音で消されてしまうだろう。

黒馬に乗った男たちは道中ほとんどことばを発しなかった。ただいちど、四つ辻にさしかかったとき、銀色の鎧の男が道沿いの高い柱を指していった。「あれが開放派の末路だ」

エミは指されたものをみあげた。土埃のため視界が悪いが、柱のてっぺんになにかが刺さっていることだけはわかった。周囲には鴉が群れて不吉な声で鳴きかわしている。まさか、あれって。

吐き気がこみあげてくる。みたくなかった。ひどい、あんなのトラウマレベルだ。なんと野蛮な世界へきてしまったんだろう。

さらし首の辻を抜けてほどなく、行く手に砂色の帯のようなものがみえてきた。近づくにつれ、石と漆喰でできた壁だとわかった。高さは五、六メートル、巨大ななにかを円形競技場のように丸く囲んでいる。壁には騎馬でもじゅうぶん通れる門がくりぬかれており、門番が左右に立って長い槍を交差させていた。彼らは鎧の男と合図をかわすと槍を引いて一同を迎え入れた。

壁の内部は街だった。

道はここでも未舗装で、鶏、鵞鳥《がちょう》、豚、犬、子供がけたたましく叫びながら馬の左右を駆け抜けていった。みればあちこちに家畜の糞が落ちている。野蛮なうえに清潔さにも欠けているようだ。

街路の両側に木造の二階建、三階建の住居が無計画に立ちならんでいた。上階部分が張り出しており、最上部が橋状につながれ支えあっている。建物が道へ覆い被さっているせいで空がせまい。一階部分は店舗となっていた。板でできた陳列台には野菜や果物、食器類や鍋、靴やベルトや財布や衣類がならび店主と客が大声で価格交渉していた。看板に樽とジョッキの絵があるのは居酒屋、ベッドが描かれているのは宿屋だろう。

路上では店を持たない行商人が背中の笈《おい》に荷物を満載して呼び売りしている。薪はいかが、木炭に泥炭も、お食事の支度に欠かせませんよ。ええ蝋燭、蜜蝋製で煙が出ない、ラードなんかの混ぜものなしだ保証つき。奥さんそろそろベッドの藁を替えないかい、おひさまの匂いがする清潔な麦藁。

どこかで鐘が鳴っていた。時刻を知らせているのかもしれない。

なんたる活気、なんたる喧噪。エミはしばし、自分の奇妙な状況も縄で縛られた痛みも忘れて街のようすに見入った。わあすごい。色、音、臭いつきの超リアルなファンタジー世界だよこれ。

いっぽうエミのほうもみつめられていた。都の住民は外出着にこだわる余裕があるようで、男たちはあざやかな色に染めた長衣を着たり、マントに輝く留め金をつけたりしていた。女の多くはチュニックのスリットや袖口からレースをのぞかせ、外衣を凝った刺繍で飾っている。男は帽子の、女はベールの下で視線をかわしあい、ささやきあった。

「なんだ、あの娘のかっこうは」「髪の色も変だよ」「遠くからきた旅芸人でしょう。道化かな」「踊り子じゃないの」「奇抜すぎるな。占い師では」「娼婦かもしれん、脛を出してる」「ちょっとあんた。鼻の下」「あの歳で黒馬隊に捕まるなんて、いったいなにやったんだろうね」

「いま、きいてきたぞ。開放派だそうだ」

声はとつぜん恐怖をおびる。「なんだと。開放派だって」「開放派か」「開放派」目つきがけわしくなる。顔をそむけて祈りだかまじないだかをつぶやく者もいる。子供たちは母親の背後に隠れる。犬が吠えつく。老女があわてて家へ逃げこみ大きな音をたてて扉を閉めた。

なんなの、このおびえっぷり。開放派って、いったい何者。

黒馬に乗った男たちは無言で進み、やがて街の中心らしき広場へやってきた。広場は角石で舗装され、木造ではなく石造りの建物で整然と囲まれていた。一行はそのうちのひとつ、黒い化粧石が正面を飾るとんがり屋根の建物に入っていった。また鐘が鳴った、とんがり屋根の真下が鐘つき堂だった。この建物は市庁舎であり警察署と裁判所の役割も兼ねていると彼女はあとで知る。

「なんどもいってるでしょ、二次方程式の解の公式は学校で習うの。中学生以上ならだれでも知ってるんだってば」

エミは長いテーブルの前に座らされていた。木製の椅子は脚の高さが合っておらず、座面は小さいうえにクッションもないため座り心地が最悪だ。むかいには男が三人。みな黒い筒型の帽子をかぶり、黒いマントを身につけている。ひとりは鵞ペンとインクで調書をとっている。よくみると書類は紙ではない。羊皮紙か、世界史の教科書に出てたよね。そして全員がエミに疑いのまなざしをむけていた。

「学校で数学を習うだと」「この娘、つくり話でわれわれを煙《けむ》に巻こうとしておるぞ」「いや、妄想かもしれん。数学のしすぎで頭をやられておる」「そうだそうだ、数学のせいだ」「宰相さまのおっしゃるとおり、数学に触れてはいかんのだ。ああ恐ろしい」「やはり開放派を野放しにはできん。社会の害悪だ」

「だから、開放派ってなに」もう疲れた。やっと馬から下ろされ縄を解かれたと思ったらそのあとはずうううっと、このおじさんたちと噛み合わないやりとりの繰り返し。石積み壁の部屋には小さな窓がひとつだけ、入る日差しはすでに傾きかけている。外からの光が頼りにならないのでテーブルには蠟燭立てが載っていたが、こちらもひどく頼りない。蠟燭の炎ってこんなに暗いんだ。

「開放派なんて知らない。わたしそのひとたちの仲間じゃない。いいかげん信じてよ」

しらを切っているのか、それとも本気でいっているのか」三人の尋問係は視線をかわしあった。「ここまでくるとわれわれの手には負えんな。宰相さまにお出ましいただくか」「そうだ、この件は変だ。奇妙だ。むずかしい。宰相さまにご判断をお願いしよう」ひとりが背後に立つ部下に指を鳴らして合図した。部下は急いで部屋から出ていく。

宰相、ねえ。王を補佐する役職、って世界史で習った。ということは、ここは王国なのかな。などと考えていると部屋の扉がふたたび開いた。尋問係たちはすばやい身のこなしでいっせいに席を立ち、一歩さがって深く腰を曲げた。

「よいよい。楽にしろ」手を振りつつ入ってきたのは酷薄な顔立ちをした五十がらみの男だ。ナイフで削いだような頰、猛禽のくちばしに似た高い鼻。銀色のあごひげは短く刈りこまれ、やはり銀色のまっすぐな髪は顎先でそろえて軽く外向きに巻かれていた。黒いマントのデザインは尋問係たちと似ているが、丈がずっと長く銀糸で刺繡がほどこされている。位の高い者だとひとめでわかった。この男が宰相だな。

尋問係のひとりが状況を説明する。「この奇矯《ききよう》な風体の小娘が、囮《おとり》問題その四十二を解いたのです」

囮問題。つまりあれは囮捜査みたいなものだったのか。どうりですんなり逮捕されたわけね。それにしても、囮捜査に数学の問題って。

宰相はつめたい三白眼でエミを見下ろした。「小娘。どうやって解いた」

同じ答えを繰り返す。「二次方程式の解の公式」

相手の眉がつりあがった。あきらかに顔色が変わった。あれ、なに動揺してるのこのおじさん。

「ここに、書いてみろ」宰相はテーブルから羊皮紙と鵞ペンをとってエミの前に置いた。だからエミは慣れないペンの先を引っかけ引っかけ書いた。二次方程式えーえっくすじじょうぷらすびーえっくすぷらすしーいこーるぜろの解は、にーえーぶんのまいなすびーぷらすまいなするーとびーじじょうまいなすよんえーしー。

宰相のあごひげが震えた。解の公式を書きつけた羊皮紙をすばやくとりあげて丸め、マントの奥につっこむ。まるで他人の目にさらすまいとしているようだ。

「開放派だ。まちがいない」尋問係たちを振り返って強い口調でいった。「死刑。可及的すみやかに」

「はっ。可及的すみやかに、死刑」三人は声をそろえて復唱する。

「辻へ連れていけ」と言い残して、宰相は長いマントをひるがえすと部屋から出ていった。

えっ、いまなんていったの。死刑。すぐに。あの四つ辻で。

しわがれた鴉の声がエミの耳に届いた。

ちょっと待って。待って待って待ってこの展開。と、叫びたいのだが驚きと恐怖で声が出ない。体も動かない。まさか、わたし死ぬの。こんな見知らぬ場所で、だれも知ってるひとがいないところで、よくわからない理由でいますぐ殺されなくちゃならないの。そんなのいや。

絶望が深すぎると涙も出ないらしい。

そのとき、建物上部の鐘つき堂から鐘の音が伝わってきた。ふたつ、みっつ、よっつ、いつつ。

「時間だな」「時間だ」「さて、帰るか」

黒マントの男たちは卓上の書類をそろえ、椅子から立ちあがった。

さいしょエミはなにが起きたかわからなかった。数秒後、合点《がてん》した。ははあ、退勤時刻なんだ。こちらの世界の役人たちも夕方五時をすぎたらいっさい働かないらしい。

ひとまず助かった。安堵のあまり全身から力が抜け、椅子からずり落ちそうになった。

とはいえ死刑は延期されたにすぎない。すぐさま憲兵ふうの男ふたりに両脇を固められ、暗い廊下をしばらく引っぱられたのち石造りの小部屋に放りこまれた。説明はいらない、ここは牢だ。窓は跳びあがっても手が届かないほど高い位置にあり、さらに格子までついている。そこから夕暮れのなごりの光が射しこんでいた。寝具はない。つめたい石の床に黒ずんだ藁が少しばらまかれているだけだ。部屋の隅にある絶望的に汚れた甕《かめ》が鼻を刺す尿の臭いをただよわせている。無骨な木製扉が重々しく閉じられ、鍵のかかる音が響いた。男たちの足音が遠ざかり、やがて消えた。

ひとりにされるときゅうに震えがきた。スカートから出ている膝を必死でこする。陽が落ちたとたんに気温がさがったようだ。こんなに寒くて臭いところで眠れるわけがない。なにかがかさこそ這う音もする。虫か鼠か、姿がみえないとよけいに怖い。人間を嚙むほど巨大だったらどうしよう。

それより明日の心配だ。死刑。斬首か首吊りか。いやだいやだいやだいやだ、ぜったいにいやだ。猛烈に怖い。きっと痛い、死ぬほど苦しい。そしてほんとに死ぬ。それにわたしまだ十七歳。生まれてきてまだなんにもしてない。恋人だってつくってないのに。

ああおとうさんおかあさん、わたしいま人生でいちばんひどい目に遭ってる。

こんな極限状況なのにぐうっと腹が鳴った。つづけざまにいろんなできごとが降りかかってきたせいで忘れていたが、思えば二度目の夕方だ。お昼にお弁当を食べて以来なにも口にしていないから、お腹が空いて当然だ。母のつくった醬油味の唐揚げや小葱入り卵焼きやミニトマトのベーコン巻きを思い出して泣きそうになった。どうして、どうしてこんなことに。

そうだ、なぜなんだろう。両腕を組んで首をかしげた。ようやくこの特異な状況をとっくり考える時間ができたわけだし、なにがあったか整理してみるか。

考えはじめると恐怖は遠のいていった。ええとまず、数学の小テストで三点をとった。志村先生に呼ばれて説教された。学校を出た、薬医門をくぐって本城橋をわたった。堀にむかって叫んだ、数学なんて消えてしまえ。返事があった。その願い、叶えよう。

まさか。

農夫たちや自分を連行し尋問した男たちの言動から推測すると、ここではだれもろくに数学をつかっていない。それどころか使用を禁じているらしい。

つまり自分は望んだとおりの世界にきたわけだ。でも。

「そうじゃない」まず小声でいい、ついで声を大きくした。「そうじゃないってば」ないってば。ないってば。ないってば。自身の声がむなしく牢の高い天井に響く。そうじゃない、こんなの望んでいない。だってここには谷山くんがいない。家族も友だちも、自分をとりまいていた日常が根こそぎ奪われている。それどころか命の危険がせまっている。数学さえなければほかはどうだって、逮捕され処刑されたっていいわけではない。こんなの願いが叶ったっていわない、これではまるで。

天罰。

心が折れた。涙があふれて頰を伝い、スカートの上やうす汚れた敷藁のあいだに落ちた。急いで姿勢を正し、ひざまずいて両手を組み額にあてる。

「ごめんなさいごめんなさい数学の神さま、楽をしようとしたわたしが馬鹿でした。どうかもとの世界に帰してください、そうしたらきっと」

そこでふと祈りを止めた。そうしたらきっと、どうするのだろう。まじめに数学を勉強します。いやいや、いままでだってせいいっぱいがんばってきた。では、数学を好きになりますかな。でも、そんなこと可能なのか。

とつぜん頭上で物音がした。

驚いて振りあおぐ。窓はあかるい月夜を矩形《くけい》に切り抜いていた。格子が揺れ、一本がはずれた。つづいてもう一本。

恐怖に凍りついた。だれかが入ってこようとしている。だれ、何者。悪いひとかも。声が出ない、体も動かない。ただ両目をかっと開いて窓を凝視するだけだ。

人影があらわれ、黒くて長いなにかを牢に投げ入れた。蛇、と思って身を固くしたが、すぐに縄の一端だと気づいた。つづいて相手はたくみに体をよじって窓枠を抜けた。かなり細身のようだ。窓から垂らした縄を伝って床まで降りてくると、その者はエミにむかって静かにするよう合図した。

月あかりで相手の姿がみえた。息を呑んだ。やだ、びっくり。なんて谷山くんに似てるの。恐怖や警戒心は即座に消えた。異世界の少年に手をとられた瞬間、自分はとらわれの王女で運命の王子が救援にあらわれたと信じた。縄を握り、救出者の助けを借りつつ不器用に壁をよじのぼると窓枠に手をかけた。

＊＊＊

物音と話し声で目が覚めた。

音の方向へ顔をむけたが、視界は大きな布でさえぎられていた。室内はすでにあかるい。民家の二階の、間仕切りされた一角に寝かされたのだと思い出す。体を起こしてみると、下着だけでベッドへ入ったことも思い出した。三の丸高校の制服はそばの椅子の上にたたんで置かれている。この家の女主人、ソフィーといったっけ、彼女がやってくれたにちがいない。制服はきのう自分とともにさんざんな目にあったのだが、いまや皺は伸ばされ、目立つ泥や埃は落とされていた。細やかな気づかいに感謝しつつ身につける。

壁ぎわの小さな台に金だらいと麻布が載っていたので顔を洗い、髪をなでつけた。身づくろいをすませておそるおそる間仕切りの布のむこうへ出てみると、牢からの救出役の少年が大きなテーブルまわりで立ち働いていた。

「やあ、気分はどう」少年がエミに気づいて笑顔をみせた。ふたりは昨晩すでに名乗り合っていた。彼の名はクルト。膝上丈のチュニックと長靴下、革の短靴という簡素で動きやすい身なりだった。「そろそろ起こそうと思ってたんだ。もうじき昼食だよ、お腹すいてるでしょ」

ぎゅるるるる。胃のほうが先に返事をしたのであわてて腹を両手で押さえる。ゆうべは遅かったし、くたくたに疲れて食欲も失せていたからすぐに休ませてもらったんだっけ。

クルトは一枚板のテーブルにスプーンや皿やカップをならべていた。「座って」と木製のベンチを指す。壁の棚から大きなパンの塊をテーブルへ持ち出し、長いナイフで一定の厚みに切っていった。

部屋の一角には石材で囲んだ炉があった。鍋にかがみこんでいる女性がソフィーだ。鍋から鉢へ料理を盛ると、振り返って声をかけてきた。「起きてきたか。よかった、元気そうだね」

三十歳くらいだろうか。青く染めた長いワンピース、白い前掛け、白い頭巾といういでたちだ。昨夜もそう思ったが、赤い髪に緑の目ではあるものの担任の数学教師におもかげが似ている。

二階のこの部屋は台所と食堂と居間を兼ねているらしい。街路と裏庭に面した壁にひとつずつ開いた小さな窓にはガラスがなくて薄い布が垂れているだけ。建物や家具は古いが手入れがいきとどいて清潔だ。

下方からぎしぎしと木材のきしむ音がした。だれかが階段をあがってきたようだ。扉がわりの一枚革が開き、ソフィーと同年代の男が入ってきた。男は帽子を脱いで埃を払うと壁の釘にかけた。帽子の下からあらわれた髪は盛大な癖毛《くせげ》だった。頬には少年期のそばかすのなごりが散っている。服の簡素さはクルトとそう変わらない。エミに目をとめると白い歯をみせた。

「おお、調子がよさそうだな。ゆうべは膝が笑ってたが」

思い出した。昨夜、階段をのぼるとき手助けしてくれた男のひとだ。「あ、あのときはどうも」ぺこりと頭をさげる。

「紹介がまだだったね」ソフィーは配膳をつづけながら手短に説明する。「彼はパウル。この上の階に住んでるの。クルトもね」それから湯気の立つ鉢をエミの前に置いた。「さあどうぞ。量はたっぷりあるから遠慮しないで」

目の前にソフィーの右腕があった。袖をまくったむき出しの肘に黒い痣をみつけた。あのかたち、見覚えがある。そうだ、志村先生の膝のやつとそっくりだ。赤ちゃんみたいに小さな手形。

なにかつながりがあるのだろうか。この世界と、もといた世界に。

食事がはじまった。鉢の中身はスプーンが立つほど濃いスープで、材料は豆と根菜。味は単調だがなにせ彼女は飢えていた。パンは黒く、恐ろしく固い。少年が身振りで食べかたを教えてくれた。指で崩して、スープへ入れる。チーズは信じられないほど臭かったがみな平然と食べているので腐っているわけではないらしい。きけば、羊の乳でできているという。

自分の知るパンとチーズとはまるで別物だ。エミは毎日の朝食風景を思い返した。おかあさんが焼いてくれるスライスチーズの載ったトースト、かりかりふわふわだったよなあ。

いや、文句はいうまい。命が助かって、食事できるだけでじゅうぶんすぎるほどだ。

鉢や皿が空き、空腹が満たされてひと心地がつくとエミはあらためて頭をさげた。「ほんとにありがとうございました。縁もゆかりもないのに助けてくださって」

「縁がないとはみずくさいな」パウルが親しげに手を振った。「だっておれたちの仲間だろ」

「はあ。仲間」なんのこと。

クルトがテーブルに肘をついて身を乗り出した。「壁に長さ5キュビットの竿を立てかけた。竿の上端から地面まで、竿の下端から壁までの長さがともに整数値であるとき、おのおのの値はいくつになるか」

げっ、また数学の問題。やっぱり天罰でしょうこの世界。

一瞬だけ顔をしかめたものの、この解法も脳に刷りこまれていた。なあんだ、三平方の定理じゃないの。「4キュビットと3キュビット」あいかわらず1キュビットが何メートルかは知らないけどね。

すると三人はさもうれしそうに。「ほおら、やっぱり」「思ったとおりだ」「この子は仲間だよ」

睡眠と栄養をしっかりとったおかげで思考がはたらきだした。いまの質問と、これまでの経験をあわせて整理すると、自分を助けたのは。「ひょっとしてあなたたち、開放派ですか」開放派。農民や市民たちのおびえっぷり、官憲が囮捜査でとらえようとしている。極悪人としか思えないのだが。

「そう」「もちろん」「そのとおり」三人は無垢な笑顔で肯定する。

エミは三人の顔をみわたした。ぜんぜん極悪人らしくない。

「せ、説明してください」テーブルの端を強くつかんだ。「これまでだれも、ちゃんと教えてくれなかったんです。開放派っていったいなんですか」

「開放派って、開放派だよ。知らないの」パウルは首をかしげる。

「この子、すごく遠い土地からきたんだと思うよ」ソフィーがエミの制服に視線をむけた。「祖母の代からここで商売やってるけど、こんな服はじめてみるから」

「旅芸人か」パウルがきく。「踊り子。いや占い師かな」

またかい。「いいえ」芸人とは旅をするものらしい。

ソフィーが制服に話を戻す。「色かたちもめずらしいけど、生地もすごく変わってるね」

そうかなあ。「ウールです」

「ええっ、これがウール」目が丸くなり、声が裏返った。「信じられない。なんてなめらかなの」

「そういえば目と髪の色もめずらしいな」パウルがみつめてきた。「焦茶色というか、ほぼ黒だ」なお彼の瞳と癖毛はとてもあかるい茶色である。そばかすのなごりも薄茶色だ。

「エミは、いったいどこからきたの」クルトがきいた。昼の光の下でみると思ったほど彼と似ていない。髪はブロンドだし肌の色はもっとずっと白い。だがそのまなざしが、目の力が、そっくりなのだった。

エミは口ごもった。

「信じてもらえるかどうか」自分でもいまだに信じられないのだから。

「いいから話してみてよ」少年はほほえむ。ああ、こんなふうに谷山くんと会話したこといちどもなかった。

だから話した。自分が暮らしていた世界のあらましを。この世界にたどりつくまでと、たどりついてから投獄されるまでの経緯を。

パウルは囮捜査のくだりをさも不憫《ふびん》そうに顔をしかめてきいていた。エミの話がすべて終わると右手をあげて質問した。「それ、ほんとか。エミさんの世界では、みんな学校で数学を教わるって。ひとり残らずか」

「そう。ひとり残らず」義務教育だし、しかたなく。ほんとはいやだけど。

パウルは薄茶色の両目を見開いて心底度肝を抜かれた表情になった。「すごい。信じられない。学校で、全員に、数学」

信じられない箇所は、そこかい。エミはひそかにつっこむ。

「ああ、うらやましい。わたしも学校で数学を教えてみたい」ソフィーは両手を組んで天井をみあげた。また肘の痣がみえた。つい志村先生、と呼びかけたくなってしまう。別人なのに。

クルトは静かにうなずいた。「それは、ぼくらの理想とする世界だ」

ははあ、わかってきたぞ。開放派とは、禁止された数学の自由化をめざす地下組織なのか。よかった、数学のテストの点が悪いとか数学のない世界へ行きたいと願ったとかいう部分をぼかしておいて。このひとたち、わたしが数学ずきだと思いこんでる。同志なんだとかんちがいしてる。だからわざわざ牢から救い出して、家にも泊めて食事まで振る舞ってくれたんだ。数学ぎらいは隠しておかなきゃ。

それにしても開放派って、なぜそんなに危険視されてるんだろう。破壊活動とかして、市民を巻きこんだりするのかな。

あらためて恩人たちの顔をみわたす。まさかね。そんなことできるひとたちじゃない。

「とにかくわたし、もとの世界へ帰りたいんです。でも帰りかたがわからなくて」

「きた方角は」パウルが問う。

「わかりません。馬や牛車でどんなに長く旅しても帰れない気がする」なにせ天罰だから、という部分も伏せておく。

それにしても、ほんとに、どうやったら帰れるのだろう。天罰ならば、ずっとここにいなきゃならないのかな。そんな、谷山くんに会いたいしおかあさんの手づくり唐揚げも食べたい。また黒馬に乗った武装集団に追い回されるなんてぜったいいやだ。

「とりあえず」ソフィーが担任教師によく似た笑顔をみせた。「帰る方法がわかるまでうちにいたら。せまいとこで悪いけど」

「い、いいんですか」一条の光が射した。よかった、これで居場所ができる。「うれしいです。

ありがとうございます」勢いよく頭をさげたせいでテーブルに額をぶつけてしまった。みなが笑う。エミも額をさすりながら笑った。涙がにじんだ、痛みのためではなかった。

「ところで、エミさん」パウルがまた右手をあげた。「おまえさんがいちばん美しいと思う、いちばん好きな、いち推しの定理はなんだい」

えっ、なにその質問。

思わず目をしばたたいた。ふつう知り合ったばかりのひとには趣味とか、好きな料理とか、無人島に持っていく本とか、火事のとき家から持ち出すものとか、そんなのをきくよね。そこから話を広げるよね。

ところがパウルはエミのとまどいを気にかけるようすもなく。「おれが好きなのは鳩ノ巣原理だ。ごくあたりまえのことをいっているようだが、応用範囲は広く深い。たとえば、この街には同じ枚数の硬貨を皮財布に入れているやつがかならずふたり以上いることもわかってしまうんだ」

鳩ノ巣原理。なにそれ。習ったことないけど。

「鳩ノ巣原理はね。四個しか巣のないところに五羽の鳩がいたら、巣のうちひとつには二羽の鳩が入っている、ってこと」クルトが補足してくれた。「皮財布に入る硬貨なんて数百枚がいいとこだけど、この街の人口はもっとずっと多いから。硬貨の枚数が巣、財布が鳩、と思えばいいんだ」

ずいぶんいっぱい入る財布なんだな。そうか、たぶんここには紙幣がないんだ。

なんにせよ、単純な原理だ。あたりまえすぎる。これがなぜパウルにとって推し定理になるのか。

パウルの姿をあらためてながめる。うん、彼の頭が鳩の巣みたいよね、くるくるの癖毛で。わきあがってくる笑いを必死でかみ殺した。

するとパウルは、その笑いは話題が気に入ったためだと解釈したらしく。「さて、エミさんの推しは」期待に目を輝かせている。

推し定理。大の数学ぎらいにそんなものあるわけがない。まいったなあ、なんと答えよう。剰余定理も中線連結定理もチェバの定理もメラネウスの定理も余弦定理も二項定理もド・モアブルの定理も、どんな定理もだいっきらいです、なんていえないし。つまりあらゆる定理が非推し定理だ。

すると、外から鐘の音が響いてきた。

「はい、もう昼休みはおしまい」ソフィーがテーブルから立ちあがって両手を叩いた。ああ、また鐘に助けられた。「ところでエミ、まずは服を替えなよ。そのままじゃ目立ちすぎるから」

そのとおりだ。騎馬の男たちにみつかりたくはない。「でも、着替えが」

「古着でよければ貸してやるよ」手を振って男ふたりを下の階へ追い払う。「それにその服、汚れてるだろ。洗ってやろうか、なにせうちは洗濯屋なんだ」みればソフィーの頭巾は、この世界の標準からすると白くぱりっと仕上がっていた。

エミは恐縮し、自分で洗うと返事した。

着付けはソフィーが手伝ってくれた。いちど知ってしまえばそうむずかしくない、つぎからはひとりでできそうだ。長い袖なし下着の上から長袖の上衣《うわぎ》を着て、チュニックをかぶる。細い革ベルトで腰を絞る。靴下は膝下で結んでとめる。靴はやわらかい革製、足首を紐で結ぶ。前掛けをつけて頭巾のあごひもを結んでしまうと、ようやくこの世界の住人になれた気がした。

「うん、似合ってる。髪の色も隠せるし、この街の女の子にしかみえないよ」ソフィーは制服の上下を両手でくるりと巻いてまとめた。「さあ、おいで。この下が仕事場なんだ」

階段は梯子と呼ぶべき傾斜のきつさだった。昨夜はパウルの手助けがあったが、ひとりで、しかも下るのはそうとう怖い。家主は慣れたもので、荷物を抱えたままでも軽快に降りていく。エミのほうは、階段そばの壁に貼りつきながらおよび腰で降りた。かっこ悪いけど落ちて怪我するよりはまし。

一階は表通りの正面扉から裏庭に面した通用口までぶち抜きの広い部屋だ。中央に巨大なテーブルが置かれ、白い頭巾と前掛け姿の女性たちがもうもうと湯気を立てながらアイロンをかけていた。アイロンは木の把手《とって》がついた金属の箱にすぎない。炉の前で女性のひとりが真っ赤な炭を火ばさみで入れていたのでしくみが理解できた。裏庭へつづく扉が開いており、張りわたした紐に吊った洗濯物がみえる。

洗濯屋店主は庭へむかって声をかけた。「クルト。この子を街の洗濯場まで案内してやりな」

少年が裏庭から戻ってきた。「洗濯場は中央広場にあるんだ。この街は市壁で囲まれた円形をしてて、その中心が広場。この店は市門に近い位置にあるから、少し歩くよ」壁の棚から木製の小さな手桶をとる。「これ、石鹼ね」のぞきこむとねっとりした灰色の半固形物が入っていた。固形でも粉末でも液体でもない石鹼なんてはじめてだ。

クルトは同じ棚の麻袋もとって、丸めた制服を入れるとエミに手わたした。「さあ、いくよ。外では数学の話題は小声でね」

店の正面扉から表通りに出る。きょうも街路は人間と家畜でいっぱいだ。自然、ふたりはくっつきあってゆっくり進む。クルトが抑えた声できいてきた。

「ねえエミ。ほんとは数学、苦手でしょ」

いきなり核心を突かれた。「い、いいえ。そんな」あわててごまかしたものの。

「隠さなくていいよ」相手はくすくす笑い出した。「ぼくら開放派は、数学がきらいなひとや数学に触れたことのないひとに数学のおもしろさを広めているんだから」

なあんだ。ようやく緊張が解けた。数学が得意なひとたちの排他的な集まりじゃないわけね。

「だから、かくまってくれるの」

少年はこくんとうなずく。「きみがどこからきたのかよくわからないけど、数学を学ぶ機会がじゅうぶんあったのに好きになれないなんてもったいないよ」あかるい空色の両目が彼女をみた。「どうして数学きらいになっちゃったの」

「どうして、って」とっさに出てきた答えは。「点数が悪いから」

「点数」クルトは首をかしげた。「なに、それ」

衝撃だった。天啓かもしれなかった。この世界では学校で数学を教えない。だから当然、数学のテストも点数も存在しない。

もし点数で評価されないなら、自分と数学との関係はどう変わるのだろう。

翌朝からエミは洗濯店を手伝った。食事と寝る場所を提供されているのに働かないなんて申しわけない。

仕事のしだいはクルトが教えてくれた。客からあずかった汚れものを洗い、裏庭に干すまでが住みこみ徒弟である彼の役目。エミはその助手だ。仕上げは、アイロンと鏝《こて》の技術を持った店主のソフィーと通いの職人たちの領分だ。糊をきかせた衣装に熱した鏝で細かなひだを立てていくのは熟練を要する技だった。なおパウルは御用ききと仕上がった洗濯物の配達を担当している。

人力での洗濯は想像をはるかに超えた重労働だった。山盛りの汚れものを麻袋に詰めこんで中央広場の井戸に隣接した共同洗濯場へ運ぶ。矩形の洗濯槽が石敷きの床にならんでおり、かれらのような専業の洗濯人や、洗濯人に金を払えない女たちや、自分のものは自分で洗う主義の女たちがめいめい衣類やシーツやテーブル掛けを投げこむ。手桶に入った半固形石鹸は灰と家畜の脂でできており、布になすりつけて手洗いするのにちょうどよいやわらかさだ。ふたりは力をこめて洗濯物をこすり、叩き、ふみしだく。

ああ、洗濯機って偉大な発明。エミの額にはすでに汗がにじんでいる。この世界が中世の技術段階にとどまっているのは数学が禁止されたせいなのかも。洗濯機をつくるにもきっと数学が必要よね。遠心力の計算とか。

「もうすぐ夏だからね。この時期はわりあい楽しいよ」少年がいう。冬がきても自分はこの仕事をしているのだろうかとエミは不安になる。しかし口には出せない、ソフィーの好意で店に置いてもらっているのだし。

帰りは、洗濯物が濡れているため重さが倍増する。ふたりは麻袋を担いで息を切らしながら街路を進み、洗濯屋の店先まで戻ってきた。緑青《ろくしょう》が浮いて風格の出た銅の看板にはアイロンの輪郭が刻まれている。木製の鎧戸と扉が通りにむけて開かれている。ふたりはアイロンを振う職人たちと軽いことばをかわしながら店内を通り抜け、裏庭へ到着する。

エミは声を低くしてクルトにきいた。「あの職人さんたちも仲間なの」

「ちがうけど、でもだいじょうぶ。みんなソフィーから賃金をもらって生活しているわけだし、密告はありえないよ」

囮捜査だけじゃなく、密告制度まであるのか。「そういえば。わたしが逮捕されたの、よくわかったね」

クルトは麻袋から固く絞った洗濯物をとりだした。「ぼくらには情報網があってね、仲間にできそうなひとをみつけたら連絡が回るんだ。とくに数学禁止法違反の摘発は派手だからすぐわかる」

法律で禁じてるんだ。

エミも絞りあげた洗濯物をときほぐす作業に手を貸す。「数学禁止法なんて、どうしてそんなものが」尋問中にあらわれて死刑を宣告した、猛禽のような男を思い出した。「宰相さま、とかいうひとが制定したの」

「いいや。たしかにいまの宰相は数学禁止法の権化みたいなひとだけど、法律ができたのはずっとむかしだ」

「禁じたのはなぜ。ひょっとして、数学は危険だって思われてるの」

「ええと、それはね。話すと少し長くなる」

作業しながら説明がつづく。

ここでもむかしは学校で数学を教えていた。だが不思議なことに数学ぎらいが少しずつ増えていった。王を補佐して国政をつかさどる大臣たちのあいだにも数学ぎらいが蔓延した。ついにある日の会議で、数学を完全に追放する法案が提出された。学校で教えこまれた数学とやらはあまりにつまらない。虫唾《むしず》が走る。みるのもいやだ。いっそなくしてしまえば国は平和になるのでは。

だが当時の宰相は、もし数学を排すれば国政がたちゆかなくなると反論。たとえば税収の計算はだれがするのか。すると高潔な王はこう述べられた。

余が民草の重荷を背負おう。

以後、政治や経済を回す上で必要なすべての計算問題は王のもとへ持ちこまれた。数学は王にのみ許された力とされ、庶民は数学を学ぶことも教えることもできなくなった。数学禁止法の成立である。なお刑罰は、当初は科料ていどであったがしだいに厳罰化された。現在の宰相は罰則をかってないほどきびしくしており、逮捕者には最高刑である死刑が課される。密告を奨励し、囮捜査をとりいれた。数学は王の力なのだから、勝手につかえば王への反逆とみなされる。だから開放派は危険視されているのである。

エミはこの歴史を恐れていいのかあきれていいのかよくわからなかった。

「数学するだけで死刑なんて、いくらなんでもきびしすぎるよ。市民のみんなは怒らなかったの」自分の世界なら国会前でデモが起こるレベルだ。

「そこが宰相の狡猾なところでね。かわりに、窃盗の刑罰を従来の死刑から片手切断に減刑した。それでみんな丸めこまれちゃったんだ」

むむ、敵もさる者。「捕まったら死刑なんだよね。それなのに、あなたたちはどうして数学を」

「ひとつは、さっきいったようにぼくらけっこう組織立っていて、仲間を助け出せるから」主寝室ベッド用の巨大なシーツの一端を握り、もう一端をエミに持たせて引っぱった。「役人のなかには職務に熱意を持たない連中もいるから裏をかける」

そういえば尋問係三人衆も五時になったらさっさと仕事を離れていたっけ。至急と命じられた業務を放り出して。おかげでひと晩の猶予ができて、クルトが助けにきてくれた。「そんな勤務態度でよく馘にならないね」

「役人は地位が保証されているから。でもそんな怠け者がいてくれたって、救出がいつでも成功するわけじゃないけど」

エミはさらし首の辻を思い出して体を震わせる。

「もうひとつは。たとえ命の危険があっても、数学することをやめられないからだよ」

はあ。エミは口を開け、呆然とした。ほらほら手を動かす、と少年に注意されてようやく呪縛が解けた。「どうして。理解できない。数学やれるなら死んだっていいわけ」

「そんな。できれば死にたくないよ、死んだらもう数学できないし」シーツを広げ、引っぱる。上下に振る。大きな麻布は空気をはらんでふくらみ、皺が消えていく。「でも。逮捕するぞ殺すぞ、って脅されたってぼくらはやめない。だっておもしろいんだもの」

手を止めないようにするのがむずかしかった。なんてこと。このひとたち、だれにもほめられず点数でも評価されず、身の危険さえあるのに、数学をやっている。おもしろいという理由で。

やっぱり理解できない。

ふたりは協力して濡れたシーツを麻紐にかける。洗濯ばさみは割れ目を入れた枝切れだ。洗濯物のあいだを初夏の風が吹き抜けて新鮮な水蒸気の匂いをたてる。上出来、とクルトはエミの仕事をほめてから。「さて、きのうのつづき。数学をきらいになった理由をもっときかせて」

そういえば、なぜきらいなのかをきちんと考えたことはなかった。思いつくまま語る。「ええとね、たとえば証明。図をみたらあきらかなのに、なんでわざわざ手間をかけてたしかめるわけ。辺ＡＢと線分ＰＱが同じ長さかどうかなんて、みればわかるでしょう」

少年はつぎのシーツを慣れた手つきでときほぐす。一端を少女にわたし、引っぱらせる。

「あきらか、ってことばを安易につかっちゃいけない。もし作図したひとが下手くそで、正方形のはずなのに辺の長さがぜんぶちがっていたり円がゆがんで楕円になっていたりしたら、図によりあきらか、なんていえないだろ」

「うーん。それはそうだけど」へりくつっぽい。

「証明は、正しいかどうかをさぐりあてる道具なんだよ。あきらかなことを確認するだけでなく、一見あきらかでないものも正しいとわかる。一行一行、正しい論理をつみかさねていけばかならず正しい結論に達するから」

あ、そう。エミはたいした感動もなくシーツを引っぱりつづけた。

「実感わかないみたいだね」クルトは彼女にもういいよ、と合図を出してシーツを紐にかける作業へ移った。「証明の大切さをわかりやすくするために、ひとつ例題をやってみようか」

例題ごときで理解が進んだためしはないが、この状況でいやだともいえないのでうなずく。

「じゃあ。素数が無限にあるかどうかって、直感的にわかるかい」とクルトはいいかけて。

「そもそも素数ってなにか知ってる」

「知ってるよ。ただの約数のない奇数でしょ」

「その理解は少々乱暴だな。素数は数の最小単位なんだよ。たとえれば、建物をつくる石材のひとつひとつみたいなものかな。あらゆる自然数は素数の掛け合わせで表現できるから、素数を知ればすべての自然数がわかるんだ」

頭のなかで自分なりに咀嚼《そしゃく》してみた。化学で習った、あらゆる物質が原子の組み合わせででかった。素数についてそんな見方はしたことがないし、学校でも教えてはくれなかった。

これは、ちょっと新鮮かも。

「で、話を戻すよ。素数が無限にあるかどうか」

「そんなの考えたこともない」

「じゃあ、いまから考えて」

考えて。そのことばでスイッチが入った。手は休まず洗濯物を扱いながらも、脳が答えを探し求める。

素数は無限にあるや否やなんて、計算も複雑な公式も必要ないから数学ではないだろう。クイズかパズルだ、ならば怖くない。

「ええと、自然数は無限にある。でも素数は、1と自分自身以外に約数がないわけだから、大きくなるほど出現頻度が減っていきそうに思える」

「いいね。つづけて」

「だから。じゅうぶんに大きな数まで調べていけば、どこかで素数は出てこなくなるんじゃないかな」

「それがエミの答えだね。つまり、素数の個数は有限である」

「たぶん。はっきりとはいえないけど」

「はっきりいえないなら、証明の出番だよ。素数はn個しかないとする。nはもちろん自然数ね。一番目の素数をP_1、二番目の素数をP_2、と置いていって、n番目すなわち最大の素数をP_nとする。これらをぜんぶ掛け合わせた数に1を足した数をQとしよう。このQは、これまでに出てきたどの素数でもぜったい割り切れないよね」

「うん。かならず1があまっちゃうから」

「ってことは、Qは素数だ。P_nよりも大きい素数なんだ。つまり、最大の素数P_nなるものがあるとした前提がそもそもまちがっている」

「うっ」エミは数秒だまった。完璧だ、つっこみどころがまったくない。

「どう。美しいでしょ」

すごい。簡潔。美しい。だけど。

いつのまにかすべてのシーツが紐にかけられ、裏庭に射しこむ日差しをあびて風に吹かれていた。エミははためく白い洗濯物をながめ、それからクルトを振り返った。「美しい美しいって。たしかに美しいよ、そこは認める。でもだから、なに。美しければ命の危険も無視できるわけ。納得いかない」

「そうか、納得いかないか。うんうん」クルトは気分を害したようすもなくただうなずいていた。

午後いちばんの仕事は買い出しだった。ソフィーがいう。「卵、リーキと玉ねぎ、レンズ豆、それから兎。注文しておいた黒パンを受けとるのも忘れないで」

少年と少女は手に手に麻袋をつかんで街路へ出る。

「徒弟の仕事なんて半分は雑用だからね」クルトはエミのすぐ横を歩いている。「きみがいてくれて助かるよ。買い物の量が多いと何往復もしなきゃならないから」

少しは役に立っているかと思うとうれしくなる。

公共の場では数学の話は小声で。そのとりきめをエミはしっかり守った。「ねえ。さっきの数学禁止法の話で、気になったことがあるんだけど」

「なに」クルトは気さくにうながしてくれる。

やっぱり彼が相手だと話しやすいな。「数学をやっているのは王さまだけで、一般のひとたちはまったくやらないんだよね。たとえば買い物とか、計算できないと困るでしょ。どうしてるの」

「すごくいい質問だね」相手は笑顔をみせると街路に視線を走らせた。「実例をみるとわかりやすい。ほら、あれなんかどう」

彼が指したのは荒物屋の店先だった。落ちついた感じの中年の主婦が訪れて。「獣脂蠟燭、おいくらかしら」

「一本が三ドゥニエだよ」長い板の勘定台のむこうから恰幅《かっぷく》のよい店主が答えた。

「七本くださいな」

ふつうなら三かける七で二十一ドゥニエ払うところだよな。一ドゥニエが何イェンなのかは知らないけれど。

と、考えていたエミの前で驚きの光景が展開された。まず店主が勘定台の上に蠟燭を七本、等間隔でならべる。すると客はその蠟燭一本一本のそばに、銅貨を三枚ずつ置いていった。作業が終わると、客は台の上からすべての蠟燭を、店主はすべての硬貨をかき集めた。

「それじゃ、いただいていくわね」

「まいどどうも」

エミはものもいえずにこの街の典型的買い物風景をみつめていた。客の姿が雑踏にまぎれてみえなくなるころやっと感想をもらした。「す、すっごく、めんどくさい」

「でも正確だよ。一対一対応といってね、あのやりかただと掛け算どころか足し算もいらない」

「でも。時間がかかるし、小銭もいっぱい必要だし」鳩ノ巣原理の説明を思い出した。なるほど、財布が大きいわけだ。エミは思わずクルトの袖を引いて口を彼の耳元へ近づけた。「ねえ。教えてあげたらいいじゃない、掛け算」

少年はさびしげな微笑を返した。「危険すぎる」

そうか。そうよね。エミはおとなしく引きさがり、またクルトとならんで街路を歩き出した。

だがしばらくすると少年がまた。「あっ、あれをみて」

酒屋だった。店頭に横倒しの樽が木の架台に載せて出されている。そばでふたりの男がもめていた。前掛け姿の店主は片手にガラス製のカップを持っている。客は陶器の甕を提げていた。

量り売りしてほしいらしい。「きょうは金が足りないんだよ。半分だけ売ってくれないか」

「だめだね。うちはこいつに一杯が最小単位だ」店主はガラス器を差しあげて陽の光にきらめかせた。「だいたい、きっちり半分はかるなんてできやしない」

「酒を入れて、テーブルに置いて、横からみればいいじゃないか。せっかく透明な容器なんだから」

「いや、ぜんぜん正確じゃない。テーブルもがたついてるし」

「神経質だなあ。そこをなんとか」

「だめだね。うちだって商売だ、てきとうな目分量で売るなんてできない。そんなの許したらほかのお客さんにたいして不誠実だろ」

野次馬が集まってきた。ここで店主が引けない気持ちもよくわかる。

「エミはここで待ってて」と言い置いてから、クルトは男たちに近づいていった。他意のなさそうな笑みを浮かべて。「おじさんたち、いい方法があるよ」

「おっ、洗濯屋のとんち小僧が登場だ」野次馬から声があがる。

とんち小僧。エミは苦笑した。なにそのひたすらいけてないニックネーム。

少年は店主からカップを受けとると樽の栓を引き抜き、琥珀色の液体でおおよそ半分を満たした。「この容器は上から下までずん胴なかたちをしてるよね。だから」ふたりの目の高さでカップをゆっくり傾ける。液面のつくる水平の線がじりじりとカップの縁へ近寄っていく。

「これだとちょっと多いかな」といいながら店主から空き容器を借りてそちらへわずかずつ移していき。「ほら、こうなればきっかり半分だよ」

傾けたカップを横からみたとき酒のつくる水面が、縁の下側と底の上側を結んでいる。つまり体積を二等分しているのである。数値など持ち出さなくても一目瞭然で理解できるし、水平なテーブルや紐などほかの道具もいらない。

「へええ。意外とかんたんじゃないか」

「なるほどねえ、うまいもんだ」

「さすがはとんち小僧。今回もおもしろかったぞ」

店主と客、野次馬たちが感心してガラス器をためつすがめつしているあいだに、少年はさりげなく現場を離れて少女のもとへ戻ってきた。「ちょっとした宣伝活動だよ」

国史の授業に出てきた潜伏キリシタンみたい。「あんなことして、危なくないの」

「だいじょうぶ。みんな、計算こそが数学だと信じこんでいるから」

「え。ちがうの」

少年はさわやかにほほえんだ。初夏の太陽みたいだった。「計算は数学の本質じゃない」

エミは驚きのあまり立ちつくした。たしかにいまの問題には計算どころか数字さえ出てこなかった。それでも、立体図形を扱うりっぱな数学だ。

それじゃ、数学の本質ってなに。

どうしたのほら行くよ、とクルトにせかされてやっと歩き出す。

ふたりはお使いをこなしていった。卵は割れないようにおがくずを敷いた籠に入れる。八百屋の商品は新鮮で、きけばその日の朝に農夫たちが街まで持ってくるという。肉屋では兎を店先で解体していた。エミは直視できずに少年の背後に隠れていた。パン屋には石を積んだ巨大な窯があって、職人たちが顔を真っ赤にしながら柄の長いしゃもじのような道具で焼きあがったパンをとりだしていた。ソフィーが注文した品はテーブルの上で冷まされていた。きのう食べたものと同じ、黒くて丸くて大きな、ずしりと重いパンである。エミはまた心のなかでかりふわふわのチーズトーストと比べてしまう。

支払いのとき、少年は律儀に一対一対応をつかっていた。掛け算は封印か。地下組織メンバーも楽じゃないよな、とエミは思う。

帰り道、エミは少年の横を歩きながら考えこんでいた。しばしのち声をひそめて話しかけた。

「さっきのお酒分割問題。あざやかだったよね、やっぱり数学って役に立つよね」

せいいっぱいほめたつもりだった。少しは歩み寄らなくちゃね。

だが相手からは意外な台詞が返ってきた。「ぼくら、役に立つかどうかはあんまり気にしてないんだ」

エミは唖然《あぜん》とした。「なぜ。役に立ったほうがいいじゃない。数学は便利ですよ、日常のいろんな問題が解決できますよ、って訴えたら宰相だって考えを変えるかも」

とことんまでいって、ある疑いが心をよぎった。ひょっとして宰相は数学の便利さを知りつつあえて数学禁止法の厳罰化を進めているのかも。有用な知識は独占したほうが民衆を支配しやすいから。

「役に立つ、ねえ」少年は困ったような顔でとなりを歩く少女をみた。「なんていうのかな。

たとえばエミは、友だちをつくるときそのひとが役に立つかどうかなんて考えないでしょ。そのひとが好きかどうかできめるでしょ」

「そりゃあ、そうだけど」友だちと数学をいっしょにしていいものだろうか。「でも、数学が役に立つときもあるのは認めるよね」

クルトはさらに声を低くした。「ほんとうに数学が役に立ったとぼくが思ったできごとを話そう。以前パウルは、つらい失恋のせいで酒びたりの時期があったんだ。かたときも瓶を手放せなくて廃人寸前だった」

耳を疑った。パウルは健康そのものにみえ、いつも陽気で、配達から戻ってくるたびうれしげに推し定理の話を振ってくる。お昼休みには鳩ノ巣原理の一般化について語っていたっけ、大部分を聞き流したが。

「ご近所だったソフィーが心配してね。店の三階に引きとって、ついでに数学を教えた。みごとに回復したよ。つまり、数学のおかげで酒中毒から立ち直った」

エミはだまってしばらく歩いてから、正直に感想を述べた。「信じられない」

「じゃあ、いまは信じなくていいよ」相手はあっさり話題を変えた。「ところで前の話のつづき。どうして数学きらいなの」

よし、きらいなところぜんぶいってやれ。「一分の隙もない正確さを要求されるし、計算規則がいっぱいあるし、公式も山ほど暗記しなきゃならないし、たいへんすぎる。制限時間内にただひとつの正しい答えにたどりつくことだけが目的で、いつもあせって緊張しちゃう」

「ふうん」クルトはしばし空をみあげてから振りむいた。「それじゃひとつ、おもしろい問題を出そうか」

ええええっ、問題いいい。不満をはっきり顔に出したが少年は意に介さない。「むかしあるところに、とてもわがままな王子がいた。あるとき彼は家臣に命じた。王宮の正方形の庭、あれの四隅にひとつずつ鳥小屋をつくってぼくのだいじな孔雀《くじゃく》たち二十四羽を収容せよ。ただし、ぼくがよっつの小屋を庭の端に沿って時計回りにめぐり歩いたとき、どの小屋の孔雀の数もその前の小屋より一〇に近くなるようにせよ」

なあんだ。数学の問題っていうか、パズルだ。エミは二十歩ほど進むあいだに結論を出した。

「これ、けっこうかんたん。そんなにおもしろくもないし」

「王子は一回だけしか庭をめぐらないって思ってるでしょ。そうじゃなくて何回もめぐるんだ」

問題の意味が変わった。二周目に入るときも条件を満たさねばならないのか。そうなると、すぐには答えられそうにない。ここは締切交渉を。「いつまで待ってくれるの」

「いつまででも」相手は軽くいった。「好きなだけ考えていいよ」

また衝撃を受けた。驚いた、制限時間なしだなんて。

買い出しをすませ、水桶を満たすために共同井戸へ水を汲みに行くときも、職人たちが帰宅したあと店を掃除するときも、夕食の下ごしらえを手伝うときも、エミは考えつづけていた。

食事のあいだもまったく口をきかないのでついにソフィーが心配しだした。

「どうしたの。お腹でも痛いの」皿の片づけを終えてパウルとクルトを上階へ追いやると、ソフィーはエミを手招きして小声でいった。事情をきくと、青ざめた顔にみるみる血色が戻り、しまいに笑いが出た。

「そうだ、いいもんあげるよ。きっと問題を解く手助けになる」エミの背中をぽん、と叩いてそばを離れる。

「たしか予備がここに」ソフィーは壁ぎわの長持を開け、少しのあいだかき回して。「あった、これこれ。こいつをつかいな」と、手わたしてきたのは。

紐で綴《と》じ合わせた、葉書くらいの板きれ二枚。それと、先の尖った棒。

「ありがとうございます」といってはみたものの。「あの。これ、なんですか」

「蠟引き板、みたことないんだ」相手は一瞬だけ眉をあげた。「二枚の板をこうやって開いた内側、縁より少しくぼんでるだろ、ここに蠟が塗られていてね。この硬筆で引っかくと跡が残る。こすれば消える。もとどおり閉じれば書いた内容は摩擦から保護される。ここについてる紐を首に引っかければいつでも問題を持ち歩けるよ。ただし服のなかにしまっておきな、他人にみられないように」

なるほどメモ帳か。谷山くんの生徒手帳のまねができるんだ。

「頭のなかにあるものをぜんぶ、いったん板の上に書き出してみるといいよ。考えが整理されるから」それからソフィーはふふっと志村先生のように笑って。「ところでその板ね。折りたたんだときと開いたとき、相似の長方形になってるの。わかる」

エミは蠟引き板をなんどか開いたり閉じたりしてみた。「あ、ほんとだ。でもどうしてわざわざそんなことを。どんなかたちの長方形だっていいはずなのに」

「美しいからだよ」相手は即答した。「半分にすると相似になる長方形は、縦1にたいし横は2の平方根の比率となる。この比率はあんまり美しいから白銀比って名前がついてるくらいなんだ」

コピー用紙がそうだったな、とエミは思い返す。A4はA3のちょうど半分。そもそもA0という大きな紙があって、それを半分の半分の半分の、とつづけていくんだっけ。効率的で、かつ美しい。

そうだ。志村先生、じゃなかった、ソフィーにもきいてみよう。「ねえ、どうして数学では美しいかどうかをそんなにだいじにするの」

「とてもいい質問だ」相手は待ってましたとばかりにうなずいた。「数学は抽象の世界だからね。どちらに進もうか迷うとき、道しるべとなるのは美しさくらいしかないんだよ。自分が美しいと思ったほうに進むんだ、だってそのほうがやってて楽しいだろ」

なるほど。この説明には納得できる気がする。

あらためてお礼をいい、あかるい炉端に陣どると孔雀の庭を図解してみた。まず大きな正方形を描いて庭とし、よっつの角の内側すべてに小さな正方形を描き足して鳥小屋とする。

あっこの図、チーズトーストに似てるかも。四隅がぜんぶかじられてるけど。

つい唇に微笑が浮かぶが、急いで真顔に戻った。いけないいけない、問題に集中しなきゃ。

さて。よっつの鳥小屋を時計回りにA、B、C、Dと置く。DからAに移動したときでも、Aにいる孔雀の数はDより一〇に近くなければならない。むむ、これって可能だろうか。

「炉の火を消すまでは考えていていいよ。そのあとはしっかり眠りな、でないと頭がはたらかないからね」ソフィーも椅子を炉のそばに持ってきて、チュニックの胸から蠟引き板を出すと自分の問題にとりくみはじめた。そのころ三階で寝起きするふたりも同じことをしていた。夜は仕事や雑用を離れ、考えるためのまとまった時間がとれる。

エミはベッドに入ったあと、夢のなかでも問題を考えていた。孔雀を抱え、あっちの小屋からこっちの小屋へ移動させる。庭をめぐってみて確認する。ぐるぐる、ぐるぐる。


翌日の夜。エミはある疑いを出題者に投げかけた。

「ねえ。あの問題、どこかに不備があるんじゃないの。条件が足りてないとか」

夕食後だった。彼女とクルトは協力して、皿や鉢を部屋の隅の洗い桶につけていた。ざっと汚れを落としたらあとは麻布で拭くだけ。すすぎをしないのは気持ちが悪かったが、水は貴重だと理解してからは気にしなくなった。なにせ自分たちで汲みに行くか、行商の水売りから買わねばならないのである。

すると少年はあっけらかんと。「あっ、気づいた。上出来、上出来」皿に残った兎の骨を窓の外へ放り投げる。この行為もさいしょ驚いたものの、街路を歩く犬たちが食べるのだと知ってからはまねするようにさえなった。「あれね、じつはどうやっても答えが出ないんだよ」

「な、なにそれ」エミは怒りで肩をわななかせた。「よくも、こんな欠陥問題を押しつけて。いったいなにが上出来なの」濡れた手を振り回して少年を叩こうとする。

「ごめん、ごめん。だってエミが」少年は謝りながらも笑いを止めない。「唯一の正解を求めるのが数学だなんていうから。数学的問題は親切にひとつの答えが用意されているものばかりじゃない、そもそも問いがおかしいとか、解がないとかもありうるって知ってほしくて」

「ありもしない答えのためにわたしがどれだけ考えたか、わかってる。一日半だよ、いちにちはん」

「そんなに粘ると思ってなかったんだ。きみ、素質あるよ」

「なんの」

「数学の」

振りあげた手が一瞬とまった。「まさか。数学の素質って、問題をきいたらあっというまに解いちゃうようなのを指すんでしょ」そこで手を振り下ろす。

背後の大人ふたりが声をあげて笑い出した。

「ちがうちがう、それも誤解だって」クルトはエミの手から飛んでくる水しぶきをよけた。「問題をしつこくしつこく考えつづける能力、それこそが素質だよ。すぐあきらめちゃったら解けるものも解けないから」

素質だなんて。そんなだいそれたものが自分にあるんだろうか。

たしかに問題を考えているあいだは一心不乱だった。もとの世界に帰れるかどうか気をもむひまさえなかった。そういえば牢のなかで、この世界へきたいきさつについて考えをめぐらせているあいだは死刑への恐怖を忘れていたっけ。

粘りづよく考える。それを素質と呼ぶのだろうか。

「自分にはわからないことがあると気づく、わかるまで考えつづける。そんなひとが、けっきょくは数学が得意になるんだ。計算力とかすばやく答えを出す能力とかじゃない」

「なにより、いちど前提を疑ってみる態度がすばらしいね」ソフィーがテーブルのパン屑を払いながら口を出した。「そこが上出来だよ」

ほめられた。だまされたみたいだけど、なんかうれしいかも。

「でも。数学のおもしろさって、正解にたどりつくところにあるんだと思ってた。なんというか、達成したよろこびみたいな」たとえば推理小説を読み進めて犯人がわかったとき。小さいころおとうさんが出してくれたクイズに答えられたとき。舞いあがるような強いよろこびを感じた。きっとあれに似ているにちがいない。

「正解した達成感か。それもあるけど、まあ初心者むけかな」ソフィーは腕を組んで教師のような口ぶりになる。「数学のおもしろさの神髄っていうのは、きっと」

「美しさ、なのかな」エミはためしにいってみた。

「それもあるね。でももっと大きなのは」少年が自信ありげにいう。「ロマンだ」

「ロマンだな」パウルも和した。

はあ、ロマン。なにいってるのこのひとたち。小説や映画じゃない、数学だよ数学。

「よし。数学のロマンでおれがいっとう好きな例を話してやろう」パウルが椅子に座りなおした。話が長くなる前触れだ。「中央広場の近くにでっかい白い建物があるだろう。あれは街いちばんの宿屋で、ヒルベルトさんが経営している」

「ヒルベルトさんもぼくらの仲間だよ」クルトが補足した。

「で。ヒルベルトさんの宿屋は大きい。ものすごく大きい。なんと部屋数は無限にある」

「じっさいは五十七部屋だけどね。ま、これはお話だから」ソフィーがいいそえた。

「さて、ここからが本題」パウルはテーブルの上で両手を組む。「ある晩、ヒルベルトさんの宿屋は満室だった。ところがそこにひとりの旅人がやってきて、なんとか泊めてくれと懇願した。なお宿屋の規則として相部屋は不可。さて、どうなると思う」

「どうなるって、自明じゃないの」エミは即座に答えた。「パウルの大好きな鳩ノ巣原理の登場でしょ。どんなに部屋数が多くたって、すでにぜんぶが埋まっているなら、追加の客はひとりたりとも泊められない。ヒルベルトさんは客を断るしかない」

「惜しい。部屋数が有限なら、その説明で正しいんだが」パウルは口元に意味ありげな笑みを浮かべた。「そこで、開放派たるヒルベルトさんは考えた。宿泊客の全員に声をかけて、いま泊まっている部屋番号に1を足した部屋へ移ってもらおう。1号室の客は2号室へ、2号室の客は3号室へ、以下同様。そうすると1号室が空くからその新しい客を泊められる」

「ちょっとまって。それどういうこと」

ところがパウルは話を止めない。「さらに。新たに客がふたりきたばあい、もとの部屋番号に2を足した部屋へ移ってもらえば、同じようにふた部屋空けられる。三人なら部屋番号に3を足す。一般化して、n人の新たな客が訪れても、もといた客が部屋番号にnを足した部屋へ移動すればいい。あ、nは任意の自然数ね」

エミは目を閉じて心のなかに思い描いた。ヒルベルトさんの無限ホテルは、夜空へむかって無限に伸びている。ブリューゲルの描いた『バベルの塔』が完成したらこんな感じだろう。今夜は満室で、すべての部屋に明かりが点っている。そこへn人のお客さんがくる。n部屋を空けるために、いまいるお客さんたちは上階にあるn部屋離れた部屋へ移動していく。どの階でも、ずっとずっとはるか上の階でも、お客さんたちはn部屋先をめざす。

しばしのち両目を開いて。「不思議」とひとこといった。「でも、よく考えるとほんとなのよね。自然数の個数は無限なんだから、何部屋ぶんでもうしろへずれていける」

「さらに不思議な話がある」こんどはソフィーがパウルのとなりの椅子に座った。「つぎの晩もヒルベルトさんの宿屋は満室だった。巨大な馬車が宿屋の前に客をどっさり降ろした。人数はなんと無限。その全員が泊まりたいといった」

「ま、まさか。ヒルベルトさんはその無限人の客も泊めたなんていわないでしょうね」

「そのまさかだよ」ソフィーはさも楽しそうに笑いながら。「もといた客たちに、それぞれの部屋番号を二倍した番号の部屋へ移ってもらったんだ。1号室の客は2号室へ、2号室の客は

4号室へ。すると奇数番号の部屋が空く。自然数と同じく奇数も無限個あるから、無限人数の新たな客を泊められる」

しばらくエミは胸のなかでここまでの話を反芻した。よくわからない。不思議だ。でも、よくよく考えれば正しいとわかる。だけどやっぱり不思議だ。

「どう。ロマンでしょ」クルトがエミの目をのぞきこんでくる。

「このわからない、不思議だ、って感じるのが数学のロマンなのかな。で、不思議だからつい考えちゃう」

「そうだよ。唯一絶対の正しい答えとか関係ない」

「数学の本質は単純なんだ。わからない、不思議に思い、考えてみる。それだけなんだから」パウルが補足した。「そしてさいごにロマンを感じる」

「わからないことを楽しめるようになったら一人前だよ」ソフィーが意味深にいう。

ここが数学の本質か。

たしかにこれまで学校で習ってきた計算と暗記中心の数学とはまったくちがう。制限時間はない。点数で冷酷に評価されることもない。不思議さを味わい、ロマンを感じればいいんだ。

こんな数学なら、やりたい。広めたい。みんなにもこのおもしろさをわかってもらいたい。

「ねえ。数学禁止法を廃止にできないかな」エミは三人の開放派たちをみわたし、その顔色を読みとった。「あっ、ごめんなさい。そんなのとっくに考えつくしてるよね。でも、こんなにおもしろい数学が禁止されてるなんて、残念でたまらなくて」

「そう思ってくれるようになったのは、うれしいよ」クルトがいった。「開放派冥利《みょうり》につきる」

「だが。宰相を説得するのは、無理だ」パウルがつぶやく。

「あの男は数学を王宮のなかだけにとどめておきたいようだね。庶民は数学なんて知らないほうが都合がいいんだろうよ」ソフィーが吐き捨てるようにいう。

エミは自分の推測もそう的はずれではなかったと知る。やっぱり宰相は数学知識を秘匿しておきたいんだ。「じゃあ、王さまはどう。そういえば当代の王の話ってきいてなかったけど、どんなひとなの」

クルトが陶器のカップをエミの前に置いた。湯気があがって、香草のいい匂いがただよう。炉に掛けたやかんの湯で淹れてくれたようだ。「ありがとう」

香草茶が全員に回ると話が再開された。

「たしか伝統として、王さまは国の数学を一手に引き受けてるって話だったよね。ふだんは数学ざんまいなの。あ、ひょっとして、囮捜査の問題をつくってるのも王さま」

「いや、じつは」とパウルが右手をあげた。「問題をつくったのは逮捕された開放派なんだ」

「えっ」エミは一拍置いて。「まさか、拷問されて無理やり」

「いいや。宰相のやつ巧妙でな、どうかいい問題をつくってくれ、とへりくだって頼むんだよ。そういわれたらつくるっきゃないだろ、なんたって問題作成は数学のなかでとりわけ楽しい部分なんだから」

問題をつくる、か。問題とはつねに与えられるもので、自分でつくってみるなんて考えもしなかった。そんなに楽しいんだろうか。なにが楽しいのか。「まるでみてきたようにいうのね」

「すまん」パウルは癖毛の頭をかいた。「エミさんが解いた道幅問題、あれはおれがつくった」

はあ、なにそれ。

「パウルを牢から助け出したのは例によってクルト」ソフィーが言い足す。

凄腕の脱獄幇助《ほうじょ》者なのね。

「でも、なるべく逮捕者が出ないよう工夫したんだぞ。いい問題かどうかなんてどうせ宰相には判断できないから、つまんないほうへ振り切ったんだ。解の公式一発で答えが出る問題なんて数学好きは興味を持たない。しかも、問題の設定からして農地でしかつかえない。周囲の人口密度は低く、囮捜査に引っかかりそうな人間もまず訪れない。はずだった」

それなのに、わたしが引っかかったわけか。逮捕の状況を説明したとき、パウルが妙な表情を浮かべていたのを思い出した。あれはわたしを不憫がっていたんじゃなくて、狙った効果が出なかったと知ってがっかりしてたんだ。

「それで。王さまってどんなひと」

クルトは暗い顔になった。「子供なんだ。まだたった九歳。もうすぐ誕生日がきて十歳になる」

「そ、そんな歳で。国中の数学を一手に、なんてどうやって」

「暗記だよ」ソフィーは眉間に皺をつくっていた。「宰相は王の教育係も兼ねていて、掛け算表と割り算表をまいにち暗唱させてる。耕地面積は二次方程式に帰着されるから平方根表も」

エミは絶句した。九九くらいは暗記したほうが便利だけど、ふたけた以上の掛け算の結果なんて、気が遠くなりそう。それに平方根。5までしかおぼえていないし、それより上はおぼえる気もない。2は、ひとよひとよにひとみごろ。3は、ひとなみにおごれや。5は、ふじさんろくおうむなく。暗記というか語呂合わせの力だ。

「掛け算や割り算は筆算すればいいし、平方根の値はそのつど表から探せばいいじゃない」

「おれもそう思うよ。ところが宰相は、そんなの許さないんだな」ふだん温厚なパウルの口調にも怒りが混じっている。「問題を持ちこんできた役人や市民にたいし、筆算や表からの数値探しでもたもたする王の姿をみせちゃならんと考えている。神託のように、口からぱっと数字が出てくるのが真の王者らしい態度だと」

「まいにち暗記づけで、わが君はかわいそうに城の庭さえめったに歩けないんだ」ソフィーがさも気の毒そうにいった。

つまり、宰相は幼い王を人間電卓に仕立てあげているのか。「でも、平方根表の暗記なんて。そんな無茶な」

ソフィーがつづける。「無茶だけど、子供の脳は柔軟だからね。無理して詰めこめば、なんとか」

そういえば、東海道線の駅名や発見された恐竜の名前をぜんぶいえる小学生がときどき話題になるな。不可能ではないのか。

しかし。大好きな鉄道の駅や恐竜の名前ならともかく、無味乾燥な数字の羅列。それはさぞかし苦痛だろう。

数字を吐き出す電卓としての人生。

顔も知らない幼い少年への同情でエミの胸は苦しくなった。助けてあげたい。高い塔に閉じこめられたお姫さまを夜陰にまぎれて救い出すように。「なんとかして、王さまと接触できないの」

三人はいっせいに首を振った。「市民に許された機会は、農業や商売上の会計問題を持ちこむときくらいだな。だが審査がきびしい。申請書を出してから何ヶ月も待たされる。もちろん身元調査もある」「ぶじ審査がとおっても、謁見室は広く王との距離は大きい。もちろん精鋭部隊ががっちり警護している。個人的な会話などできない」「こっそり忍びこむのは、警備の厳重さのせいでもっとむずかしい」

「王さまはどこに住んでいるの」

パウルが答えた。「この街を上からみると円で、中心が中央広場。円周上の一点に市門があるが、わが君の居城は市門と中央広場を結ぶ線分を延長して円周とぶつかった地点にある」

この店は市門の近くだから、ここからいちばん遠い場所ってわけね。

「知ったところで、庶民がおいそれと入れる場所じゃないけどね」ソフィーがため息をつきながらいうのだった。

その夜ベッドに入ったあと、夢うつつにもとの世界を思い出していた。どういうわけか中学校の図書室が登場した。推理小説を借りた。わくわくしながら家へ持ち帰り、宿題を急いですませてからさあ読むぞと本を開いた。第一章のさいしょのページに落書きがあった。ある登場人物の名前を丸で囲んで、こいつが犯人。

わくわくした気持ちは一瞬で冷めた。そのまま本を閉じ、けっきょく二度と開くことなく返却してしまった。

ソフィーのいっていた謎の台詞の意味がようやく理解できた。わからない状態を楽しむとは、犯人はだれだろうと首をひねりながら推理小説を読み進むようなもの。その楽しみを奪われたから、あの本を読む気が失せたんだ。

そして、そうだ、たしかその日ではなかったか。数学の授業で二次方程式の解の公式が登場したのは。

教科書棒読みでやる気のない教師が黒板に複雑な公式を書きつけ、生徒たちと目さえ合わせずにこういった。はいこれ暗記して、テストに出るよ。

その直後、かろうじて維持していた数学への好奇心が打ち砕かれて消えてしまった。そしてエミは数学ぎらいになったのだった。いまだに、解の公式をどうやって導くのかもわからない。

＊＊＊

翌朝は曇天だった。鉛色の空の下、エミは店の鎧戸を開けて前の路面を箒で清めた。通いの職人たちはなかなか店にあらわれなかった。

「なあに、心配いらないよ」ソフィーはふだんと変わらぬ笑みで、きのうの夕方とりこんだ洗濯物をパウルやクルトとともに仕分けしていた。こっちはアイロン、あっちには鏝をあてる。そっちのはたたむだけね。「マリアんとこはまだ子供が小さいし、エレノアは病気の親類のめんどうをみてるし、オリヴィアの旦那は怪我してる。遅れることもあるさ」

そんなものか。エミは納得し、前日あずかった汚れものを麻袋に詰めこむ。四人がせっせと作業するうち、いつもの街のざわめきにまじって鈴の音がきこえてきた。

「おや。公示人だ」

一同は仕事の手を止めて開け放った鎧戸から街路をみた。人垣がじょじょに割れ、公示人の姿がみえてきた。黒い帽子に黒マント、胸には記章。片手に鈴、もう片方の手に羊皮紙を持っている。

黒衣の男は鈴を大きく鳴らして立ち止まり、訓練された美声で文書を読みあげた。

「まもなくわが君は十歳の誕生日を迎えられる。それに先立ち、市内浄化を行う。開放派密告報奨金は三倍とする。市民はおおいに協力されたし」

これは、一斉摘発だ。エミはみなの顔をみた、さすがに三人とも顔色を変えていた。

「まずい。ほとぼりが冷めるまで店を閉め」ソフィーがいいかけたとき。

不気味なひづめの音がせまってきた。エミは両手で体を抱えた。あの響き、忘れもしない。忘れられない。

逃げ出すひまはなかった。たちどころに店の正面は黒馬に乗り武装した男たちで固められた。

「ここに三人、潜んでいるときいたぞ」

ソフィーとパウルがずいっと前へ出た。「あら、朝からごくろうさん」「こんな大勢で洗濯のご用命とは、ありがたいね」腕を組み、胸を張り、敵にたいして挑戦的な笑みを浮かべる。

ふたりの背後で、クルトがエミをうしろに押しやった。「密告者は新入りのきみを勘定に入れていない。きみだけなら逃げられる。裏から出て、さあ早く」

あなたたちを置いてはいけない、などとだだをこねたりはしなかった。心臓を裂かれる思いをしながらも、エミは一刻も時間をむだにせずこっそり裏庭を抜けた。

裏道へ入るとひと息つき、頭巾の位置をなおした。だいじょうぶ。自分はここにきたばかり、顔を知る者はほとんどいない。堂々と歩いていればお使い中の街娘《まちむすめ》にしかみえないはず。そしてクルトたちは開放派の仲間が助け出してくれるはず。

それからしばらく、わざと人通りの多い道を選び雑踏にまぎれながら市内を歩いて時間をつぶした。歩き回るうち一斉摘発の状況がつかめてきた。複数の公示人が中央広場の市庁舎から市壁方向へ放射状に進みながら告知文を読みあげていく。徒歩なので情報伝達速度は遅く、広場近くの住人はいちはやく報奨金の増額を知り、市庁舎へ駆けこんで密告する。すぐさま黒馬隊が出動する。これでは仲間に警告するすきもない。

報奨金を懐にして市庁舎から出てくる密告者たちの会話も拾った。

「宿屋のヒルベルトさん、前からあやしいと思ってたんだ。これまではご近所のよしみでだまってたけど、金額三倍ときいたら、ねえ」

「うちは息子が医者にかかったばかりで支払いに困ってたんだよ。西通りのネーターさんには悪かったが、こっちは助かった」

開放派の摘発はそこここで行われていた。重いひづめの音、馬のいななき、武具がぶつかる音、威嚇の声と悲鳴。

「おやめください。この子は関係ありません」

「だまれ。おまえの子だろう、きっと数学に毒されている。疑わしきは逮捕だ」

はかなげな細身の女性と十歳にもならない少女が容赦なく縄をかけられ引き立てられていった。エミの胸中で危惧が育っていった。ホテル王のヒルベルトさんでさえ逮捕されている。これではクルトたちを助けられる開放派は残らないかも。

上空の雲はしだいに厚くなっていった。真昼だというのに街路が暗い。

正午の鐘が鳴りやむころ洗濯店へ戻ってみた。念のため裏庭側から入ると店内は無人で、床に洗濯物が散っているばかりだった。開け放しの鎧戸と扉をつぎつぎ閉めて閂《かんぬき》をかける。二階へあがって冷えた炉のそばへ座りこみ、膝を抱えた。

ああクルト、ソフィー、パウル。みんな、わたしを逃がそうとして。

しばらくすると、薄布いちまいでさえぎっただけの窓からよく通る声が響いてきた。ときおり合いの手のように鈴の音が入る。

また公示人か。窓の薄布を少しめくって街路をのぞきみた。黒衣の男が片手に羊皮紙、片手に鈴を持ってゆっくり歩いてくる。こんどの告知文はこうであった。

「あす正午より開放派一味の処刑をとりおこなう。場所は、城壁内の御庭。わが君がご観覧される。市民も見学が許される。楽士、道化、踊り子その他の芸人は前座をつとめよ。報酬はじゅうぶんになされるであろう」

市民たちのさざめき声もきこえてきた。「おお、城に入れるのか」「申請書いらないの」「みろ、広場のほうから狼煙があがったぞ。芸人たち、さぞかし集まるだろうなあ」「あっ、ついに降ってきやがった。明日は晴れるかな」「きっと神さまが怒ってるんだよ」「しっ。大声でいうな」

大粒の雨が天からぽつりぽつりと落ち、やがて強まって、みるみる路面を黒く濡らしていく。ひとびとは屋根の下へ待避した。公示人は湿っぽい鈴の音を響かせながら歩き去っていく。

処刑。しかも明日。

エミはまた炉のそばにうずくまった。窓の外では雨音が激しさを増す。お世話になったひとたちが殺されてしまう。死の淵から助け出してくれて居場所をくれて、数学のロマンの一端に触れさせてくれた。おかげで見方が変わった。自分自身もなにかが変わった気がする。見捨てるなんてできない、なんとかしなきゃ。いま自由に動けるのはわたしだけなんだから、自分という駒をできるかぎり有効につかうんだ。

まずは落ちつけ。でないと頭がはたらかない。

目を閉じ、両手で耳をしっかりふさいで、深呼吸を繰り返した。体の震えがおさまると立ちあがって、きのうのパンの残りを戸棚からとって無理やり口に入れた。やっぱり固い。うちの朝食のチーズトーストとは大ちがいだ。

固いものを咀嚼するうちに思考がはっきりしてきた。さあ、事実を整理しよう。そこからなにができるか考えてみよう。

チュニックの胸から蝋引き板を出してメモをつくりはじめた。開放派の処刑はあす正午より城の庭で。ひとが死ぬのに、音楽やアトラクションのあるお祭りみたいなものらしい。王も見物する。王はまだほんの少年。ほぼ城に幽閉状態で、宰相のいうがまま数値の暗記と計算にあけくれる、人間電卓の人生。

メモをながめた。これはひょっとしたら、ひょっとするかも。大ピンチのようで逆転のチャンスがあるのかも。

宰相は大規模処刑を派手な祭りに仕立てて開放派の敗北を市民に印象づけたいのだろう。だが、勇み足だ。市民もけっして一枚岩ではない。数学をつかい王の権威をないがしろにする開放派組織を忌みきらいつつも、そのメンバー個々人は顔も心もある隣人とみている。

書いては消し、書いては消ししながら明日の計画を練る。だめでもともと、わずかでも可能性があるならやってみなきゃ。もちろん危険はある、自分も開放派の仲間だとばれるかも。だがそこはこう工夫して。さいしょの難関は、あれをつかえば。

自分のベッドへむかった。その下をさぐると麻布の包みが出てきた。ベッドに腰かけ、膝の上でそっと包みを開く。

あの日クルトとともに洗濯した制服がきれいにたたまれて入っていた。

翌朝の空は晴れわたっていた。祭りにふさわしく。処刑があるにもかかわらず。神なるものがいたとしても天候で怒りをあらわすつもりはないらしい。

十時の鐘が鳴るころから、市民たちが城の方向へ移動しはじめた。きのうの狼煙をみた旅芸人もつぎつぎに市門を抜けて街に入ってきた。楽士の持ちものはふたまたにわかれた奇妙な管楽器や、樽のような胴の弦楽器、鉦《かね》や太鼓などの打楽器。軽業師は背丈の倍もある竹馬や、腰のまわりで回す大きな輪をたずさえている。道化は派手な原色の衣装を着て奇抜な仮面をつけ、ポケットからさまざまな小道具をとりだしては道ゆく市民を笑わせていた。

エミは店の鎧戸のすきまから、ゆきすぎる芸人たちを観察した。しばしのち候補者を発見した。いたいた、女道化師。

扉を開いて標的の注意を惹く。手招きし、意味ありげな微笑を浮かべて手にした布包みをみせると。

「なんか用」女道化師は店に入ってきた。エミは扉を閉めて交渉を開始した。

「わたしも王さまの前でひと稼ぎしたいの。服を交換してくれない」

「やなこった。なんで見ず知らずのあんたに、せっかくの稼ぎどきをゆずんなきゃなんないわけ」

「もちろん、ただでとはいわない」エミは包みを解いてみせた。「これ、あげる。この街では処分できないの、でもあなたみたいな旅のひとなら利用価値があるでしょ」

女道化師は目の色を変えた。「こいつはいい生地だ。意匠も変わってる、売り飛ばせば百リーブルはくだらないとみた」そして片目をつぶってみせる。「わかった、わけあり品だね。そういうことなら話に乗るよ」

こうして三の丸高校の制服は失われた。もとの世界へ戻る唯一のよすがのように思っていたが、悔いはなかった。

かわりに手に入れた道化の衣装は、派手な市松模様のチュニック。片足が赤、もう片足が青の長靴下。つま先の尖った靴。くまどりのある白い仮面をつけると別人になった気がして度胸がついた。

街娘の服に着替えた女道化を裏口から出す。「じゃあねえ。うまくやんなよ」道化は布包みを抱え、上機嫌で裏通りへ消えていった。

エミは道化を見送ったあと、身につけた衣装の腰の両側にあるポケットを開けた。小道具類をすべて出してかわりに昨夜、準備したものを詰めこむ。ふくらんだポケットを上からそっと触った。よし、これで仕込みは完了。いざ出かけん。

やはり裏口から洗濯店を出た。回り道をして大通りへ入り、城をめざす市民や芸人たちの流れにまじる。混雑はふだんの比ではなく、エミはただ群衆の動きに合わせて前へ進むしかなかった。

あせるな、と自分にいいきかせる。あせってもしかたない。正午まではまだ時間があるし、人混みのなかを無理やり急ごうとしたら目立ってしまって危険だ。駒はひとつだけ、失敗はできない。

市庁舎を横目にみながら中央広場を抜けると、通りがきゅうに広くなった。道沿いにはりっぱな石造りの建物が増えていく。城に近づくほど裕福なひとが住んでいるのだろうと推測する。つまりソフィーの店のあたりは下町なわけだ。でも、居心地よかったな。

やがて、ひとびとの頭ごしに円柱型の塔がみえてきた。塔は市壁と一体化しており、塔を貫通するように門がつくられその前に跳ねあげ橋がわたされていた。橋の下は深い堀になっている。

あれが城への入口か。エミは市民たちに押されながら橋をわたり、城門塔をくぐりぬけた。

城内は高い壁と塔の組み合わせで囲まれていた。塔の頂上では赤い三角形の旗が青空にはためいていた。庭は野球場ほどの広さがあるが、すでに見物の市民でごったがえしている。警備はきびしく、庭の最奥にそびえる天守の屋上やみあげるように高い塔のてっぺんから弓兵が睥《へい》睨《げい》し、庭には槍を握った歩兵が多数配備されていた。

むむ、厳重だな。めったなことをすると命が危ないかも。

歩兵のひとりがエミに声をかけた。「これ、そこの道化。おまえたちはあっちだ」

「はい、すんません」くだけた口調で謝罪し、へこっと頭をさげる。「あっちでございますね」

身軽に踵を返す。これで道化らしくみえたかしら。

指示された方向めざして人垣をかきわけていくと、とつじょ視界が開けた。槍の歩兵たちが見物人を押しとどめ、円形の空間をつくっていた。さいしょにエミの目をとらえたのは中央に立つ丸太の柱。横木が出ており縄でできた輪がまがまがしく垂れている。

エミの体にぞくりと強い寒気が走った。あれが絞首台か。生まれてはじめて実物をみたぞ。そばには囚人たちが数十人も、兵に見張られて立っていた。さりげなく目をこらし、クルトの姿を発見する。ソフィー、そしてパウルも。よかった、みたところ怪我はなさそうだ。とはいえ両手をうしろでくくられ衣服は汚れ髪は乱れ、すっかり疲れきって不安げにたたずむ姿はひどく痛々しい。

待ってて、いまなんとかする。ぜったい恩返しするから。エミはこっそり拳を握った。

天守の正面に貴賓席が設けられ、その周囲は念入りに見物客が排除されていた。いまだ無人の椅子には分厚いクッションが置かれ仮設の卓には杯や皿が用意されている。貴賓席の左右に芸人たちがひかえているのでエミも急いで加わった。

市庁舎の鐘が鳴って時を告げた。九、十、十一、十二回。城門塔の頂上に立つ喇叭《らっぱ》手たちがファンファーレを吹き鳴らした。観衆が私語をやめていっせいに貴賓席のほうをむく。つられてエミもそちらをみた。

天守の巨大な玄関扉が左右に開こうとしていた。いちめんに浅浮き彫りをほどこした重厚な木製で、どうやら内側から押すだけでは動かないらしく表側から制服姿の憲兵が数人ずつで引っぱっている。

扉のあいだから、まずは銀色に輝く鎧と凝った兜をつけ剣をおびた長身の衛兵が進み出て、貴賓席のそばに立った。あの鎧、見覚えがある。黒馬隊の隊長だな。

つぎにあらわれたのが宰相だ。刺繍入りの黒いマントを羽織って片手に光る石のついた儀式用の杖を持ち、もう片方の手をあげて市民たちに振る。

宰相は横へ一歩よけると頭をさげ、背後の人物を先に通した。歩み出てきたのは痩せて小柄な少年だった。房飾りのついたマントや真珠のブローチ、銀細工の冠で麗々しく身を飾っている。

わあ、なんて豪華なかっこう。あの子が王さまなんだ。

とらわれの人間電卓。

絹のタイツに包まれた両脚は鶴のように細く、運動不足を物語っていた。顔色は日陰で育った若木のように青白い。灰色の両目は宙のいずこかをみており周囲のできごとにまったく関心がないようだった。

少年王が、ついで宰相が貴賓席につくとまた喇叭が鳴らされた。前座開始の合図だったようで、待ち受けた芸人たちはいっせいに処刑場内へ散った。楽士たちは微妙にピッチの合わない演奏をし、踊り子は片足で立ち薄物の衣装をなびかせてただただ回る。軽業師たちが竹馬で跳びはねる。道化は話芸が主らしい。

エミはしばし冷静に周囲で披露される芸を観察したのち、こう判断した。

なにこれ。しょぼい。

プロ芸人といえどこのていどか。よかった、これなら太刀打ちできる。

用意した小道具を右側のポケットからとりだす。昨夜ゆでておいた卵だ。ふたつ、みっつ、よっつ。卵を右手で高く投げあげ、左手で受けとり、左手から右手へ移してまた高く投げた。よっつの白い玉は流れるように円を描いて動く。両手四個ゆりと呼ばれる技である。投げるリズムにあわせて歌もうたう。

一かけ　二かけて　三かけて
四かけ　五かけて　橋をかけ
橋の欄干　腰かけて
はるかかなたを　ながめれば
十七、八の姐《ねえ》さんが
花を手に持ち　どこへいく

子供のころおかあさんに教わったお手玉遊びがこんなところで役に立つとはね。両手四個ゆりはたちまち人目を引いた。「おい、あれなんだ」「変わった芸だな」「あんな技はじめてみたぞ」

ほかにも玉使いはいたが、同時に四個を扱える者はいなかった。投げ方もちがう、かれらの玉は交差する軌跡を描くのである。うたいながら投げる者もいない。エミは注目をあびつつあった、ほかの芸人たちは手を休めて彼女の演技に見入った。こうしてにわか道化師は少しずつ、少しずつ貴賓席へ近づいていった。

わたし異国の　生まれです
これから里へ　帰ります
花は母への　てみやげに

ついに貴賓席の前まできた。よっつの卵をつぎつぎ手に受けて右のポケットへ戻す。深く頭をさげると黒髪がさらっと前へ落ちた。顔をあげたとき王と目が合った。広い額に少し離れぎみの大きな両目。みればみるほどまだほんの子供で、子供なのに日々に倦《う》んでいる表情が痛ましかった。

よし、上首尾だ。王と話せる位置まできたぞ。

さあ、ここからが本番。落ちつけ自分、塔の上の弓兵とかに目をくれるな。演技に集中しろ。昨夜さんざん練習したとおりにやればいいんだ。さいわい仮面のおかげで表情も読まれない。いいな、便利だな仮面。

ゆっくりした動作で左右のポケットからひとつずつ卵を出す。両手にそれぞれ持って、みやすいように肩の位置まであげた。

「わが君よ。このうちひとつはゆでたまごですがもう片方は生《なま》です。殻を割らずに、どちらが生卵かあてられるでしょうか」

宰相の眉があがったが、エミは気づかないふりをした。「わが君。生卵はどちら」

少年の目が見開かれた。その奥にかすかな光が宿ったのをエミは見逃さなかった。貴賓席に数歩ちかより、両手の卵を差し出す。鎧の衛兵が剣の柄に手をかけたが、王は右手をあげて制した。

えっ。いま、自分から動いたよね。これはいい兆候。「どうでしょう。割らずに区別する方法はありますか」

少年はかすかに首を右に傾けた。

いいぞ、考えはじめている。たぶんこれまでずっと、なにかを一心に考えた経験がなかったのだろう。頭をつかうといえば、記憶の底から数字や公式をとりだす作業ばっかりで。

つぎに王は首を左に傾け、ついでまた右に傾けた。そしてひとこと。「わからない」
手はじめはこのくらいでいい。これは準備体操なのだから。「では、ごらんくださいね」貴賓席横のテーブルへ歩み寄るとワインの甕や果物の籠を肘で左右に押しやって場所を空けた。
「ふたつの卵を同時に、同じ力で回します」卵をテーブルに置き、勢いをつけて回転させた。

少年はか細い首を伸ばした。灰色の両目は回る卵にくぎづけだ。興味を持ってくれている。この先どうなるかを知りたがっている。ますますいい兆候だ。

ふたつの卵のうち片方はみるまに速度を落とし、ゆらいで、ついには動きを止めてテーブルから転げ落ちそうになった。それをエミはつかんだ。「こちらが生卵です」

「なぜ」王は間髪を容《い》れずに叫んだ。

「生卵は」エミはワイン用のガラスの杯へ卵を割り落とした。杯を持ちあげ、ゆっくり揺らす。

白身のなかで黄身が回った。「中身が液体なので固い殻とはちがう動きをするのです。いっぽうゆでたまごは中身も固いので殻といっしょに動きます。よって回転が安定し、より長く回りつづけます」もうひとつの卵も割って、固ゆでであると示してみせる。

少年は呆然と口を開けていた。歯列には乳歯が抜けてまだ永久歯の生えないすきまがあった。見物人からも「ほう」「へえ」「知らなかった」「こいつは便利だ」「あとでかみさんに教えようっと」などと感心した声があがったのだが。

「そのくらいでよかろう」宰相が右手をあげた。中指にはめた指輪の巨大な石が陽にきらめいた。「さがれ、道化よ。ご苦労だった」

「待て」少年王の声だった。宰相はあきらかにぎょっとして若い君主を振り返った。それでも王は。

「そこなる女道化。余興をつづけよ」

やった。エミは胸が震えるようなよろこびを感じた。いまのこれって、宰相の意見に逆らったのよね。もしかしたら、生まれてはじめて。

「気に入っていただけたようで、光栄でございます」衣装の裾を両手でちょっとつまみあげ、片足を引いてお辞儀をした。これも世界史で習った、宮廷作法だって。

では、準備体操第二弾。とんちクイズだ。むかしおとうさんが出してくれたのをアレンジした。「小麦をひと袋、水車小屋に持っていって粉にひいてもらいました。この粉で、さいしょの袋と同じ大きさの袋二枚を満たすにはどうしたらいいでしょう」

宰相があきれたようにいいはなった。「砂を混ぜて増量するのであろう。かようなごまかしは鞭打ち刑の対象だ」

だが王は宰相を手で制した。しばし天をみあげてから。「そうだな。たとえば、小麦粉でひとつの袋を満たして、その袋をもう一枚の空袋に入れればいいのでは」

うわ、すごい。よくぞこんな短い時間で正解を。

「ご名答です。さすがはわが君」エミは素直に拍手で讃えた。すると周囲も。

「おおっ、なるほど」「それは思いつかなかった」「わが君、目のつけどころがちがう」「いいぞ、女道化。おもしろい、もっとやってくれ」

王が目を輝かせてうなずくので、エミはまた一礼してつぎの問いに移った。これはわたしのオリジナル問題。さあ、ここが勝負だ。いろんな意味で。

「七人の子供がかくれんぼをしました。ふたりがみつかりました。まだ隠れているのは何人でしょう」

とたん、宰相が立ちあがって叫んだ。「それは計算問題だな。まさかおまえは」

ああ、やっぱりばれた。そうだよねあきらかに数学だもんねこの問題。

しかし王は宰相の声を無視して。「かくれんぼとは、なんだ」

しまった。エミは背筋をつめたくした。こっちの世界には存在しない遊びだったんだ。開放派の仲間ってばれたうえに王の興味も引けないなんて、最悪。

するとそれまで見物に徹していた芸人たちが目配せをかわし、いっせいに動きだした。

「わが君、かくれんぼとはこういう遊びでございますよ」

道化のひとりがすばやく鬼役を志願し、両目を手で覆って数をかぞえだす。ほかの芸人たちは貴賓席の裏や囚人たちの背後や見物人のあいだに飛びこんだ。

「はーち、きゅう。じゅう。さあ探すぞ」

鬼は隠れた芸人をつぎつぎみつけだしていく。軽業師がひとり、人垣をたくみに利用して逃げ回る。市民たちはこの勝負に手は出さないが追う者追われる者をそれぞれ応援する。このきわめて単純な遊びにみなが夢中になり、笑い、喝采する。そのようすを少年王は貴賓席から身を乗り出してうらやましそうにながめていた。

エミはまた胸が痛んだ。ほんとに遊んだことなかったんだ。

「いいかげんにしろ、女道化」

宰相が怒気を含んだ声で叫んだ。芸人や市民たちの動きが止まり、会場から歓声が消えた。

「答えは五であろう。さがれさがれ、つまらない問題でわが君と民を惑わすな。やめなければ、やつらの群れに入れてしまうぞ」と絞首台を指す。

引っかかったな。ほんとは王さまに答えてもらうつもりだったけど、このさいどっちでもいいや。

エミは仮面の下でにやりと笑い、正解を述べようとした。すると王の声がした。「宰相、ちがう。答えは四だ」

おおっ、宰相にだめ出ししてる。しかも正解だし。

宰相はあきらかに意表をつかれていた。「なにをおっしゃる。七から二を引けば五でございましょう。あれほどお教えしたのにお忘れですか」

やっぱりこの子、柔軟性がすごいかも。ずっと人間電卓だったなんて信じられない。「わが君のほうが正解でございます。問題文の状況を考えれば、鬼を勘定に入れてはならないのは明白でしょう。このばあい諸悪の根源は」と、宰相を振り返って指さした。

「暗記です。問題のパターンを丸暗記し、意味も考えずに条件反射で計算してしまうからこのようなまちがいが発生するのです」

周囲はいっそう静まりかえった。だが数秒もたつと、見物の市民たちからささやき声が漏れだした。

「たしか、王宮で受けつけた問題を整理してわが君のもとへあげるのは宰相さまのお役目だったよな」

「ああ。おれが店の売り上げ計算をお願いしたときはそんな感じだった」

「わたしのときも」

「しかし。いまのようすじゃ、問題がわが君に伝わる前の段階で、まちがいが入りこむ可能性がありそうだ」

市民たちが宰相をみつめる目の色が変わる。

しかし宰相は民たちの視線の圧力に屈しなかった。杖を振りあげると。「暗記は重要だ。暗記こそ知識の根源。あらかじめものごとを頭に叩きこまずしていったいなにを語れよう。歴史、法律、もちろん数学もだ。数値や公式の暗記なしに数学をつかいこなせるはずがない」

「あら。そうでしょうか」エミは追い風を感じていた。「たとえば、複雑さで有名な二次方程式の解の公式。あれだって、べつに暗記しなくてもいいのですよ。必要なときに導き出せばいいのです」

ちょっともったいをつけて、道化衣装の胸から蠟引き板をとりだす。開いて頭上にかかげる。

「おお」

「エレガントだ」

「すばらしい作図だ。あの図いちまいで証明が完結している」

絞首台下の開放派から賞賛の声があがった。両手をくくられて拍手ができないので足踏みで讃えている。

うわ、やった。なにこれ気持ちいい。エミは仮面の下で顔をほころばせた。

蠟引き板にはスライスチーズを載せたトーストによく似た図形が描かれていた。スライスチーズの辺の長さがx。トーストの角とチーズの角を結んだ線を対角線とする小さな正方形よっつが斜線で塗りつぶされており、その一辺が$b/4$。

「二次方程式$x^2+bx=c$は、面積の問題として図解できます。辺の長さがxの正方形と、一方の辺がxでもうひとつの辺がbの長方形の面積を足してcであるとき。長方形のbの辺を四等分し、一辺が$b/4$、もう一辺がxの細長い長方形をよっつつくって、正方形の上下左右にくっつけたのが、この図です。図の、斜線で塗られていない白い部分の面積がcと等しいわけです」

孔雀の問題のおかげだ。あれにとりくんでいなかったら、この証明方法を思いつけなかっただろう。それとおかあさんのチーズトーストも。

「ここまでくればあとはかんたんです。大きな正方形ぜんたいの面積は、cに小さな正方形よっつぶんを足せばいいのですから$c+4\times(b/4)^2$。また、大きな正方形の一辺の長さは$x+b/4+b/4$とわかっていますから、これを掛け合わせても面積を表せます。このふたつを等号で結んで、あとはxについて解くだけです」なおこれは$a=1$の特殊なばあいで、aが0でも1でもないときは辺々aで割ればよい。

できた。ゆうべ、できたんだ。ひとりきりで、しのつく雨の音をききながら、火の消えた暗い炉端で。数年ごしの疑問が解決した。自分の力で。

まるで呪いが解けたみたいだった。

エミは周囲をみわたした。表情からして、証明の意味を完全に理解しているのは開放派だけだ。クルトたちがなんども大きくうなずいて合図している。おそらく声と髪の色で仮面の女道化の正体を知ったのだろう。市民たちはなにが起きているのかわからずにぽかんと口を開けていた。宰相と王はその中間で、なんとなく正しいと直感できたらしい。

「暗記、しなくてよいのか」

王がぽつりと問うた。その声があまりに幼くてエミはせつなくなる。

「はい。必要ありません」自信をもって返答した。「ねえわが君、もういいではありませんか。

わが君は、わが君のご先祖さまたちは、これまでじゅうぶん民につくしました。これからは、民にも数学をやってもらえばいいのです。暗記をしない数学を」

観衆を振り返る。「そこのあなた。店の会計、自分の手でやってみたいと思わない」

「えっ。おれ」商店主らしき前掛り姿の男はあわてて周囲を見回し、首をかしげた。「そうだな、前から思ってた。仕入れにいくらつかって、どう金が入ってくるのか。ぜんぶ自分で把握できたら商売の工夫のしようがあるのにな、って」

するとそれを皮切りに。「うちも、そうしたい」「うちは客の人数が天気によってどう変わるか知りたい」「おれは農夫だが、毎年の収穫と肥料の量の関係を知りたいんだ。これも数学か」

やっぱり需要はあったんだ。仮面の下で笑いがわきおこってくる。

王が心細げにいう。「だが、余は暗記の数学しか知らん。余に数学を教えた宰相もだ」

「ご安心ください」自信満々に絞首台の下の四人たちを指した。「あそこによき教師たちがおります。暗記のいらない、おもしろい数学をよく知る者たちです」

少年は目を見開いた。「おもしろいのか。数学が」

エミはきっぱり言い切った。「はい。すっごくおもしろいです」

つぎの瞬間、視界が真っ白になった。王も、宰相も、絞首台と開放派たちも、警備の兵も、取り囲む市民たちも、かれらのざわめきさえも、いっせいに消えた。

「あれ」

長く尾を引く列車の警笛が小さくなっていった。

エミはあわてて周囲をみわたした。白い路面、鉄の手すり、落ちゆく夕陽と旧城下町、ほのかに金木犀の香り。足下には手になじんだ通学鞄。身につけているのは、失ったはずの三の丸高校の制服。

いままで自分は城にいた。そしていま城に帰ってきた。天罰だか呪いだかわからないけど、すべてが終わったんだ。

＊＊＊

三点。

ああ、今回もだめだったか。わたされた小テストの結果に、エミはがっくりうなだれた。だが志村は。

「成長したね」

といって制服の背中をぽんと叩き、隣席へ移っていった。

エミは答案に目を落とした。白紙ではなかった、すべての解答欄にびっしり書きこみがされている。さいごの大問に与えられた部分点が、三点なのだった。赤い数字の3の下には小さいが花丸がつけられている。コメントもあった。方向性はよし。この調子。

えへへ。

エミはこっそり笑って、答案用紙を折りたたむと生徒手帳のあいだにはさみこんだ。

その日の放課後エミは、校庭の西の端にある文化部用部室棟Bに足を踏み入れた。この建物にくるのははじめてだからちょっと緊張する。建てつけの悪い扉を横へすべらせて開ける。内部は蛍光灯が切れかけていて薄暗く、空気は少々かび臭い。階段をのぼる、踏みしめるたび危なっかしい音がする。二階の東側、みっつめの部屋。あった、ここだ。

扉を叩いた。

「はい」そばかすだらけの頰をした少年が顔を出した。髪はまるで鳩の巣のような癖毛だ。少年はとまどったようにエミをみた。「ええと、うちになんの用ですか」

「入部希望です。秋からなんて、変な時期だけどいいですか」

どういうわけか、キョート大学への執着はきれいさっぱり消えていた。受験勉強のほかにやりたいことをみつけたくなった。エミは自分の気持ちに正直になろうときめた。

去年の春、入学式の日にもらった小冊子を押入から引っぱりだして熟読した。冊子のタイトルは「三の丸高校文化系部活動・同好会全紹介」。三日ほどかけて吟味し、ひとつに絞りこんだ。キャッチフレーズがエミの心を動かした。解くよりつくる、を重視します。あなたのオリジナルの問題をつくってみませんか。

エミの返事をきいて、相手はぱっとあかるい笑顔になった。「ありがとう、いつでも大歓迎だよ。さあ、ようこそパズ部へ」

少年が扉を引き開けた。部屋のまんなかに大きな長いテーブル、そのまわりを七、八人の男女の生徒が囲んでいる。黒板にはびっしりと図形や記号。本棚にならぶのはマーティン・ガードナー、サム・ロイド、ヘンリー・アーネスト・デュードニーの著作集。

エミが選んだのはパズル作成研究部だ。部員たちが顔をあげた。「いらっしゃい」「やった。新しい仲間だ」「どうぞ、座って。せまくてごめんね」「そこのお菓子もご自由に」「冷蔵庫に麦茶もあるよ」

「よろしくお願いします」エミは微笑を返した。さあ、これからおもしろくなりそうだ。

秋刀魚《さんま》、苦いかしょっぱいか

サンマは悲しい魚だ。秋風に乗って食卓へくる魚だから悲しいのかも知れない。

秋元不死男《あきもとふじお》、俳人

やばい。やばい。ほんとうにやばい。

リビングの長いソファに横たわった姿勢で、ちはるは額に脂汗をにじませていた。きょうは八月三十日。時刻は午前十時。つまり夏休みはあしたで終わる。しかし五年生のちはるは自由研究のテーマさえきめていないのである。

まずい。まずい。ほんとうにまずい。

担任教師の顔が脳裏に浮かぶ。あかるくて、笑顔がすてきで、みんなの人気者。でも怒ると怖い。宿題やらなかったときがとくに怖い。わかってる、教科AIはけっして怒れないからかわりに先生が怒るんだって。でもやっぱり、怖いものは怖い。

ちはるは体を起こし、座りなおすと南側の掃き出し窓をみた。エアタクシーが一台、晴れた都心の夏空に優雅な軌跡を描いて飛んでいった。ああ、タイムマシンがあればなあ。過去に戻りたい。夏休み初日とはいわない、せめてお盆のころに。

ええい、だめもとだ。

左手首にはめた黒いリングに話しかけてみる。「おねがいモラヴェック。一日半でできる自由研究のテーマを教えて」

リングは光らず、左腕の内側の皮膚に画面を映し出しもせず、中性的な声でこう返しただけだった。「現在、自分の力でがんばりましょうモードを実行中です」

やっぱりだめか。

またソファに倒れこんだ。左手をあげ、「ばあか」と黒いリングをののしる。学童用アシスタントAIなんてだいきらい。宿題の重要な部分はぜええったいに手伝ってくれないし、デザインは古くてださいし、そのわりに脈拍から勝手に感情を拾ったりしておせっかいだし。早く大人になって、便利でかっこよくて最新型のAIを身につけたいな。

ともあれ、テーマ探しにモラヴェックはつかえない。さいごの手段に訴えるしかない。ソファを立ち、リビングを横切ってついたてのむこうをのぞく。

「おかあさん」おそるおそる声をかけた。「あのね、夏休みの自由研究」

リビングの一角に設けた仕事用スペースで、母はクライアントとむきあっていた。といっても相手は立体映像であり、ふたりの会話は第三者にきこえない設定にされている。ちはるは母が遠隔カウンセリングを終えるまでついたての横で待った。

ようやく母は、サイドテーブルに置いた3Dフォンを右手のひと振りで終了させた。両手で包めるほどの円錐形の機械は二度またたいて光を失った。ひとり娘に顔をむけると。「悪いけど、これから出張。いまの患者さん、どうしても対面カウンセリングがしたいんだって」

「ええっ」ちはるは露骨に不満の声を出した。「やだ。待って。宿題、手伝ってよ」

母は椅子を立って洗面所へむかった。3Dフォンではバーチャルメイクフィルタをつかっていたから素顔なのである。「もう、毎年のこの騒ぎはなんなの。計画的に進めなさいっていつもいってるでしょ。今年はぜったいに手伝いませんからね」

「えええええっ」と声をあげるも、母は正論をいったとわかっていた。たしかに自分が悪い。でも、計画的とか手際よくとか、あまりにも苦手。さらにいえば、自分はなにをしたいのかよくわからない。いまも、将来も。選択肢は多いようでかぎられている。AIがほぼなんでもやってくれるからだ。だから自由研究のテーマ探しは彼女の苦手意識を象徴していた。

母は洗面台の大きな鏡の前に立った。耳たぶにはイヤリング、首にはネックレスが輝いている。あれが母のアシスタントAI、エルメスだ。アクセサリと同等のデザイン性、音声以外の多様な入力に対応。AIは状況を把握し、心に問題を抱えた患者と会うときに最適なメイクを立体映像で持ち主の顔にかぶせる。化粧崩れの心配がなく肌にやさしく、なにより化粧品と道具を持たなくてよい。とはいえ楽しみのため、自分の手でリアルメイクをするほうを好む女性もかなりの割合でいるそうだ。

母は鏡で立体メイクカバーの仕上がりを確認した。マニュアルで色合いを微調整してから「よし」とうなずく。顔のまわりでエルメスが光る。宝石みたい、とちはるは思った。早くあんなのほしいな。でも高いんだよな、のんびりベーシックインカムをもらってるだけじゃ買えないんだよな。

メイクにつづいて、洗面台横のむやみに細長いクローゼットを開けて薄手のジャケットをとりだす。鏡の前で羽織りかけて。

「ねえ、ちはる」と振り返る。「もう夏も終わるのに、この色はどうかと思わない」

ジャケットは夏空の青をパステルカラーに薄めた色をしていた。

ちはるが同意すると、母はジャケットを丸めて壁のリサイクルシュートに落としこみ、かわりにクローゼットから秋を予感させる胡桃《くるみ》色のものを引き出した。「お昼はフープリでつくって食べなさいね」袖を通しながら、キッチンの方向に視線を投げる。

「はあい」しぶしぶ答えた。3Dフードプリンタでの調理でも、おかあさんが操作してくれたほうがなぜだかおいしく感じるのにな。

「ねえきいてエルメス。マンション屋上ポートにエアタクシーを一台」母は自分のアシスタントAIに命じる。エルメスはまた光で応答した。そのようすをちはるはあこがれのまなざしでみつめる。いいなあ、かっこいいな。

黒いエコ革の鞄を持ち、玄関で黒いエコ革の七センチヒールを履くと、母はさっそうと出ていった。ちはるはひとり取り残された。こんなとき、都内マンションの標準的な二十畳リビングはやたらと広く感じる。家具類や観葉植物がゆったり配置されているだけで、ほとんどの生活家電類は壁や天井に埋めこまれているせいかもしれない。

さて、と。さびしがっているひまはない。自由研究のテーマをみつけなきゃ。

ソファに戻って腰を落とす。休みのあいだ曜日なんて忘れてたけど、九月一日って何曜日だっけ。土曜だったりしないかな。それなら二日ぶん余裕ができる。「おねがいモラヴェック。カレンダーを表示して」

こんどは学童用AIも働いてくれた。リストバンドが光り、左腕の内側の皮膚に八月と九月のカレンダーが映し出される。

うん、土曜じゃなくて月曜か。月曜ね。なんどながめても曜日が動いたりはしない。

だが、思わぬ副産物があった。カレンダーの「きょうは何の日」モードに気づいたのである。

「へえ。知らなかった」ちはるは一部のクラスメートのようにアシスタントAIを使い倒してはいない。しばらくいじっていると、九月三十日の項目に不思議な文字列を発見した。

秋刀魚の日

「あき、とう、うお。って、なに」

「さんま、と読みます」すかさずモラヴェックが訂正する。漢字の読みちがいには容赦がないのである。

「なあに、それ」

「魚です」

「字面《じづら》みればわかるよ。どんな魚」

するとモラヴェックはリビングの広い壁に映像を投射した。青いゆらぎのなかに白く輝く、名前のとおり刀のようなかたちの魚が無数に泳いでいる。

「どうして二次元なの」

「古い資料だからです」AIは映像を静止画に切り替えた。「和名サンマ、学名*Cololabis saira*。海棲《かいせい》の硬骨魚類、ダツ目サンマ科サンマ属。成魚の体長はおよそ三十センチ。北太平洋を群れで回遊。国内においては五十年ほど前までさかんに食用とされていたが現在まったく水揚げがない」

「そうなんだ、知らないわけだ」壁の画像を凝視する。細長い。下顎がちょっと出ていて、受け口みたいでかわいい顔してるかも。「でも記念日があるんだね。変なの」

「秋の味覚として有名でしたから。九月から十一月が漁獲のピークです。往時は毎年、数十万トンの水揚げがありました」

「す、すうじゅう、まん、トン」

「一尾あたりの重さはおよそ百五十グラムなので、単純計算で十数億尾です」

「じゅうすう、おく」軽く混乱する数字だ。「ええと、日本の人口がだいたい八千万だから、みんな二十匹くらい食べられたんだ。しかも秋だけで」

「五十年前は一億二千万人です。ともあれ国民全員にじゅうぶんいきわたる数でした」

「五十年前ねえ」曾祖母なら食べていたはずだ。「おねがいモラヴェック。仙台のひいおばあちゃんにつないで」

黒い腕輪は呼び出し中を示す白い光を点滅させた。ほどなく、ききなれた声が響いてきた。

「もしもし。ちはるちゃんかい」九十八歳の曾祖母は音声のみの通話を好む。

「ひいおばあちゃん。あのね、秋刀魚って魚、食べたことある」

曾祖母は二秒だまり。「もちろん、あるともさ」と大きな声を出した。「宮城県は秋刀魚の水揚げが一位か二位か、ってくらいたくさんとれてた。だから安かったよ、百円玉いちまいで十尾買えた年もあったっけ。漁港では毎年、秋刀魚祭りをやって新鮮な秋刀魚を無料で振る舞ってた。何匹だって食べ放題だったよ」

百円玉とは有形マネーで、電子マネーが普及する前の形態だと授業で習っていた。当時はベーシックインカムもなかったという。

モラヴェックの文字起こしモードをオンにする。「どんな料理で、どんな味なの」

相手の声がやわらかくなった。四百キロ離れた北の街で思い出に目を細めている顔が目に浮かぶ。「秋刀魚はなんたって塩焼きがいちばん。よく太ったやつに塩を振ってまるごと焼くだけで、料理ともいえないけど。皮はぱりぱりっと黄金色《こがね》になって、たっぷりの脂がじゅうじゅういってて。熱いうちにふうふういいながら食べる。大根おろしとかすだちとか不要。新鮮な秋刀魚だったら塩だけでじゅうぶんだよ」

塩だけなんて、すごい。よっぽどおいしい魚なんだろうな。

「いまはもう食べられないんだよね」

曾祖母は五秒だまった。そして少し声が遠くなった。「そうだね、食べられないね。さいきんはほかにおいしいものがいくらでもあるから、すっかり忘れてたけど。さびしいね、そういえばもうすぐ秋だ」

「秋にとれる魚なんだよね」

「俳句の季語にもなってるよ。いや、なってた」

通話を切ったあと、ソファで腕を組み考えた。ぱりぱり、じゅうじゅうだって。おいしそう。食べられないっていわれるとよけいに食べたくなっちゃう。

きめた、今年の自由研究。

失われた秋刀魚塩焼きの味の再現。完成したら食べられるところがいい。

「宿題のテーマ、きまったよ」上機嫌でリストバンドに語りかける。

「おめでとうございます」モラヴェックは冷静な口調で返した。「でも、お急ぎください。締切まであと一日半ですよ」

「ひええ」青くなった。担任教師の顔を思い出したからだ。

「おねがいモラヴェック。国立国会図書館レファレンスへつないで」

一秒たたないうちに、左手首のリングから小人が立ちあがった。つるっとした顔とデフォルメされた体の三次元映像が性別を感じさせない声でいった。「やあ、待たせたね。こども図書館へようこそ、質問はなんだい」

いつものように脱力した。ぜんぜん待ってないし。それと口調がなれなれしい。このＡＩを設計した大人のセンスを疑っちゃう。だがたとえ気に入らなくても、学童用のモラヴェックからは十八歳以上がつかえるレファレンスへは接続できないのである。

「秋刀魚の塩焼きっていう料理について知りたいんです。レシピとか、食べたひとの感想とか」感想は曾祖母からきいたが、研究として仕上げるためにはもっと多くの意見を集めたい。

「おまかせあれ」小人は妙に古風な台詞を返すと親指を立てて片目を閉じ、リングのなかへ消えた。ほんっとセンスなさすぎ。笑うに笑えないし。

ほんの二秒で、レファレンスＡＩは資料をそろえてくれた。「残念だけど、五十年前より新しい資料はみつからなかったよ。だからテキストと画像と二次元映像になるけど、いいかな」

「お願い」二次元は苦手だがしかたがない。

「まずはレシピね。こんなのだよ」

期待をこめて左腕の内側をみつめる。テキストが表示されたが予想外に短かった。

一、秋刀魚に塩を振る。多めに。
二、よく熱した網に載せ、強火で両面を焼く。

「え」目をこすり、テキストをみつめなおす。だが分量に変化はない。「こ、これだけなの」

「これだけだよ」小人は胸を張った。「そもそもあまり残っていない。数少ないレシピテキストをかき集めて平均した結果が、これ」

がぐぜんとして二行きりのレシピを凝視した。料理ともいえない、という曾祖母のことばが思い出される。これほど単純では書き残す気力もわかないだろう。

「参考までに。ほかの秋刀魚料理のレシピもあるよ、種類は多くないけど。刺身、煮つけ、蒲焼き、つみれ汁ってとこかな」

「念のためそれも」声が暗いと自分でもわかる。むずかしいテーマ選んじゃったのかなあ。

「じゃあ、レシピ以外の情報は」

「それもあんまり残ってないね」レファレンスＡＩはさらりと絶望的な台詞をいった。「主に古い文学作品だ。俳句、詩、エッセイなんかに描写されてる」左腕にテキストデータが表示された。一件目はエッセイだった。

秋刀魚塩焼きの思い出　松崎有理

仙台ですごした学生時代。秋がくると広瀬川の河原で芋煮会を行った。東北地方に住んだ経験のない向きのために説明すると、ようは野外の鍋パーティである。この時期にのみコンビニにずらりとならぶ薪を買いこみ、研究室にある大鍋を担ぎ出して、広瀬川へ急ぐ。かまどは河原の石でつくる。

ちはるは文字列を追うのをやめた。飽きた。ぜんぜん秋刀魚でてこないし。

「塩焼きの情報が少ないなら、もうしょうがない。秋刀魚関係資料をなんでも、ありったけ集めて」

「がってんだ」小人は謎の江戸風ことばで返事すると、三秒後にこう報告した。「データの出どころは、新聞記事か水産森林資源持続利用省の報告書。漁獲高にかんする話ばっかりだね」

数字だらけか、それではおもしろい研究にならない。「漁獲高以外の情報だけ選《よ》りわけて」

「あいよ」レファレンスAIはデータをソートした。「すごい減っちゃった。もちろん五十年以上前だ、たとえばこの記事」

左腕の表示に目をこらす。こんな見出しだった。


福島県の水族館が秋刀魚の人工孵化・飼育に成功、世界初

これだ。これならおもしろそう。「おねがいモラヴェック。このデータにリンクして」やった、突破口になるかも。

くだんの水族館とはモラヴェックから学童用つながりプラットフォームでかんたんに連絡がついた。ただし人間とは話せなかった。

「いやっほう、おさかな質問箱へようこそ。なんでもきいてくれたまえ」

水族館案内AIがリストバンドの上に立ちあがった。やはり中性的な声で、桃色のイルカの

姿をしている。またも脱力させられた、色も言い回しもなんか変。「そちらに、秋刀魚の飼育を担当しているかたはいますか」

イルカはデフォルメされた巨大な両目をぱちぱちさせた。瞳の色は青だった。「ごめんね。ここではもう秋刀魚は飼っていない」

「えっ。なぜ」

「すごくむずかしかったんだ。なんども全滅させたりね。けっきょく、秋刀魚担当者が定年退職したタイミングで飼育を終了した」

肩を落とした。どうしよう、締切がせまっているのに。

「あ、がっかりしてるね」案内AIはリストバンド内側のセンサから失望感を受けとったようだ。「じゃあ、とっときの情報を教えちゃおう。その、もと秋刀魚飼育員の連絡先」

「えっ。いいの」

「だってきみ、小学生だろ。そのひとは通信オープンレベルをオレンジにしているんだ」オレンジ色。児童生徒や学生、教育関係者、公務員は自由に連絡可能なカテゴリだ。

助かったあ。「いますぐつないでくれる」

「がってんだ」桃色のイルカは国会図書館の小人と同じ台詞を返して脱力を誘ってから消えた。

リストバンドが点滅する。接続までかなり待たされた。AIとちがって人間には都合がある。ちはるからの連絡を最優先してくれるのは曾祖母くらいだ。

「もしもし」老いた男性の声がした。このひともひいおばあちゃんと同じで音声だけか。秋刀魚型のアバターとか出されるよりはいいけど。

秋刀魚飼育について話を振ると引退した飼育員は堰《せき》を切ったようにしゃべりだした。「たいへんだったよ、えらく繊細な魚でね。まず海から運んでくるとき怪我しちゃうんだ。水槽に入れてもガラスにぶつかってまた怪我。大海原を自由に泳ぐ魚だから、できるだけ大きな水槽を用意して、水流もつくって。それだけやってもたびたび死んだ。浮いた死骸を網ですくいながら泣いたもんだよ」

もと飼育員は秋刀魚がいかにかわいくてはかない生き物であるかをせつせつと語った。

「こんなむずかしい魚、若い飼育員にこの先も維持してくれともいえなくて」

秋刀魚を愛していたからこそ可能だったんだな。ああだめ、このひとに塩焼きの味なんてきけない。

「どうして秋刀魚の水揚げ、なくなっちゃったんですか」

ため息がきこえた。「ほんとのところ、よくわからないんだ。秋刀魚の寿命は二年と短くて、一回あたりの産卵数も少ない。それなのに日本はじめ太平洋岸の国々がとりまくったからかもね。つめたい水を好む魚だから、温暖化で水温があがったのも大きかったろう。なにより、秋刀魚は安いと思われていた。水揚げが減って単価があがるとだれも買わなくなったし、漁船もわざわざ探し出してとったりしなかった。こうして秋刀魚は、海からも水産市場からもひとびとの記憶からも消えてしまったんだ」

おいしいって絶賛してたひいおばあちゃんだって忘れてたくらいだもんね。

薄幸そうな細長い体とさびしげな受け口の横顔を思い浮かべた。かわいそう。さんざん食べられたあげく忘れられちゃって。

「お話ありがとうございました」通話を切る。ふううと息を吐く。

「おねがいモラヴェック。いまの時刻を教えて」

「午後二時四十分です」

「もう、そんな時間」お腹が鳴った。宿題も空腹もまったなしだ。ヒントが少なすぎるけど試作に入るしかない。

ソファを立ち、キッチンへ移動した。カウンターの下、食洗機のとなりに3Dフードプリンタがビルトインされている。正面扉の右上には黒ぐろとしたメーカーのロゴ。シンボルマークの手のひらは「あなたの手のかわり」を意味しているという。じっさい、この家電で料理するなら人間の手に出番はない。

「フープリ、起動」と命じると操作パネルのバックライトが点灯した。調理モードの選択肢が表示される。「五番、試作モード」一口大にプリントできるので待たされないし原料パウダー類も節約できる。

「秋刀魚の塩焼きレシピ入力」リストバンドに命じる。モラヴェックはレファレンスＡＩから受けとったデータをフードプリンタへ流しこんだ。プリンタはランプを三回またたかせてからエラーを返した。

情報不足

だろうな。プリンタの正面扉に手をついてうなだれた。秋刀魚そのもののデータもろくにないのに、たった二行のレシピで味を再現できるわけないよね。

どうする。キッチンカウンターによりかかって腕を組んだ。いずれにせよ、いま持っているものはなんでもつかうしかない。塩焼き以外の料理レシピはまああの長さがあった。ぜんぶ足し合わせて、そこから秋刀魚の本質的な味情報を抜き出そう。それにあらためて塩焼きレシピを足す。ひいおばあちゃんの感想の文字起こしデータも加える。さらに、プリンタ内蔵の一般的な魚加熱データを呼び出して乗せる。焼きたてがだいじらしいから、仕上がり温度を「あつあつ」に設定。こんな感じでどうだろう。

よし、やるか。

モラヴェックに頼んでプリンタにテキストデータを流し入れ、演算を行う。魚の焼き物モードにセットする。プリンタは運転をはじめた。正面扉の窓からのぞくとノズルがみえた。XY方向に細かく動きつつ、じりじりとZ方向へ素材を積みあげていく。

出力が完了した。ビープ音が鳴りやむとロックが解除されて自動で扉が開き、皿が出てきた。試作品第一号からは白い湯気があがっていた。表面は曾祖母が描写したとおりのきつね色。身の断面は、魚の筋肉特有の層状構造をうまく再現している。３Ｄプリンタが得意とするところだ。

箸でつまんで、やけどしないよう慎重にほおばる。皮がぱりぱり音を立て、身がほろりとフレーク状に崩れる。じんわり広がる脂と旨味。けっこうおいしいじゃないの。

もういちど試作品を出力すると、モラヴェックを介して曾祖母に連絡した。「フープリで秋刀魚の塩焼きを再現してみたの。いっしょに食べてくれる」

「へええ、すごいね。なくなったものの再現なんて、便利な時代になったもんだねえ」

プリンタ付属の共食ガムを口に含んでから試作品を食べる。曾祖母も似たような端末をつかってちはるの味覚を共有しているはずだった。一分ほどして声がきこえてきた。

「おお、なかなか上出来だね」

やった。ちはるは箸を持った右手を振りあげた。

「でもね、まだ脂が足りないかな。それとほんのり甘いんだよ。そうそう、いま思い出したけど、苦味。新鮮な秋刀魚は、わたごと食べられるんだ。苦いけど慣れるとおいしいもんだよ」

「わた、って」

「内臓」

曾祖母の助言に従って味の微調整に入る。基本三原料のうちタンパク質パウダーを減らして脂質パウダーを増やす。五味パウダーから甘味を少しと、苦味を多めに追加。試作と味見を繰り返し、一口大とはいえすっかり満腹になったころ、ついに曾祖母は。

「ほぼ完璧」といってくれた。

よかった、これで宿題をまとめられる。「ありがと、ひいおばあちゃん」

「だけどねえ」と曾祖母が語尾を伸ばした。「ほぼ、だよ。あくまで、ほぼ。なにかが足りないんだ」

「なにかって、なに」

「それがね、うまく思い出せなくて。秋刀魚の塩焼きを食べていたのは五十年も前だからね。ごめんね、ちはるちゃん」

思い出せないならしかたない。曾祖母は認知症の兆候すらないけれど、五十年前の味を正確に描写するのはだれにだってむずかしいにちがいない。

足りない味ってなんだろう。五味じゃないのか、じゃあなんだ。

曾祖母に頼れないなら、五十年前の記録をあたるよりない。文学作品データにはまだほとんど手をつけていなかった。リビングのソファへ戻ってモラヴェックに頼み、国会図書館レファレンスからリンクずみのデータを呼び出す。ついでに時間も確認してもらう。「午後四時十二分です」

やばい、時間がない。担任教師の顔が思い浮かぶ。長いのを読んでるひまはないから俳句にしよう。秋刀魚は秋の季語だってひいおばあちゃんもいってたしね。

秋刀魚焼く煙りの中の妻を見に　山口誓子《せいし》
秋刀魚焼く煙りの中の割烹着　鈴木真砂女《まさじょ》
秋刀魚焼く煙を逃げて机かな　石川桂郎《けいろう》

あれ、おもしろい。秋刀魚っていつも煙とセットなんだ。

つぎにこんな句をみつけた。

煙また味の一つや初秋刀魚　鷹羽狩行《たかはしゅぎょう》

そっか、煙なのか。でも煙の味ってなんだろう。そもそも煙は、学校のバーチャル火災訓練で体験したことがあるだけ。実物をよく知らないし、まして味なんかわからない。秋刀魚の煙の正体ってなに。

そのヒントも俳句から探す。

山国の炭火の泣ける秋刀魚かな　石田勝彦

わかった、炭だ。だけど炭もよく知らない。キッチンがみえる炭火焼レストランへ連れていってもらったとき、煙なんて出てたっけ。

リストバンドに話しかける。「おねがいモラヴェック。炭、買って」

「お母さまの許可がないと決済ができません。それに、このマンションで木炭のような燃料をつかうことは禁止されています」

むむむ、さすがにもう進めない。ソファに寝転び、掃き出し窓から外をながめた。夕焼けに朱《あか》く染まった空を配達ドローンが横切っていった。おかあさん遅いなあ。面談が長引いてるのかな、都内じゃなくて九州とか北海道のひとだったのかも。

するとリストバンドが不安を感じとったようで、モラヴェックを通して母から連絡がきた。ごく短いテキストだった。

ごめんまだ仕事中。鹿児島。おみやげ買うから許して

しょうがないなあ。ちはるはソファで寝返りをうつ。炭、買えないし。そもそも火をつけられないし。炭火の煙風味はあきらめて宿題終わらせてもいいかなあ。これって大人がよくいうやむを得ない、ってやつでしょう。

でも。

がばと跳ね起きた。やっぱり気になる。炭火の煙を足した秋刀魚の塩焼きはどんな味がするのか。五十年より前のひとたちが日常的に食べていた、まぼろしの味。煙なしでもすごくおいしいんだから、きっと。

あきらめるな、ちはる。自分の心と食欲を鼓舞し、モラヴェックに問いかけた。「炭の専門家ってどういうひと」

「木炭を製造しているひとたちがいちばんくわしいでしょう。炭焼き職人といいます」

炭焼き職人。はじめてきくことばだ、秋刀魚みたいにいなくなってないかな。「そのひとたちと連絡とれるの」

「やってみましょう」モラヴェックは学童用つながりプラットフォームの海へ沈んだ。四秒後。

「通信レベルが緑色のひとをみつけました。北上山地、岩手県です」

緑。だれでも接触可能。「つないで」

やはり炭焼き職人とすぐにはつながれなかった。そうこうするうち母が帰宅した。おみやげは鹿児島名物あくまきだった。夕食の席で宿題どうなの、と問われると。

「なんとかなるかも」

と、あいまいな笑みで答えた。

リストバンドが光ったのは空《から》の食器をキッチンの食洗機に入れた直後だ。「はい」ちはるは勢いこんで返事した。左腕に男性の上半身の立体映像が浮かぶ。職人という語感からの想像に反して若かった。三十歳くらいか。

「待たせちゃってごめんね。きょうは窯出し作業だったから、忙しくて」

「かまだし、ってなんですか」

「焼きあがった炭を窯から出すこと。山の木を自分で切ってきて、窯に詰めて、何日もつききりで焼いて。窯出しは炭焼きのハイライトかな」

きびしい仕事だ。「どうして炭焼き職人になったんですか」

若い職人は照れたように手ぬぐいを巻いた頭をかいた。「この職業を知ったきっかけはＡＩ適性診断。じつはぼく、ひとづき合いが苦手でね。つながりアシスト機能があっても大勢とかかわるのストレスなんだよ。ひとりで木や火とむきあうほうが性に合ってて。あっちもちろん、こういうふうに一対一でつながるのは大歓迎。だからレベルを緑にしてる」

彼は熱をこめて語った。日本の炭焼きは弥生時代までさかのぼる伝統の技術だが、一時は後継者不足で消滅の危機におちいった。化石燃料の普及によって需要が減り、職人の収入も減ったからだ。ベーシックインカム導入が炭焼きを絶滅から救った。

「伝統文化を継承していると思うと、誇らしいね。文化はいったん途絶するともう戻ってこない。それに木炭はカーボンニュートラルな燃料で、持続可能だ。ぼくらが山に入って大きく育った木を切ると、空いたすきまに若木が育つ」

ちはるは肝心の質問をした。「炭火料理の煙って、どんなものなんですか」

すると青年は笑顔を浮かべて。「ちょうどいい。これから夜食にするんで、七輪に炭火をおこしていたところ。そっちに嗅覚共有端末はあるかい」

え、味覚じゃないんだ。「ええ、いちおう」モラヴェックを一時保留にするとリビングへむかう。母はソファに内蔵されたマッサージ機で仕事の疲れを癒やしていた。

「おかあさんお願い、エルメスのネックレスを貸して。宿題を仕上げるためにどうしても必要なの」エルメスのネックレスパーツには嗅覚共有機能があり、母は香水を通販で購入するときつかっていた。

「宿題のためならね」ネックレスをはずしてちはるの首につけてくれた。軽い。まるで浮いているみたい。見た目の重厚感を気持ちよく裏切ってくれる。「レンタルモードにしたから、ちはるの声で入力できるよ」

やったあ。わくわくしながらあこがれの高機能アシスタントに命じる。「ねえきいてエルメス。嗅覚共有をオン。接続先は、さっきまでモラヴェックで話してた岩手のひと」

するといきなり、不思議な匂いが鼻孔の内側をくすぐった。ついで鼻の奥へ到達し、小さなくしゃみを誘発した。涙もにじむ。

モラヴェックでの会話を再開する。「な、なんですか。これ」

「いまね、炭火の上に鯵《あじ》の干物を載せた。合成魚肉じゃなくて本物だよ、なんたって窯出し祝いだから」職人の立体映像の周囲にはみたこともない黒いなにかがたちこめていた。あれが煙か、火災訓練とはぜんぜんちがう。彼もくしゃみをひとつして、目をこすった。「自分の炭でつくる料理って最高。あ、焼くだけだし料理とはいえないか」

「あのう、炭火焼レストランでは煙は出てなかった気がするんですけど」

「レストランは空調が徹底してるから。もったいないよね、ぼくは煙も味のうちだって思ってるよ」

煙も味のうち。

そうきくと、鼻の奥への刺激が舌で感じられる気がした。このぴりっとした感覚を忘れないで、できるだけ再現するんだ。

八月三十一日の午後までかけてひたすら試作したすえ、ついに満足する秋刀魚塩焼きが完成した。さっそく曾祖母に食べてもらおうと連絡したが、めずらしくつながらない。数分待たされてから。

「ごめんごめん、ちはるちゃん」音声が流れた。背景音がいつもとちがう、とちはるの耳は感じとった。ざあん、ざあん、と規則的な水音。やはり規則的な、きゅうきゅうと動物が鳴くような声。

「ひいおばあちゃん、いまどこなの」

「いい耳だね」曾祖母は笑って答えを教えてくれた。「秋刀魚祭りが行われてた漁港の町にきてるんだよ。秋刀魚はもうとれないけど、浜がまた鳴くようになった。ほら」きゅう、きゅう、きゅう。曾祖母の頑健な脚が一歩一歩踏み出すリズムと同じだ。彼女の趣味は登山で、九十八歳にして穂高《ほたか》へのぼるのである。

「浜が鳴く、って」

「すごくきれいな砂は、踏むとこすれあって鳴くような音を立てるんだ。ここはしばらく鳴かなかったけど、また海がきれいになったんだね」きゅう、きゅう、きゅう。背後でざあん、と鳴っているのは波の音だとちはるは察した。

「あのね、再現塩焼きが完成したの。また試食してくれる」

「おお。それはそれは、がんばったねえ」声に笑みをにじませ、曾孫《ひまご》をねぎらってから。「そうだ。おかあさんにネックレスを借りなよ。触覚共有をつかってごらん」触覚共有機能は、たとえば通販で衣類の素材感を確認するときに便利である。

母は快く自分の祖母の提案に応じた。エルメスを首に巻いて触覚共有をオンにする。とたん、頬がひやっと涼しくなった。

「潮風だ」曾祖母が説明する。「こいつになぶられつつ、あつあつの秋刀魚の塩焼きを食べる。至福の体験だよ」

波の音と砂の声をきき、潮風に吹かれながら、ちはるは湯気が立つほどあたためた塩焼きを口に入れた。しょっぱくて、ほろ苦く、ほんのり甘い。やわらかな脂の舌触り。鼻の奥には煙の香ばしさがただよう。

「これだよ、これ」曾祖母は若々しく声をはりあげた。「いま思い出した、足りなかったのは煙だ。すごいね、よくわかったねえ」

「えへへ」ちはるは照れて、炭焼き職人のように頭をかいた。「でもね、ひいおばあちゃんがいなかったらできなかったよ。ありがとう」都内のマンションにいるのに、夏の終わりの青い波がけがれのない砂浜を洗うさまがみえるようだった。

三十一日の夜。リビングのソファに陣どり、これまでの成果をレポートにまとめた。例によってモラヴェックは、学校から与えられた自由研究記入フォーマットを提示するなり。

「これより、自分の力でがんばりましょうモードを実行いたします」

と、いってだまりこんだ。

フォーマットの空欄をひとつひとつ音声入力で埋めていく。研究のきっかけ。むかしはすごくたくさんいた魚がぜんぜんとれなくなって、すっかり忘れられていると知って驚いたから。研究の方法と内容。資料調査は、国立国会図書館レファレンス。インタビューは、むかし秋刀魚塩焼きを食べていた曾祖母と、水族館のもと秋刀魚飼育担当員と、炭焼き職人。結果欄には3Dプリンタ再現塩焼きレシピを入念に書いた。

九時。疲れた目をこすりつつ残った空欄をみつめた。あと二箇所だけ、もうひと息だ。

これからの課題。

「今回は時間がなくてできませんでしたが、ひいおばあちゃんが教えてくれたように、浜辺での音や風の感じをレシピに入れこめるともっとおいしくなりそうです。機会があったらぜひやってみたいです」

研究を終えての感想。

「秋刀魚はいなくなっちゃったけど、塩焼きの味をうまく再現できました。協力してくれたみなさんのおかげです。それと、秋刀魚は完全にいなくなったわけじゃなくて、広い海のどこかでこっそり生きていて、いつか会えるといいなと思いました。元気に泳いでいるところをみてみたいです」

音声がテキストに変換されて空欄を埋めた。ちはるは両手をいっぱいにあげて叫んだ。「おわったあああっ」

むかいのソファから母が立ちあがり、ちはるを抱きしめた。「やったじゃない。ひとりででぎたね」

「えへへ」母の首のあたりに鼻を埋める。エルメスのネックレスが触れてくすぐったかった。

「みんなのおかげだよ。おかあさんもね、ありがと」

九月三日の夕方。

「あのう、用事ってなんですか」

ちはるはおずおずと問いかけた。職員室への呼び出しなんていやな予感しかしない。おととい提出した宿題にまちがいでもあったのか。

職員室は八畳ほどの広さで人間の教師専用の部屋だ。そこにいるのは四人だけだった。校長と教頭に、若い教師が男女ひとりずつ。女性のほうが、ちはるのクラスをみてくれている先生だ。

担任教師は椅子を回してちはるにむきなおった。「あの自由研究だけど」

「はい」きたぞ。緊張が走る。両の拳を握りしめる。

「とっても、おもしろかったよ」教師は輝くような笑みをみせた。「失われた味を復元する、って着眼点がいいね。いっぱい調べて、工夫もして、いろんなひととお話できたし。先生すっかり感心しちゃった、それでね」左手首の教員用アシスタントAIに触れる。ぴ、と音がしてモラヴェックへデータが送信された。

ちはるは左腕の内側をみた。「なんですか。おうぼ、ようこう」

教師は楽しげにほほえんだ。「小学生3Dフードプリンタ創作料理コンテスト。出てみない、まだやりたいことあるんでしょ」

応募要項の右上には見慣れたロゴが入っている。手のひらマーク、うちのフープリにもついている。

児童と教師は数秒、みつめあった。驚きが消えると、ちはるは大きな笑みをみせて元気よく返事をした。「はい。出ます。ぜひ出たいです」

ペンローズの乙女

世界は人間なしに始まったし、人間なしに終るだろう。
クロード・レヴィ＝ストロース『悲しき熱帯』

歴史のこだま・その1

一九五〇年、ニューメキシコのロスアラモス研究所でのできごとだった。エンリコ・フェルミは同僚のエドワード・テラー、ハーバート・ヨーク、エミール・コノピンスキーと気の置けない昼食をとっていた。話題はニュース雑誌の最新号におよぶ。掲載された漫画には宇宙人がニューヨークのごみ箱を盗むさまが描かれていた。するとフェルミはつぶやいた。みんな、どこにいるんだろうね。

三人の同僚たちは、「みんな」とは宇宙人を指すとすぐさま理解し、これをフェルミ流のジョークと受けとめて笑った。だがフェルミはすばやく一連の計算をしてみせ、宇宙はこれだけ広いのだから宇宙人はたくさんいるはずで、すでになんども地球を訪れていてしかるべきだと結論を出した。では、なぜかれらは漫画にしかあらわれないのか。有名なフェルミパラドックスの誕生である。

このパラドックスに明快な答えが出るのを待たずして、フェルミは一九五四年に胃癌のため死去した。五十三歳の若さであった。

南の島・その1

ヨーイチはうっすらと目を開けた。

二、三度まばたきすると視界がはっきりしてきた。建物、いや小屋のなかか。丸木の梁《はり》と、植物の葉で葺《ふ》かれた屋根の裏側がみえる。驚いたことに壁はなく、やはり丸木の太い柱が外からのまぶしい光を黒ぐろと縦に分断していた。床はただの白い砂で、茣蓙《ござ》のような敷物の上に寝かされていた。

そよ風が頬をなでていた。扇がれていると気づいて視線を移す。思わず息を呑んだ。

緑の葉を編んだ団扇《うちわ》を握っているのは、カフェオレ色の肌をした、長い黒髪の、はっきりした二重まぶたと黒目がちの大きな瞳の、この春に入学したばかりの中学校にも、それどころか3DTVに登場するアイドルたちのなかにもいない、絶世の美少女だった。

しかも彼女は上半身が裸だった。

カフェオレ色の、ヨーイチの拳ほどもないひかえめな乳房が目を射た。女の子のあらわな胸がすぐそこに。

目のやり場に困り、あわてて視線をそらした。頬がかっと熱くなる。ありえない、こんなの現実のわけがない。そうか、わかったぞ。

ここは竜宮城だ。そして彼女は乙姫さま。

ヨーイチは小屋の梁をみあげて少々だらしなく笑った。彼には海底の異世界へきたと信じるに足る理由があった。実在したんだな、竜宮って。乙姫さまが夢みたいにきれいだ。思い描いていた理想の女の子だ。

少年が目覚めたと知るや美少女は団扇を置き、にじり寄ると折った膝の上に彼の頭をそっと載せた。彼女が身につけた花の首飾りから甘い香りがただよって鼻孔をくすぐる。

なんと、女の子の膝枕。ああ夢のようだ。

なすがままで陶然としていると、美少女はひとの頭ほどもあるごついものを彼の唇にあててきた。ほの甘い液体で口のなかが満たされる。薄めたスイカジュースのような味だ。冷えてはいないがヨーイチの弱った体にはむしろやさしかった。彼は喉を鳴らして飲んだ。飲み終えてはじめて、その丸くてごついものはココヤシの実だと気がついた。ココナツジュースはすでになんどか味わっていたが、いま飲んだものが飛び抜けておいしい。これまでは冷やされすぎていて、むだに何本も刺さったストローやらごてごてした紙の飾りやらがじゃまだった。

ココナッツがあるってことは、海底じゃなくて地上なんだ。

どうやら助かったらしい。

「あ、ありがとう」渇きが癒えたせいかやっと声が出た。胸はみない、相手の目をみるんだ。ことばは通じないけど感謝の気持ちを伝えなきゃ。

ところが。

「ドウイタシマシテ」

カフェオレ色の美少女はたどたどしいがまぎれもないヨーイチの母語で返事をするではないか。

呆然とするヨーイチを置いて、少女は立ちあがった。はだしの足で敷物を踏み、小屋を出ていく。それから彼の知らないことばでなにやら叫んだ。目を覚ましたよ、とでもいっているのか。

いったい、ここはどこなんだ。

慎重に体を起こす。そのときはじめて、上掛けの下は全裸だとわかってまた頬が熱くなった。あんなきれいな女の子の前でパンツも穿《は》いてなかったなんて。

あわてて周囲を見回すと、そばの床に自分の衣服をみつけた。出発前に両親が買ってくれた白い麻のスーツは洗濯され、きれいにたたまれている。あの美少女が洗ったのだときめつけて服を抱きしめた。ほんのり南国の花の香りがした。

シャツのボタンをとめ、ジャケットの袖に腕をつっこんだところで小屋の周囲から人声がきこえてきた。急いで寝乱れた髪をなおす。まずあらわれたのはあの美少女だ。両腕にひとつずつ抱えた青いココナツのうち片方を差し出して「ドウゾ」といった。桃色のぽってりした唇に浮かぶやさしい笑みが少年の胸をまたときめかせた。みているだけでしあわせになる女の子なんてこれまで出会ったことがない。

そのあとから小柄な老女。やはりカフェオレ色の肌で、すっかり白くなった髪は下ろさず頭上で結っている。彼女もトップレスだ。さきほどは少女の裸の胸に心を乱されていて気づかなかったが、ふたりの女性のまとう膝下丈の腰布は青や黄色や緑のあざやかな縞柄でなかなか美しかった。老女はヨーイチがむさぼるようにココナッジュースふたつぶんを飲み干すのを待ってから、しぼんだ乳房の前に抱えた器《うつわ》を差し出した。「めしあがれ」彼女のイントネーションは驚くほど自然だった。

器は両手におさまる大きさのきれいな半球状で、黒っぽい褐色をしていた。白い液体に団子のようなものが浮いている。箸もスプーンもないので器のふちからすすってみた。やさしい甘みとさっぱりした口触り、ココナツミルクだ。団子の材料は不明だがさつまいもによく似た味で、食感は餅に似ていた。あまりのうまさに夢中でたいらげた。器から目をあげると、美少女と老女はうれしげに顔をほころばせている。

「おいしかった。どうもありがとう」

「ドウイタシマシテ」

少女が手を伸ばして空いた器を受けとった。ヨーイチはまた胸から目をそらしたが、相手はむき出しの乳房を恥ずかしがるようすがみじんもない。

きっとそういう文化なんだ。慣れろ、慣れろ。

頭のなかでなんども唱えて煩悩《ぼんのう》を追い払っていると小屋の前に人影が差した。こんどは男がふたり、入ってきた。彼らの顔をみてヨーイチはまた混乱した。いったい、ここはどこなんだ。先に立っている中年男性は、よく日焼けして女性たちのような縞柄の腰布をまとっただけではだしだが、金髪碧眼《へきがん》の西洋人だった。中学生のヨーイチからするとみあげるように背が高い。しかも。「やあ、元気になったようですね」と、かなり流暢《りゅうちょう》にヨーイチの母語をしゃべった。つづいて若い男性。やはり日焼けしているがあきらかにアジア人だ。赤い花柄のアロハシャツ、白いショートパンツに足下はビーチサンダル。大ぶりのサングラスをはずすとヨーイチのもとに寄って膝をついた。「きみ。よかったなあ、助かって。運びこまれてきたときは半死半生だったんだぜ。心配したよ、ほんと」

なんと、母国の人間だ。ヨーイチは地獄に仏とばかり質問をあびせた。「ここ、どこなんですか。ぼくはどうして助かったんですか。だれが助けてくれたんですか」

「この島のひとたちだよ」青年はカフェオレ色の女性たちに顔をむけた。「おれはコジマ。先月ここにきたばかりだ。そしてこちらは」

「ポルダーといいます。人類学者です。この島を調べています。もう二十年も」腰布姿の西洋人は右手を出してきた。野球のグローブみたいに大きくてごつごつしていて、指には金色の短い毛が生えていた。

手を握り返して自己紹介する。「ヨーイチです」それからくるりと振り返り、美少女に声をかけた。

「ぼく、ヨーイチ。きみ、名前は」自分を指し、ついで相手を指す。

すると美少女は桃色の唇に乙姫さまの笑みをみせて。「サヨ」

またも面食らった。名前の響きにちっとも異国らしい感じがしない。

「ここは、どこですか」いまも熱帯にいるのは確実だ。軒から射しこむ強い陽光、じっとりと汗ばむ空気、ココヤシの葉が風にそよぐ音。気づけば、小屋の周囲を上半身裸のひとびとがとりまいていた。みなカフェオレ色の肌で色とりどりの美しい腰布を身につけている。若者たちの装飾品は頭や首まわりの花輪くらいだが、年長の女性は貝ビーズのネックレスを巻いて乳房のあいだに垂らし、年長の男性は耳に巨大なピアスをして高く結った髪に浮世絵の花魁《おいらん》のような長い飾り櫛《ぐし》を刺している。

西洋の人類学者が少年の質問に答えた。「ここは、コンデイ島です」

「コンデイ、だって」血の気が引いていくのがわかった。一般的な観光情報にはけっしてあらわれない、だが世界中のだれもがその名を知る島。

コジマ青年が手を伸ばし、少年の肩を軽く叩いた。「そうだ。あの有名な、生贄《いけにえ》の島だよ」

コンデイは生贄の代名詞となっていた。

ヨーイチは恐怖に唇を震わせた。助かったのはいいが、なんてところにきてしまったんだ。

歴史のこだま・その2

みんな、どこにいるんだろうね。

フェルミの投げかけた疑問は、想像力豊かな研究者や作家たちの魂に火をつけた。パラドックスの解探しは真剣に、ときに楽しい趣味として、連綿と何十年もつづけられている。代表的な解をとりあげてみよう。

その一、バーサーカー解。宇宙を徘徊《はいかい》する自己増殖型殺戮機械にみつからないよう、「みんな」は息をひそめている。

その二、距離解。星間距離はとてつもなく大きいので、「みんな」はまだこちらへ到達できていない。

その三、時間解。知的生命はとてつもなくまれにしか発生しない。つまり「みんな」とは時間で隔てられている。

その四、訪問禁止解。地球は宇宙における自然保護区とされている。あるいは、なんらかのタブーにより接近を忌避されている。

その五、持続可能性解。どんな文明でもあるていどの発達段階に達すると、核戦争や環境破壊により自滅してしまう。

どの解も仮説にすぎない。「みんな」がみつからないまま年月がすぎていくにつれ、謎はいっそう深まっていく。なぜ人類はいつまでも孤独なのだろうか。

南の島・その2

コンデイ島は国際的孤立状態にある。

そもそも地理的に孤絶している。もっとも近い有人島まで百キロも海をわたっていかねばならない。年平均気温は二十八度前後、降雨も多く気候には恵まれているが、珊瑚の砂でできた島ゆえ湖沼や河川は存在しえない。さいわい島の地下には厚い淡水レンズがあるので井戸の設置は可能だ。

また、珊瑚島の特徴として海抜がひじょうに低い。島のもっとも高いところでもおよそ三メートルにすぎない。

島民たちはいまも漁労を中心とする自給自足の伝統的な暮らしをつづけている。同海域のほかの島々は先進諸国からの援助金で太陽光パネルや巨大な貯水槽や無線通信設備を導入してインフラをととのえ、小麦製品や缶詰類などの輸入食品を住民の肥満が問題になるほど買いこんでいるのに。

援助がない理由は、長年の国際的圧力にもかかわらず島民ががんとして人身供犠《くぎ》風習をやめないからだといわれていた。

孤立の結果として、ヨーイチの母語が細々ながらつかわれつづけている。もう百年ほどもむかしになるがこの海域の島々はヨーイチの母国の支配下にあり植民地教育がなされていた。独立後、ほかの島は西洋諸国の援助を受けるにあたりそれらの言語を優先的に取りこんでいった。この島だけが例外だった。

というポルダーの説明を、ヨーイチはなかば聞き流していた。ようするにここは、生贄の名目でひとを殺しているため国際社会から村八分にされた、おっかない島じゃないか。そんなところに運悪く拾われてしまうなんて。

生贄。その不穏な響きが少年をおびえさせた。具体的になにが行われるのかは知らない。知らないからなお怖い。火あぶりや生き埋めや干し首づくりや食人や、ネットワークに流れる陰惨かつ出どころのあやしい情報が脳裏をつぎつぎかすめて恐怖を煽《あお》る。

やばい、危ない、恐ろしい。早く両親に連絡して迎えにきてもらわなきゃ。もう意地を張っているばあいじゃないぞ。

ジャケットのポケットをさぐるも、携帯端末は消え失せていた。落としてしまったのだろう、あの状況では無理もない。

「ポルダーさん、コジマさん」島民ではない男たちに顔をむけた。「端末を貸してもらえませんか。親に電話したいんです」

コジマがうなずいてアロハの胸ポケットに手を差し入れた。だが人類学者は。「まずは、食べなくては失礼ですよ」といって少年の背後を指した。振り返ってみれば。

島のひとたちが手に手に緑色の葉でつくった皿をかかげて小屋のまわりに押し寄せていた。さいしょの皿がヨーイチの前に出される。小さく切った生魚をココナツミルクであえたものだった。

えっ。魚、きらいなんですけど。

「サシミです」料理を持ってきたのはさきほどの老女だ。昔話のおばあさんみたいな福々しい笑みを浮かべている。心の底からおいしいと信じて勧めていると表情でわかる。ああ、そんな顔されたら食べないわけにいかない。

箸などないので手食だ。ひと切れをつまみあげ、思い切って口に入れる。驚愕した、これまで食べてきた魚とはぜんぜんちがう。生臭さやべたつきはまったくなく、歯ごたえに心地よい弾力がある。そうか、鮮度がちがうんだな。ココナツミルクには柑橘《かんきつ》の果汁と刻み唐辛子が加えられていた。薬味の組み合わせの妙も手伝って。

「こんなにおいしい魚料理、生まれてはじめてだ」

と絶叫してしまった。すると島民たちはなにかの大会で優勝したチームのように抱き合って喜んだ。

つぎが魚のスープ。皿がわりにした大きな二枚貝の殻から尾頭《おかしら》つきがはみ出ている。骨のうまみが溶け出した汁は絶品で、魚ぎらいであった過去をきれいに忘れさせた。味つけはやはりココナツミルクだが食べ飽きる気がしない。

そのつぎは真っ赤にゆだった巨大な海老がみずみずしい緑の籠に載って出てきた。こんなりっぱなものをレストランで注文したらいったいいくらするのか。ナイフもフォークもないから豪快に胴を割ってかぶりつく。身の甘さに目を回しかけた。「う、うまい」

やっぱりここは竜宮城だ。すぐ横ではあの美少女、サヨがかいがいしく魚の骨を取り除いたりココナツジュースを勧めたりと世話を焼いてくれる。

気づけば、周囲の敷物の上には料理を盛った緑の葉の皿がところせましとならんでいた。こんなに食べきれない。身振りと表情でわかってくれると期待して、島民たちに声をかける。

「みんなも、食べて」

するとかれらはそろって頭をさげるお辞儀《じぎ》をした。そのあと、幼児から老人まで入り乱れての大宴会がはじまったのだった。

やがて陽が落ちるころ、料理はすべて食べつくされた。空いた皿が建物の外の植えこみへつぎつぎ投げ捨てられるのでヨーイチは驚いたが。

「あの皿はバナナの葉でできています。そのうち土に還る」

と人類学者が説明してくれた。

「バナナの葉は、よい匂いがします。手触りもいい。これに慣れると、陶器の食器を毎回洗うなんて野蛮に思えてきます」

つづいてひとびとは庭へ出る。白い砂が敷きつめられてこざっぱりと清潔だ。その中央に、半球状のなにかがうずたかく積まれている。大きさといい色合いといい、さいしょに食べたココナッツ汁粉の容器にそっくりだ。あれはなんですかとポルダーに質問すると。

「乾かしたココナッツの殻です。油を含んでいて、よく燃えます。これから焚火をするのですよ」

「器にもつかうんですよね」

人類学者は首肯した。「ココヤシは捨てるところがありません。幹は建物の骨組に、葉は屋根になります」と小屋を指し示す。

ココナッツ殻の山のそばではヨーイチと同じ年ごろの少年が、腕くらい太い棒を地面に寝かせて押さえつけた。もうひとりの少年が箸ほどの長さの枝切れをななめにあてて前後にこすりはじめる。摩擦で火を熾《おこ》すなんてどれだけ時間がかかるんだろうと思っていたら、ものの一分ほどで煙が立ちはじめた。つぎの一分で小さな炎が乾いた植物の繊維に移された。つづく一分でココナッツ殻はみごとに燃えあがった。ぱちぱちはぜる陽気な音が夕暮れの空に響く。

ヨーイチは賞賛の目で島の少年をみつめた。ぼくなんてキャンプのときのマッチさえうまく擦《す》れないのに。

十代とみえる若者たちが焚火のまわりに集まった。合図されたようにすっと男女の列にわかれて炎をはさみ相対する。大人たちは少し離れた地面に座り、手のひらで膝を叩いて拍子をとりはじめた。歌もはじまる。母音を長く伸ばした合唱だ。歌詞は島のことばなのでヨーイチにはさっぱりわからないが。

「客人を歓迎する歌です。遠くから波をいくつも越えて、はるばる訪ねてきてくれたことを讃えています」

またポルダーが教えてくれた。歌声が高くなる。少年少女たちは炎に肌を照らされつつ踊る。リズムに合わせて足を踏みならし、腕をあげ、首を振るだけの単純な振付だがみな心からたのしそうに体を動かしている。

「ポルダーさんは語学が得意なんですね」

「調査地に行くときことばを習うのは、人類学者の基本です。かなりむかしですが、あなたの国へも行きました」

「おれはこいつをつかってるけどね」コジマ青年はアロハの胸ポケットから携帯端末を出した。

「一部の年寄りをのぞけば、島の連中はおれたちのことばを片言しか知らない。こみいった話はAI翻訳まかせだ。ともあれ、早く親に電話しなよ」

ところでこのひとは、なにをしにコンデイ島へきたのだろう。

「ありがとうございます」コジマの端末へ手を伸ばしかけたとき、炎の前で踊る少年たちが笑顔でヨーイチに手招きした。

「ほら、いっしょに踊ろうといっていますよ」

人類学者にうながされずともわかった、参加するのが礼儀だ。ジャケットを脱いで立ちあがり、列の端につく。真正面にはサヨがいた。目が合った。愛くるしい顔がほほえみ返してきた。長い黒髪に南国の花を挿し、裸の胸まわりも花輪で飾っている。その姿に少年は心臓をつかまれた。

ヨーイチは母国からはるばるやってきたコジマの目的も、母国の中学校も、中学に入ってはじめての夏休みも、その夏休みに両親と参加した南洋クルーズも、肝心の両親への連絡さえも、俗世にかんするすべてを忘れて踊った。足を踏み出し、手を叩き、頭を振りあげて満天の星をあおぐ。心地よい汗が流れる。燃えるココナツ殻は香油のようなかぐわしい匂いを放っている。炎のむこうで踊るサヨとはしじゅう視線がからみあう。ああ、このまま時が止まればいい。

気づけば歌は終わっており、少年少女らは息をととのえつつ静かに整列していた。灯りがふたつ、闇のなかをしずしずと近づいてきた。松明《たいまつ》を持つ従者たちにはさまれた老人が、この島のいちばんえらい男だとひとめでわかった。だれよりも巨大なピアスをして、結いあげた髪にひときわ長い飾り櫛を三本も刺している。なにより、全身がみごとな渦巻き模様の文身《いれずみ》で彩られていた。あれを彫りあげるまでにどれほどの時間が費やされ、どれほどの苦痛に耐えたのか。島民はみな、ごく幼い子供までがこうべを垂れて長老に敬意を示す。

そうだ、お礼をいういい機会だ。

ヨーイチは少し緊張しながら声を振りしぼった。「ありがとうございます、助けてくれて」頭を深くさげた。感謝の気持ちは態度で伝わるだろう。

すると長老はゆっくりうなずき、ポルダーよりもさらに達者なヨーイチの母語で返事をした。

「礼は、サヨにいいなさい。あの子があなたの助けを求める声をきいたのだから」

そんな馬鹿な。

驚いて美少女と長老の顔を交互にみた。ありえない。昨晩はひどい嵐で、海へ落ちた自分の叫びなど瞬時にかき消されたはず。クルーズ船がどれだけこの島に近づいていたとしても、悲鳴がひとの耳に届くはずがない。

だが長老は。「不思議な子なのだよ。あの子のことばだから、みなが信じて荒れた海に舟を出した」皺に囲まれた両目は松明の光を映していた。ふたりの従者も、さきほどいっしょに踊った少年少女たちも、島民たち全員が神妙な顔でうなずいている。だれひとり疑うようすをみせない。

「ありがとう、サヨ」

「ドウイタシマシテ」澄んだ両眼、かすかな笑みをたたえた口元。その表情は歳に似合わず人生を深く悟ったようにみえる。

サヨは、不思議な子。ヨーイチは信じねばならない気分に満たされた。電灯ひとつない南の島の夜はひたすら暗く、焚火の炎と頭上の星々だけがあかるかった。

食欲があって体も動かせる。海で溺れかけたダメージからは回復したとみなされたので、その夜のうちにヨーイチは看病小屋から海辺の舟小屋へ移された。もうサヨの手厚い看護が受けられないのは内心さびしかった。

「ここは舟の保管庫ですが、男の客を泊める場所にもなります。昼間は、島の男たちの作業場となります」ポルダーが説明する。

「でも、舟はどこなの」ヨーイチは周囲を見回す。

貝殻に椰子《やし》油を満たしたランプの灯りが、小屋と呼ぶにはずいぶん広い建物の内部をぼんやり照らしていた。床は看病小屋と同じ珊瑚砂で、茣蓙のような敷物が何枚か置かれている。やはり壁がない。この素通しの空間に、外部からきた男三人が雑魚寝するのである。もっとも素通しなのはほかの民家も同様だ。夜風が抜けてとても涼しい。敷物の手触りや座り心地は祖父母の家にある畳とよく似ていた。弾力があって体重をやさしく受けとめてくれる。

「舟は、いま遠くへ漁に出ています」

「ってことは、舟が戻ってきたらぼくら寝る場所がなくなっちゃうんじゃないの」

「だいじょうぶです。五艘《そう》しか置きませんから」

「たった五艘なの。島じゅうのひとが食べる魚をとるには少なすぎない」

「魚は、舟で沖へ出なくてもとれます。浅いところで、銛や網や筌《うけ》をつかって小魚や海老や蛸《たこ》を捕まえるのです」

するとコジマが寄ってきてヨーイチの肩を叩いた。

「ほら、これ貸すよ。こんどこそ親御さんたちに電話しな、きっとすごく心配してるぜ」

コジマが持っていたのはなんと衛星通信端末だった。充電用に小型の太陽光パネルも持ちこんでいるという。彼の荷物は多かった。スーツケースが三個もあり、それぞれ頑丈な錠をつけ鎖で小屋の太い柱にくくりつけている。

島のひとたちが盗むと思ってるのかな。警戒しすぎじゃないかな。

いっぽうポルダーの装備は最小限だ。機械類はカメラだけで、それすらめったにつかわないらしい。記録は、小さくて表紙の固い手帳に手書きで行っていた。

衛星携帯を受けとる。ずっしり重く、短いが太いアンテナがついている。コンデイ島ではふつうの端末で外部に連絡できないのか。

「おねがいモラヴェック、レンタルモードへ」コジマが音声入力の使用者特異性を解除してくれた。

モラヴェックは携帯端末に搭載できるアシスタントAIとしては最上位の部類に入る。さすがいいものつかってるなあと感心しながら。「ありがとうございます。お借りします」

するとコジマは顔を寄せて低い声でいった。「ヨーイチくん。この島からは早く出たほうがいいぜ」

「はあ」少し奇異な感じはしたが、そのときは気にもとめなかった。

衛星と通信しやすいよう舟小屋を出る。親との会話をコジマたちにきかれて気恥ずかしい思いをせずにすむから好都合だ。砂浜に座る。環礁《かんしょう》に囲まれた夜の海は鏡のように静かだった。涼しい夜風が前髪をなぶる。

「おねがいモラヴェック、いまからいう番号につないで」

接続を待つ。そっと浜辺を洗うかすかな波の音と遠い呼び出し音がまじりあう。降るような星あかりで、足下を這うヤドカリの脚の毛までがみえる。

「はい」周回衛星を介して母の声が響いてきた。相手が息子とわかると母はにわかに口調を乱した。「まあ、ヨーイチ。ヨーイチなのね、ほんとうに」

怒られるかと思っていた。だが母は涙声で息子の無事を喜ぶばかりだ。電話を替わった父も。「いま、どこなんだ。すぐ迎えにいってやるぞ」

どうしたんだろう、いつもはあんなに冷静なのに。「コンディ島だよ」

父がはっと息を呑む音がきこえた。数秒後。「な、なぜ。どうして、よりによって生贄の島なんかに」背後で事情を察した母がけたたましい悲鳴をあげた。

「助けてもらったんだよ、島のひとたちに」ヨーイチはあわてて釈明をはじめた。「生贄の噂はぜったい嘘だよ、みんなとっても親切なんだ。だから心配しないで」歓待と踊りのさなかで生贄風習への恐怖は消えうせていた。あの純朴そのものの島民たちが人殺しをするなんてありえない。

「ほんとうか。安全なんだな」これほど気づかわしげな父の声はきいたことがなかった。

ああ、こんなにも自分の身を案じている。このときヨーイチははじめて親の愛を実感した。いますぐなにもかも謝ってしまおうかと思った。これまでの自分のかたくなな態度、産みの親へ投げつけたかずかずの心ないことば、船員たちの目を盗んであてつけのように嵐の甲板へあがった愚行。ところが口から出てきた台詞は。

「ぼく、もう少しこの島にいたい」

だった。予想外の提案に両親が絶句しているあいだに、二週間ほどしてクルーズ船がこの海域へ戻ってきたとき拾ってもらう約束をとりつけてしまった。

「ほんと、ぜんぜん心配いらないから。また連絡するよ」上機嫌で通話を終える。とうさんたちよりサヨだ。彼女のほうがはるかに優先だ、親とはいつでも会えるじゃないか。

舟小屋に戻るとコジマに衛星携帯を返しざま、元気よく宣言した。「あと二週間、この島にいます。お世話になります」

「おお、それはそれは」ポルダーはランプの光の下で破顔した。「よい話し相手ができた。うれしいです」

いっぽうコジマはあきらかに驚き、ついで眉を寄せていた。しかしヨーイチは青年の意図を詮索するには気持ちがはずみすぎていた。

歴史のこだま・その3

一九六〇年四月。天文学者のフランク・ドレイクは世界初の地球外知的生命体探査となるオズマ計画をウェストバージニア州の国立電波天文台で開始した。こんにちの基準でみても周到に設計された探査だったが、四ヶ月たっても有意なシグナルを観測できぬまま終了した。

その翌年、ドレイクは天文台に九人の専門家たちを招いて会議を行う。地球外知的生命体をみつける可能性を見積もるためだった。メンバーには天文学者カール・セーガンも入っていた。

こうして、地球外文明の数の推定式として有名なドレイクの方程式が誕生する。

この会議でドレイクらが計算した結果によれば、天の川銀河には一千から一億もの文明が存在しうる。

地球外知的生命体探査はＳＥＴＩという略称で呼ばれ現在も継続しているが、いまだひとつの信号も発見できていない。ドレイクは九十二歳で没するまで、ＳＥＴＩの活動にかかわりつづけた。

南の島・その３

翌朝。

目覚めた直後、ヨーイチは自分がどこにいるのかわからずに混乱した。ほどなく、壁のない舟小屋に遠慮なく射しこむ朝日で合点《がてん》した。そうだここはコンデイ島。ぼくはサヨとすごすため、ここにとどまったんだ。

身を起こすと、となりで寝ていた人類学者も目を覚ましたところだった。早くサヨの顔をみたい。彼女の家がどこなのか、ポルダーさんなら知ってるかな。でも照れくさいな、どう切り出そう。

と、迷っているうちに人類学者のほうから。

「どうです、涼しいうちに島を散歩しませんか」

ヨーイチは渡りに舟と提案にとびついた。散歩のとちゅうで彼女に会えたら最高じゃないか。

まだ寝入っているコジマを小屋に残して、ふたりは集落へむかった。歩くのは島の目抜き通りだ。とはいえ道幅は二メートルもない。

「オハヨゴザマス」

「オハヨゴザマス」

すれちがう島民たちが人なつっこい笑顔をむけてあいさつしてくる。かれらは網や銛や籠を手にしていた。

「みんな早起きですね」ヨーイチは横目でサヨの姿を探しつづけている。

「朝のうちに仕事をします。日中の、とても暑いとき休むためです。南の島の知恵です」

庭先で食事中の家族が手招きし、珊瑚石で焼いた青いバナナや魚を勧めてくる。よちよち歩きの幼児でさえデザートの果物を半分よこそうとするのである。

「食べものはわかちあう文化なのです」

ポルダーとふたりならんで歩きながら、さきの幼児からもらったタコノキの実をかじる。大きさも見た目もパイナップルによく似ており、小房にわけられるところはスナックパインに似ている。味は少々あくの強いメロンのようだ。

「そんなに気前よくひとにあげていたら、自分のぶんがなくなっちゃうんじゃないの」

「いいのです。この島のひとたちはみな親戚か友人か、親戚の友人か友人の親戚です。あげたら、いつか返してもらえます」

「でも、ぼくらはよそものだよ。返す機会なんてないかもしれないよ」

「いいのです。お客さんはできるかぎりもてなす文化なのです。この島では、ひととひととのよい関係がいちばんだいじにされます」

ひととひととのよい関係か。「すてきな文化だね」

人類学者は遠くに目をやった。「ほかの島々も、むかしはそうでした。でもいまではお金がいちばんだいじです」

やっぱり、コンデイ島のひとたちが生贄であれどんな名目であれだれかを殺すなんて信じられない。きっと、むかしどこかの外国が誤解して、その噂が伝わって固定されてしまっただけなんだ。悪い評判ってなかなか消えないものだ、たとえそれが疑いにすぎないとしても。

だからこの二週間は本物の、思い描いていたような南の島での休暇になる。

サヨと自分が手に手をとって踊り回る姿を空想して有頂天になった。透明な青い海、白く輝く砂浜。夢にまでみた理想の少女は髪に大輪の花を飾ってほほえみかけてくる。島民たちの楽団が太鼓を叩き陽気な歌で雰囲気を盛りあげてくれる。ああ、完璧だ。これはきっとぼくの人生のハイライトだ。

タコノキの実の固い皮は食べられないので投げ捨てる。白い珊瑚砂の路面に捨てるのは美的観点からルール違反とされるため、道の両脇のパンノキやタコノキの茂みを狙って投げこむのである。いずれ木々の養分になる。

頭上にアーチをつくるココヤシの葉をすかして空をあおいだ。のんびり景色をながめたり、会話したりおやつを食べたりしながら通りのまんなかを堂々と歩くのがこれほど気持ちいいなんて知らなかった。この島にはエンジンのついた乗り物は一台もない。自転車すらない。母国の路上ではしじゅう車輪に追い立てられ、縮こまって歩いていたとはじめて気づいた。

思い切り深呼吸する。ここの空気は澄んでいる。車がいないし、地面は珊瑚が砕けてできた砂だ。雨が多く湿度が高いので埃の立ちようがない。

通り沿いに女性用の作業小屋があった。やはり壁がないため内部のようすは丸見えだ。白い珊瑚砂を敷きつめた床にはさまざまな年齢の女性が十人以上も座り、長い葉を編んでなにやら熱心に製作中だ。敷物や団扇、小さな籠や大きな籠やほどよい籠や巨大な籠、しっかり日差しをさえぎってくれそうな広い鍔《つば》つきの帽子。

「あの葉は、タコノキです。タコノキもとても便利な植物です」ポルダーは島の風習を惜しみなく説明してくれる。聞き手がいるのがうれしいらしい。「女のひとたちはあの葉でなんでもつくれます。舟の帆も、あれでつくるのです」

「へええ、この島の舟は帆で進むんですね」そう返しながらも、ヨーイチは働く女性たちのあいだにサヨの姿を求める。いた、みつけた。名前を呼んで大きく手を振ってみる。

すると美少女はまぶしい笑顔を返してきた。あっ、どうしよう。あれだけ探していたくせに、いざみつかるととまどうのはなぜなんだ。ヨーイチはぎこちなく右手をあげた。さわやかに笑ったつもりだけどひきつっていないかな。

サヨはとなりに座っていた少女に合図をするといっしょに駆け寄ってきた。

「オクリモノ」

といって、ふたりの少女は手にした花輪を首にかけてくれた。白い花はむせかえるような強い南国の香りを放っていた。

「ありがとう」照れ笑いしながら少女たちに礼をいう。ふたりの容姿はよく似ている。サヨのとなりの少女はちょっと背が低く、ちょっと幼い顔つきをしている。もちろん乳房もひとまわり小さい。

「イモウト。マツ」

とサヨが紹介してくれた。これまた母国にありそうな名前だ。

「島いちばんの美人姉妹です」ポルダーが補足する。

でも、やっぱりサヨのほうがきれいだ。ヨーイチは頬の熱さを感じながら、なんとかして彼女の美しさを自分のことばで讃えようとした。「まるで乙姫さまみたいだよ」おかしいな、きょうは彼女の顔をみられないぞ。どうしても直視できないので視線をさげる。胸をみるときの煩悩はほぼ消えていた。慣れってすごい。

「オトヒメ」博識な人類学者もさすがに知らなかったようだ。「ああ。乙女、ですか」

「うーん、ちょっとちがうかな」いざ外国人に問われると説明に困る。またサヨの胸に目をやって、ふと気づいた。ふたつのかわいい乳房のあいだ、みぞおちのまんなかに黒い痣がある。目をこらす。きれいな手形、小さくて赤ん坊の手くらいのサイズだ。痣にしてはかたちがととのいすぎている。ひょっとして文身では。

これも島の風習かな。ポルダーさんにきいてみようか。

そのとき背後から現地語のあかるい呼び声がせまってきた。振り返ると、少年たち数人があざやかな縞柄の腰布をなびかせて駆け寄ってくるところだった。

ポルダーが通訳してくれた。「漁に出た舟がもうじき帰ってくるそうです。みにいかないかと誘っています。どうですか」

サヨのそばは去りがたいが、せっかくの招待を断るわけにもいくまい。

「じゃあね、サヨ。またね」

手を振ると美少女も振り返してくれた。だいじょうぶだ、すぐにまた会える。花輪もくれたし、いい感じだ。ヨーイチは高揚した気分のまま、はだしの少年たちを追って目抜き通りを走った。しかし鍛《きた》えかたがちがうようでみるまに差が開いてしまう。

「待って」腰布の端がひらりと消えた植えこみの角を折れる。その先は浜辺へ下る小道だ。「待って」もういちど叫んだとき、うしろ髪をかすめてなにかが落下し、かかとのすぐそばへずしんと響いて着地した。

ぎょっとして振り返ると、白い砂地に青いココナツが尻をはんぶん埋めて刺さっていた。

空をあおぐ。ココヤシの幹がゆるやかな曲線を描いて天へ伸びている。冠のように緑の葉が茂るその直下に少年がひとり、両脚と左手だけで体を支えて張りついていた。右手には短い刃物を握っている。

ヨーイチは素直に感嘆した。信じられない、あんな高いところへひとりきりでのぼるなんて。ろくな足場もなくロープさえないのに。

その少年の顔には見覚えがあった。ゆうべの焚火の火熾し係だ。すごいなあ、いろいろできるんだな。

島の少年はヨーイチを無言でみやると、ココヤシの樹冠にむけて刃をふるった。一瞬ののち、青い実がもうひとつヨーイチの足下に落ちた。

なにすんだよ危ないじゃないか、と大声で抗議してもよかった。だがヨーイチはさきほどサヨに花輪をもらったせいで上機嫌だった。収穫作業現場におりあしく居合わせただけだろう。花輪の香りをもういちど吸いこむと海をめざして小道を駆け下りた。

浜にはすでに島民たちが数十人も集まって水平線をみつめていた。ヨーイチが到着したときちょうど、目のよい者たちが珊瑚礁のかなたに白く光る点を発見して歓声をあげた。腰布ひとつの子供たちがいっせいに海へ飛びこみ、透き通ったエメラルドグリーンの水をたくみに掻いて環礁の切れ目をめざし泳いでいく。

またもヨーイチは驚嘆した。ぼくよりずっと小さい子もいるのに。ここのひとたちが前へ進むとき、陸と海との境界はないも同然なんだ。むしろ海のなかのほうが速そうじゃないか、あの動きはまるでイルカか魚だ。

じきに、近視ぎみのヨーイチにも舟の姿がみえてきた。まず白い帆が目に入った。きれいな三角形の帆は誇らしげに風をはらんでいる。あれがタコノキの葉でできているのか、どれだけ多くの女性たちの手が編み上げたのだろう。船体は両端が尖った、前後の区別のないかたちをしていた。白い三角の帆をゆらめかせながらさざ波のたつ水面を進んでくる舟の優雅さにヨーイチはすっかり魅了されてしまった。その静かさにも驚いた。五艘もいるのに、いくら接近しようがエンジンのように耳ざわりな音はまるでしない。

近づくにつれ乗り手の姿も視認できた。海の男たちの肉体美に思わず見惚れた。腰布だけをまとった体によぶんな脂肪はいっさいない。かといって都会のボディビルダーのように栄養を注《そそ》ぎこんで過剰に鍛えあげてもいない。舟に乗るために必要なだけの筋肉がついている。

カフェオレ色のたくましい若者たちは浜にむかって手を振るとあっというまに三角の帆をふたつにたたんでマストを抜き、帆をくるくる丸めて舟の上に倒してしまった。帆かけ舟は瞬時に手こぎボートへ変化したのである。手品をみているみたいで、ヨーイチはなんども目をこすってしまった。

若者のひとりが舟に積んだ獲物をかかげてみせた。新鮮な魚体は陽光を跳ね返し、磨いた鋼のごとく輝いた。浜辺が湧いた。海や釣りにうといヨーイチでもその魚の名は知っていた。鰹《かつお》だ。なんとりっぱに丸々と太って、尻尾がぴんと尖っていて、澄んだ活きのよい目をしているのか。

さきほど海へ飛びこんだ子供たちに先導されながら、伝統的な舟の一団は浜へ吸いつくように到着した。間近でみると、ただ一本の丸太をくりぬいた舟だとわかった。船べりも船底も櫂《かい》も舵《かじ》も、すべてがなだらかな曲線で囲まれている。設計図のある工業製品ではなく、ひとの手が根気よく削り出した証拠だ。釘をつかった形跡はない。

こんなに美しいものだったなんて。

舟は乗り手たちによって担ぎあげられ、舟小屋へ運ばれていった。伝統的独木舟《まるきぶね》の流麗さと簡便さにヨーイチが胸を熱くしているあいだに、浜では漁獲物の分配がはじまっていた。

「とってきた魚は、それぞれの家にわけられます。平等です」

ポルダーがヨーイチのそばの砂浜に座る。ゆっくり歩いて追ってきたようだ。

「きれいだね、あれ」

担がれていく独木舟をヨーイチが指すと、人類学者はわがことのように顔をほころばせた。だがすぐにさびしげな表情に変わった。

「あんな舟をつくっているのは、もうこの島だけなのです。ほかの島々ではモーターボートを買っています」

ヨーイチはそれがものすごく残念な、悲しいことに思えた。そんな気持ちになったのははじめてだった。「あの舟、もっとたくさんつくればいいのに」

「それは、できません」

「どうして」

「舟の数はきめられているのです。古い舟が壊れたときだけ、新しい舟をつくれます」

「そんなの、だれがきめたの。長老さんなの」

すると人類学者はだまったまま海を指し、ついで島の森を指し、そして天を指して目を閉じた。

ああ、ここの神さまか。ヨーイチは合点した。

とれた鰹は客人用の夕食にも供された。例によってココナツミルク和えだ。別のバナナの葉皿には初日に食べて感動した団子がたっぷり盛られている。

「わあ、ぼくこれ大好き。ありがとう」

配膳役の老女は心底うれしそうにほほえんだ。「ほんのお口汚しですが」古風で品のある受け答えをして、白髪の頭をさげると舟小屋から出て集落の方向へ帰っていく。

ポルダーが団子を指した。「パンの実をゆでて、つぶして、叩いてつくります。とても時間がかかります」

どうりで餅のような食感があるわけだ。「なぜパンの実っていうの。さつまいもと栗の中間みたいな味だよ」

「この植物にパンノキと名づけたのは十七世紀の海賊、ウィリアム・ダンピアです。彼にはこの実が遠い故郷のパンのように思えたのでしょう」

海賊ならばしかたがない。ヨーイチは三百年以上も前に死んだ男をノスタルジックな気持ちで許した。

パンの実団子と新鮮な魚をありがたく手づかみでいただく。こんな料理はクルーズ中いちどもお目にかからなかった。船上でも、これまでに立ち寄った観光地の島々でも、出てきたのはフランス料理だ。両親は満足していたようだが、少年が南の島に求めるものではなかった。

しばらく夢中で食べているうち、ふと気づいた。コジマ青年は皿にまったく手をつけていない。

「食べないの」

コジマは小屋の隅の柱にもたれて持参の缶詰を開けていた。「一ヶ月もいて、とっくに飽きちゃったよ。まいにちまいにち魚と木の実ばっかり」

「えっ」ヨーイチは驚いて手を止めた。こんなにおいしいのに。さっきのやさしそうなおばあちゃんや、たぶんサヨもいっしょに、手間暇かけてつくってくれた団子なのに。あのかっこいい男のひとたちが沖まで出かけてとってきた鰹なのに。

屋根の下に鎮座する美しい独木舟に目をやる。マストを倒した五艘の舟は翼をたたんで眠る海鳥のようにみえた。

胸が詰まった。だがさいわい、いちにち島じゅうをめぐったおかげで胃袋にはまだ余裕がある。「じゃあ、ぼくがもらってもいいかな」

「お好きに」青年は割り箸で缶詰を食べていた。ランプの光で缶の側面がみえた。有名な牛丼チェーンのロゴがついていた。

ポルダーはそのやりとりを気にかけるようすもなく、黙々と自分の皿を空けている。

コジマは人類学者に視線を投げてから、ひとつ咳払いした。「なあヨーイチくん。きみはここから早く出たほうがいい。ほかの島からモーターボートを出してくれる伝手《つて》を知ってる。衛星携帯で呼んでやるから」

「帰れ帰れって、どうしてそればっかりいうんですか」つい声に不機嫌さがにじみ出てしまう。

青年は箸で缶の隅に残った飯粒をていねいに集めていた。「ここの食事はすぐに飽きる。きっと米が食いたくなるよ。肉もね」

そういえばここでは耕地も家畜もみていない。西洋の人類学者へ視線を振ると。

「この島は珊瑚の砂でできています。穀物や野菜は育ちません。食物があまらないので、家畜を養う余裕もないのです」と答えが返ってきた。「わたしは、国にいたころから肉を食べない習慣でした。苦痛はありません」

うーん。お肉がなくて、ご飯もないんじゃさびしいな。

でも、たった二週間だぞ。サヨといられる貴重な時間を、食事に飽きるなんて理由で短くしてたまるか。

「それじゃあさ、コジマさんはどうしてこの島にいるの。食べものにも飽きちゃったくせに」

青年は割り箸をふたつに折り、空いた缶につっこんだ。白いポリ袋に入れてしっかり口を閉じる。「やりたいことがあるからだ。コンディ島の真実を世界中に伝えるまでおれは帰らない」

「真実って。まさか、生贄風習」

相手は真顔でうなずいた。

「わかった、動画を撮るつもりでしょう」コジマの荷物の多さを思い出した。あのなかに撮影機材があっても不思議はない。

特ダネを求めて世界の秘境をめざす若者が先進国に大勢いるのは知っていた。金と名声のために危険を冒《おか》し、母国に迷惑をかけ、ときに命を落として家族を悲しませる。自分本位な大人たちをヨーイチは心の底から軽蔑していた。

「でも生贄なんて、きっと遠い外国のかんちがいだよ。こんな平和な島でそんなことあるわけない」

「きみがそう信じたいだけだろ。証拠はある。植民地時代の行政官の日記が国会図書館に保管されていた。複数の書き手が儀式に触れている」

「植民地時代って、百年も前でしょ。そんな古いものを証拠っていわれても」

「儀式をとらえた写真も出回ってる。あきらかにさいきんのものだ。白い布に包まれた死体がはっきり写っているんだ」

「ふつうのお葬式からそれっぽくみえるシーンを切り出しただけかも」

「そういうひとも納得するように、リアルタイムで中継するんだよ。そもそも噂にすぎないんだったら、諸外国がそろって背をむけるはずがない。おれは儀式の存在を信じるよ」コジマはポリ袋をつかんで立ちあがった。庭へ出て、植えこみの下を掘り返すと食事のごみを埋める。それから戻ってきてヨーイチのとなりに座った。「だがヨーイチくん、きみは帰れ。ここはきみが長居しちゃいけないところだ」

「だから、どうして」首をかしげ、コジマ青年の顔をみつめた。相手の両目は揺れるランプの炎で意味深に輝いていた。彼は生贄儀式が実在するという。真実を世界に伝えたいという。

もしも彼が正しいのなら。

恐ろしい想像がわきあがってきた。「まさか。ぼくくらいの歳の、遠くからやってきた少年を捕まえて生贄にするんじゃ。ゆうべの歓迎会はその前祝いで」きゅうに脈が速まり、心臓が苦しくなる。手のひらから汗が出てくる。

ポルダーを振り返った。彼ならなにかを知っているはず。

だが人類学者は低い声でこう返した。「島の風習のうちいくつかは、外の人間に語るのはタブーです。外からきた者は、どうしても知りたければ自分の目でみるしかない。わたしもずっとそうしてきました」

「タブーって」

「神との約束です。破ればひどいことが起こります」腰布いちまいの人類学者は静かな目をしていた。

「そういうわけだ。このひとはタブーを盾にして、肝心なところはなんにも教えちゃくれない」コジマは肩をすくめた。「植民地時代の手記にも細部は描かれていないんだ。行政官たちは任地の風習にそこまで興味がなかったらしくてね。どんな儀式で、だれが犠牲に選ばれるかはおれも知らない。ミイラとりがミイラにされる可能性だってある。だからヨーイチくんは、できるだけ早く島を出るんだ。きみみたいな子供を巻き添えにしたくない。たとえ実害がおよばなくても、生贄の儀式なんて子供が目撃していいものじゃないし」

子供あつかいされてヨーイチは反発した。「なにそれ。矛盾してるよ、儀式の映像を撮って世界中に流すつもりなんでしょ。小さな子が観るかもしれないよ」

「もちろんＰＧ12指定にするさ」

「ぼくはもう十三歳だ」思わず声が強くなる。「とにかく、よけいなお世話だ。ぼくはここに二週間とどまるってきめたんだから、じゃましないで」勢いよく立ちあがると、大股に歩いて舟小屋の庭へ出た。

外は美しい月夜だった。白い光が庭の珊瑚砂を照らしていた。ヨーイチは輝く月の表面の模様に少女の横顔をみいだした。二週間。どんな危険が待ちかまえているかわからない。でも、サヨとすごす時間には換えられない。きみの島にいたいよ、サヨ。

歴史のこだま・その4

SETIはなぜ地球外文明の信号を発見できないのだろうか。
ドレイク方程式は、交信可能な地球外文明の数Nを七つの変数の積としてあらわす。

R_*　天の川銀河において一年間に誕生する恒星の数
f_p　恒星が惑星系を持つ確率
n_e　ひとつの惑星系のなかにある居住可能惑星の数
f_l　居住可能惑星に生命が発生する確率
f_i　生命が知的生命に進化する確率

fc　知的生命が星間通信を行う確率
L　星間通信を行う文明の持続期間

R*、fp、neについては現在までにかなり正確な値を推定できるようになった。しかも希望を抱けるほどに大きい。そのほかのよっつはまだまだ推定値にすぎない。これらのうちどれかがドレイク方程式の解の数値を押しさげていると考えられる。

fl、fi、fcは、ほぼ1だと断言する者からかぎりなくゼロに近いと主張する者までさまざまだ。1だと考える者は地球における人類という唯一のサンプルに影響されすぎている。生命は、知性の発達は、想像するよりはるかにまれな現象かもしれない。知性についていえば、百七十万種を超える地球生物のうち大半がそれなしでみごとに繁栄しているではないか。

後年、ドレイクは自身の方程式をたったひとつの変数にまで圧縮した。

N＝L

南の島・その4

鈍くくぐもった喇叭《らっぱ》のような音でヨーイチは目を覚ました。

「な、なにあれ」タコノキの敷物から上体を起こす。外はあかるくなりかけていた。近くに寝ているふたりの客人も身を起こした。

「うるさいなあ。なんの音だ」コジマは眠たげに目をこすっている。

「法螺貝《ほら》です」ポルダーが立ちあがって腰布の結び目をなおした。「非常事態のとき鳴らされます。海のほうからですね、いってみましょう」

非常事態ときいてコジマも覚醒したようだ。三人はそろって浜辺へ駆け下りた。波打ち際には五艘の舟と乗り手の男たちがいた。その周囲に、法螺貝をきいた島民たちが集合しつつある。漁どころではないと雰囲気でわかった。

あの男のひとたち。まだ暗いうちに、ぼくらを起こさないようにそうっと舟を小屋から出したんだ。まずヨーイチはそこに驚き、気づかいに感謝した。

ひとはどんどん増えている。そのなかに、サヨとマツの姉妹とその母親らしき中年女性をみいだした。三人ともひどく思いつめた表情をしている。気軽に声をかけるのははばかられた。五艘の舟のうち一艘にひとびとの注意が集中していた。ポルダーはそばに寄り、現地語で話しかけた。島民たちはていねいに応対している。

「やっぱりことばができるのは強いよな」コジマがつぶやいた。

やがてポルダーがふたりを振り返って手招きした。駆け寄ってみると。

「ごらんなさい。ひどいことです」

舟の内部に海水がたまっていた。目をこらすと底に走った亀裂がみえた。

人類学者は舟の乗り手たちとまたことばをかわしてから。「この舟がもっとも古いのです。あちこち傷があったのですが、修理しながらつかっていました。さすがに寿命だそうです」

「寿命、ってことは」ヨーイチはきのうのポルダーの説明を思い出した。「新しい舟をつくるんだね」にわかに胸が高鳴ってくる。この美しい舟の建造をいちからみられるかもしれない。サヨのカフェオレ色の両手がタコノキの葉で三角の帆を編んでいくところも。

だがヨーイチの無邪気な高揚にたいし人類学者も、舟の乗り手も島民たちも、深刻な表情を返してくる。

なぜ。首をかしげた。するとみなの視線が自分の背後へ移ったので振り返った。

ふたりの従者に両側から団扇で扇がれつつ、長老が浜辺をゆっくり進んできた。ひとびとはさっと左右にわかれて舟までの道を開けた。ヨーイチもあわててさがる。

長老は前屈みになって舟底をあらためていたが、やがて身を起こして首を横に振った。それからふたりの従者に現地語でなにやら命じた。従者たちはうなずき、ひとりが首から提げた法螺貝を吹き鳴らした。さきほどの合図とは調子がまったくちがうと、よそものであるヨーイチにもわかった。長い音をいくつか組み合わせた旋律はひどく悲しげだ。

挽歌《ばんか》という古いことばが脳裏をよぎる。

ひとびとの視線が壊れた舟と長老からはずれ、いっせいに別の方向をむく。ヨーイチもみなの視線を追った。その先にはなんと。

サヨたち母子がいるではないか。

「ど、どういうこと」いやな予感がしてポルダーの腕に触れた。だが人類学者は、だまってみていなさい、とでもいうように首をかすかに振るだけだ。

長老と従者たちは重々しい足どりでサヨたちに近づいていく。なに、これ。いったいなにがはじまるんだ。ヨーイチの胸は暗い不安で満ちた。

長老は母子の前で立ち止まると右手を伸ばした。ああいやだ。まさか、ひょっとして。

彼の手はサヨの胸のまんなか、あの手形の文身をまっすぐ指していた。サヨは両目を閉じ、右手で自分の文身に触れた。受容の合図にみえた。

ようやくポルダーが口を開いた。「もうはじまってしまったのだし、説明してもいいでしょう。新しい舟をつくるときは、神に生贄をささげます。胸に彫られた手のひら型の文身は生贄として神のために取り置かれた徴《しるし》です」

生贄の徴。そんな、サヨが。

衝撃のあまりヨーイチは倒れそうになった。その体を、背後からコジマが支えてくれた。

「だいじょうぶか」

だがヨーイチは無言で青年の手を振り払った。このひとはサヨを撮影するつもりだ。あの可憐な姿をカメラで無遠慮にとらえて世界中のひとびとの目にさらすつもりなんだ。そのためにこの島へきた。

人類学者の腕を強く引いた。「ポルダーさん、通訳をお願い」サヨら母子と長老たちのあいだに割って入り、美少女の手を握る。「サヨ。ぼくがボートを呼ぶ。いっしょに島を出よう」

あきらかに人類学者は訳すべきか迷っていた。彼が決断する前に長老が口を開いた。「客人どの。それはいけません」

「どうして」ヨーイチは長老に詰め寄った。とりまく島民たちは無礼な行為にどよめき、叫び声をあげるが少年の耳には入らない。「だめだよ、生贄なんて。どうして舟をつくるくらいでひとを殺さなきゃならないの。しかも、よりによってサヨを」

「それは」長老は皺のよった大きな手をみずからの胸にあて、それから手をあげて頭上を指した。「この島ができたときからの、神との約束だからです。舟をつくるには大きなパンノキがいる。パンノキを切るなら、島でいちばんみめよき乙女の命と引き換えにせよ、と。約束を破れば島は、いや世界は滅びます」

「そんなのだめだ」ヨーイチは声をかぎりに叫んだ。「なんだよ、その神さまって。生贄を要求したり、世界を滅ぼすと人間を脅したりする神なんか神じゃない」

人類学者が彼の肩に手をかけた。「ほかの文化を悪くいってはいけませんよ」

「でも、サヨが」とポルダーを振りあおいだとたん、現地語の鋭い叫びが耳をつんざいた。だれ。視線をむける。

ヨーイチを指さし、なじるように叫んでいるのは、みごとな着火や椰子の実とりの技をみせたあの少年だった。すかさず周囲の大人がなだめはじめる。やめなさい、お客さまに失礼じゃないの、という雰囲気だ。

だがヨーイチには少年の糾弾《きゅうだん》の内容がさっぱりわからない。「ねえ長老さん。生贄風習なんてやめたらいいじゃない。そしたら外国もなかよくしてくれて、島は豊かになるよ」

「客人どの。納得してもらえるかはわからないが、わたしたちはサヨに苦痛を与えたりはしません」長老は動じる気配をまったくみせなかった。「とある植物の根からとった薬があります。一杯めは心地よく酔って体の力が抜けます。二杯のむと眠り、そのまま命が神のところへ行きます。サヨの名は新しい舟につけられ、長くだいじにされます」

「だ、だからといって。苦しまないからといって、舟に名前が残るからといって、サヨを殺していいわけがないよ」

「わたしたちだって悲しい」長老はヨーイチの手をとって両手で握った。かすかな震えが伝わってきた。「サヨは気立てがよくて働き者だ。わたしもみなもサヨが大好きです。しかもサヨには不思議な力がある。成長すればすぐれた巫女《みこ》となりましょう」

老人の目から大粒の涙があふれ、皺に覆われたカフェオレ色の頬をつたって白い砂浜に落ちた。「サヨが貴重な娘であればあるほど、神は喜ぶのです」周囲からは身も世もない嗚咽《おえつ》があがった。

「わからないよ、そんな説明。めちゃくちゃじゃないか。ぜんぜん納得できない」

ヨーイチはサヨをみやった。身もだえしながら号泣する母親と妹にはさまれて、島いちばんの美少女はあの不思議な乙姫の微笑を浮かべてたたずんでいた。自分の死が話題になっていると気づいていないかのようだ。

いまさらのようにまがまがしく、黒い手形が彼女の胸の中央に鎮座している。神のために取り置かれた徴。小さな文身だが痛いだろうし、目立つ位置にある。あれを彫られているあいだ、サヨはなにを思っていたのだろう。

サヨはなにもかも知っていたのか。つぎに舟が壊れたら、生贄になるのは自分だと。

もちろん島じゅうのひとたちも。胸の文身はいやでも目に入るのだから。

あの少年を振り返った。着火の技術に長けた少年は周囲の大人たちに口をふさがれ、押さえつけられながらも、燃えるような憎悪の目でヨーイチをにらみつけている。

憎まれる理由に思い当たった。まさか。古い舟に亀裂が入ったのは、ぼくを助けるために嵐の海へ出ていったせいでは。

ヨーイチはこんどこそほんとうに倒れた。またもコジマが支えてくれたが、その手を振り払う力はもう残っていなかった。

宇宙の終わり・その1

「サヨヒメ。サヨヒメったら」

友人に声をかけられて、ようやくサヨヒメは読みふけっていた歴史情報から引き戻された。

「まったく。ぼうっとしちゃって、返事くらいしなさいよ」友人はむき出しのなめらかな肩から長い髪をさらりと払い、弓形の眉をひそめてあきれ顔をする。「それ、そんなにおもしろいかなあ。すっごくむかしの記録でしょ」その衣装は長いうすぎぬを胸から下へ巻きつけて腰の帯で締めただけ。首筋、鎖骨、細い二の腕があらわになっている。装飾品ひとつなくても、十三歳の乙女の姿は心臓を射抜くほどに美しかった。

「ごめん、ごめん」サヨヒメは相手にせいいっぱいの謝罪の思念を送った。「だっていま、とてもいいところだったの。少年の恋する少女がね、生贄にきまっちゃって」

「恋、ねぇ。わからんわ、それ」友人はまたあきれたようにつけたすと、長い裾をさばきながら近寄ってきた。一歩ごとに、うすぎぬの下からかわいらしいあしゆびがちらりとのぞく。

「それでね、本題。サヨヒメ、あなたがつぎの乙女番なんだけど。信号、気づかなかったの」

「あれっ」あわてて思念を無作為順番決定システムに送ってみる。たしかに、自分と紐づけられた◆粒子は崩壊していた。「ほんとだ。ごめん、夢中になってて」

「とにかく。これ、わたすから」友人は地球の少女を模した体から抜け出てもとの精神体に戻った。入れ替わりにサヨヒメがその体を着こむ。これを着るのもかれこれ一京年《けい》ぶりだが、身体感覚はすみやかに戻ってきた。やっぱりこの体、わたしは好き。

右手の指を準備運動のように動かしてから、胸のまんなかに触れる。あの少女にはこの位置に手形の徴があった。サヨヒメは思念を胸に集中した。乙女の容姿の改変は軽微であれば大目にみられている。

集中を終えると、うすぎぬをはだけて確認した。両の乳房のあいだに思い描いたとおりの手形がついている。

「なに、それ。なんのつもり」友人が不思議そうにきく。

「ふふ。乙女の徴、かな」サヨヒメは仕上がりに満足してうすぎぬを戻し、その上から胸を軽く叩いた。注意しないと指は服を、その下の肉体を貫通してしまう。ほんとうの地球人の体はけっしてこうはならない。密度が高く、すべての構成粒子は強い力で結びつき固くまとめあげられているからだ。だが、自分たちペンローズ族が利用できる物質粒子の相互作用はずっと弱い◆力だし、だいいち粒子の数がかぎられている。もう何代目になるのか忘れたが、つぎの乙女はもっと希薄になるのだろう。輪郭くらいはとどめていてほしい、乙女らしさがなくなってしまうから。雰囲気ってないがしろにできないと思う。

「十三歳、か」乙女の容姿の設定をあらためて思い返す。「たった十三年なんて、いまだに信じられないし想像もできない。ほんの一瞬じゃないの。まばたきするひまもないくらい。時間ともいえないくらい。いわば、時間という次元にたゆたう微細な粒子」

「いやだ、いかにも地球の詩人がいいそうな台詞。ほんと、あなたって筋金入りの地球人オタクよねえ」精神体に戻った友人はそう漏らすと、ときおり光子や◆子が飛び交うだけの宇宙をただよいだした。「じゃあ、わたし帰るね。つぎの粒子崩壊でだれかに替わるまで、乙女をよろしく」

「じゃあね。またね」手を振って地球人ふうの別れのあいさつをしてから、地球の少女ふうにくすっと笑う。あの友人だってそうとうな地球オタクだ。まるで地球人みたいに会話して、まるで地球人みたいに振る舞う。わたしが自分につけたサヨヒメという地球人名でいつも呼んでくれる。程度の差はあれ、わたしたちペンローズ族はそろって地球オタクなんだ。

さて、と。さっきの歴史情報に戻ろう。あの少年はこの先どうするつもりなのか。乙女の体を着たサヨヒメはちょっとお行儀の悪い少女のように足を組んでから、虚空に浮かぶ超大質量回転ブラックホールをのぞきこんだ。

それは、かつて乙女座超銀河団と呼ばれたものの成れのはてであった。そこには太陽系が属する天の川銀河も含まれていた。各銀河の中心にあった大質量ブラックホールは、長い長い年月、それこそ那由他や不可思議という名の長大な時間が過ぎ去るあいだに周囲の星ぼしを残らず飲みこみ、さらにお互いを食いあって、いまの姿にまとまっていったのである。少なくともペンローズ族の観測可能な範囲には、天体はこれひとつしかない。

地球人がカーブラックホールと呼ぶタイプで、質量と角運動量を持つ。質量だけで記述できるシュヴァルツシルトブラックホールよりは少し複雑である。

サヨヒメの両眼に回転ブラックホールの姿が映る。地球人の視覚ではこんな芸当はできない。ブラックホールの本質とは巨大な質量が無限に小さく圧縮された特異点で、その周囲には時空のゆがみ以外なにもないからだ。なお特異点は、自転するブラックホールのばあい点ではなく環状だ。点では回転できない。

もしブラックホールの背後に輝く星があるなら、すさまじい重力で光がゆがむようすを観察できるだろう。ところがすでに星の光はない。茫漠《ぼうばく》たる闇が観測可能な領域のすみずみまで広がっているだけである。

両眼に映る、というのも地球人的表現で、ペンローズ族は視覚に相当するものを持たない。聴覚も触覚も、およそ人類の理解できる感覚はない。だが彼女の◆覚は、猛烈な勢いで回転するエルゴ球を知覚している。エルゴ球は、不正確を承知で無理やりたとえてみれば竜巻のような回転楕円体である。あまりに速く回転するので周囲の時空を引きずっている。

エルゴ球の奥へ目をこらす。◆覚が球面の姿をした事象の地平面をとらえる。その先では強すぎる重力により光さえも逃げ出せないほど時空が曲がっている。ようするに、ひとたび入ればどんな手段をつかっても脱出できない。

球面のすぐ上を全裸の乙女たちが舞っていた。先代の、先々代の、さらにさかのぼった幾世代も前からの先輩たちは、ほぼ永遠にそこで舞いつづけるよう定められている。いや、重力の影響の届かない場所からはそうみえるだけだ。彼女らは赤方偏移で夕焼けのように赤く染まっていた。なお、赤など色の表現も地球人的比喩にすぎない。

ブラックホールはあらゆる記憶の貯蔵庫だ。サヨヒメの眼前にあるブラックホールは、乙女座超銀河団からつくられた。超銀河団を構成していた銀河や星ぼしの情報の抽出は原理的に可能であり、じっさい彼女らは◆◆◆をつかって行っている。

サヨヒメは天の川銀河を含む乙女座超銀河団の遺骸から、はるかむかしに滅んだ知的生命体の記録を読み出しはじめる。地球人類は、かれらペンローズ族の観測可能領域において唯一の先行文明だった。その歴史記録の鑑賞はペンローズ族唯一の娯楽なのである。

歴史のこだま・その5

天文学者カール・セーガンは啓蒙活動にも熱心であり、メディアを通じて広く科学知識の普及につとめた。

一九七三年の著書『エデンの恐竜』では宇宙カレンダーの概念を提示した。宇宙の歴史は一三八億年もあって直感的に理解しにくい。だから手ごろな長さに圧縮してみせるアイデアだ。ビッグバンから現在までを一年の長さに押しこむ。すると一秒は実時間の四三七年に相当する。さいしょの人類があらわれるのはおおみそかの夜十時半すぎとなる。

だが、現在を宇宙カレンダーの終点とするのは人間中心的な驕《おご》りではないのか。真の宇宙カレンダーは、宇宙のはじまりから終わりまでを範囲とすべきではないか。この方式にすると、もちろん現在はおおみそかではない。なんと元日の、しかも午前零時零分にかぎりなく近いところにある。あまりに近すぎて、点を打っても午前零時と区別できないくらいだ。なぜなら宇宙が終わるのは一グーゴル年後。グーゴルとは、1のあとにゼロが百個ならぶ巨大な数を指す用語だ。この長大な時間に比べたら一三八億年など一瞬である。

一九八〇年。セーガンは自身がホストをつとめるドキュメンタリー番組『COSMOS』でドレイクの方程式をとりあげた。変数をひとつひとつ手書きしてその意味を説明し、さいごに力をこめてこういった。七つの変数のうちNの値にもっとも大きな影響を与えるのは、文明の持続期間Lなのです。

地球外文明もわれわれの文明も、短いあいだに滅んでしまえば両者はすれちがいで終わる。

そののちセーガンは血液の癌をわずらい、肉親から骨髄移植を受けるもついに回復しなかった。一九九六年、六十二歳で惜しまれつつ没する。

南の島・その5

その夜。

「あなたたちはもう儀式の目撃者です。この先のことを教えてもタブーには触れないでしょう」

ヨーイチの懇願に負けて、とうとうポルダーは重い口調で説明をはじめた。儀式の本番はあすの正午から。それまで生贄の乙女は森の中心にぽつんと建てられた小屋に隔離される。

それをきいてヨーイチはおのれの衝動的行動を悔いた。なんだ、その小屋でこっそり助ければよかったじゃないか。

だけど、と思いなおす。そんなの後知恵だ。あの状況でだまっているなんてぜったい無理だった。すんだことは忘れよう。そしていまからできることを考えなくちゃ。

「森の小屋はタブーの区域です。乙女に食事を届けるため、長老の付き人だけが出入りを許可されています」

「タブーを破るとどうなるの」

「神の呪いにより世界が終わると信じられています」

またおおげさな。「ちょっと散歩に行ってくるよ」と茣蓙から腰をあげる。

「暗いぞ。これを貸すよ」コジマが懐中電灯を差し出した。

「いらないよ」この男の世話にはなりたくない。

「じゃあ、勝手についていく。勝手に足下を照らすのはかまわないだろ」

ヨーイチは振り返って青年をにらんだ。「カメラは持ってこないで」

「持ってないよ、ほら」コジマは両手をあげてみせた。「だいいち、この暗さじゃ撮影なんかできやしない」

人類学者は舟小屋を出ていくふたりの背中に声をかけた。「ほかの文化もだいじにしなくてはいけませんよ」

客であってもタブーは守れといいたいのか。

でも、サヨを連れ出すなら今夜しかない。あす正午をすぎるまで彼女をどこかに隠して、いったん儀式を延期させるんだ。あとのことはまた考えよう。

森の奥へ分け入っていく細い道を進む。とちゅう見張りがいるかと緊張したが、ずっと無人だった。拍子抜けした、タブーの力を信じ切っているのだろう。

じゅうぶん集落から離れ、声は届かないと判断したところで、ヨーイチはくるりとうしろをむいて青年を詰問した。「コジマさん。あなたが舟を壊したんでしょ」

青年はただ長く息を吐いた。「そういってくると思ったよ」

「あなたが」青年に詰め寄り、アロハの胸ぐらをつかむ。「生贄の儀式を撮影したいから、ぼくとポルダーさんがぐっすり寝ているとき舟に細工したんだ。あなただ、あなたのせいだ。あなたは人殺しだ」

「ちがう」コジマはきっぱりいった。「信じてもらえないかもしれないが、おれは舟に手を触れちゃいない。たしかにおれは植民地時代の古い日記を読みこんで、儀式は舟が壊れたあとに行われるという情報をつかんでいた。撮りたいのはほんとだし、疑われてもしかたない。だがな、おれはやってないんだ。おれだって、おれだって」と、声が弱くなり裏返った。「あんなに若い、まだ子供のような子が生贄になるなんて知らなかったよ」

「信じられない」ヨーイチはアロハから手を離した。「あなたのことばは信じないけど、あなたの持ってるＡＩ翻訳のことばは信じる。協力してよ」

「なにをしたいかはわかるけどな、むずかしいんじゃないかな」

「よけいなことといわなくていいから」

わかってる、わかってる。ヨーイチは暗い森へ足を踏み出しながら思った。わかっている、ぼくはコジマさんにやつあたりをしている。でも、ひとにあたったってだめなんだ。

このはてしない罪悪感を帳消しにするにはサヨを救い出すしかない。

森の小道は一本道で、迷いようがなかった。虫の声と葉ずれの音、切り出せそうにしっとり湿った空気に満ちた闇をわけてしばらく歩くと開けた円い広場に出た。そのまんなかに壁のない小屋が建っていた。夜空には月があがって、ときおりコウモリの鳴く甲高い声が耳をかすめていった。

貝殻のランプが小屋の内部にほのかな光を投げている。人影が動いた。サヨだ。少女は客人たちの姿を認めるとあわてて立ちあがり、両手を開いてせいいっぱい前へ突き出した。「ダメ」

懐中電灯で照らしてみれば、白い縄が柱に結びつけられ小屋をひとめぐりしている。この内側がタブー領域なのだろう。

「わかった。入らないよ」ヨーイチはサヨをなだめようと微笑をむけつつ、コジマに合図した。青年はアロハの胸ポケットから携帯端末を出し、モラヴェックに命じて翻訳アプリケーションを立ちあげた。

「そのかわり、ちょっと話をしよう」

ヨーイチとサヨのあいだでＡＩ翻訳を介した問答が行われる。

サヨ、もういちどいうよ。いっしょに島を出よう。

だめ。それはできない。

どうして。

もしわたしが逃げ出したら、マツが生贄になるの。妹は第二候補だから。

でも、マツにはその胸の徴、ないよね。

ええ、いまは。でもわたしがいなくなったとわかれば、すぐに同じ徴が彫られるの。そして第一候補に格上げされる。

じゃあ、マツもいっしょに連れていけばいい。

だめ。第三候補、第四候補の女の子がいて、かならずだれかが生贄になる。わたしのかわりに死んでもらうなんていや。

サヨ、きみは自分が死ぬのはかまわないの。

怖くない。薬を飲んで、いい気持ちになって眠るだけだから。それにもう、ずっと前から覚悟はできてる。

おかあさんが泣くよ。

だいじょうぶ。新しい舟にはわたしの名前がつく。おかあさんは、その舟をわたしだと思ってくれる。太いパンノキの丸太をくりぬいた舟はとてもじょうぶで、人間とおなじくらい長生きするの。ねえわかる、わたし舟に生まれ変わるの。

「ヨーイチくん」コジマが少年の肩に手を置いた。「もうやめよう。この子の意志は固いよ。これ以上説得をつづけても彼女を困らせるだけだ」

「サヨ」白い縄の結界ごしに少女の手を握った。「ごめん。ぼくの、ぼくのせいだ。ぼくを助けたから、きみは死ぬんだ。ぼくの叫び声なんて無視すればよかったのに。溺れるがままにしておけばよかったのに。親への反感なんてくだらない理由でわざと危険を冒した馬鹿者には、きみのかわりに生きる価値なんかないよ」

生贄の乙女は首を横に振ってほほえんだ。彼女の答えをＡＩが翻訳した。

「舟は古かった。もうすぐ壊れるのはわかっていたの。あれは天命で、あなたを助けたせいじゃない。それにね、家族とけんかするのって、いちばん不幸なこと。家族は世界中でいちばん愛する者でしょ。あなたが自暴自棄になった気持ち、よくわかる」

少女の大きな黒い両眼は少年が味わってきた葛藤や苦しみを見抜いているようだった。「あなたは生きて、これからしあわせになって」

「この子は天使だ」コジマがつぶやいた。「神がほしがるわけだ」

ヨーイチは少女の手を離してきっ、と青年をにらんだ。だがすぐに力なく肩を落とした。このひとを責めるのは筋ちがいだ。

ふと、ふんわりとよい香りがしてなにかが髪に触れた。サヨが自分の頭を飾っていた白い花輪をヨーイチの頭に載せかえてくれたのだった。「ヨーイチサン。ゲンキ、ダシテ」

彼女の胸に目を落とした。淡いランプの光がみぞおちに刻まれた小さな手形を浮きあがらせる。彼女はどんな気持ちでこの徴を受け入れたのか。家族のため、島民みんなのためだろうか。それともいにしえの神との約束を信じているのか。

もうなにもいえなかった。涙があふれ、全身が震えた。嗚咽が止まらないまま踵を返すと森の小道へ飛びこんでしゃにむに走った。懐中電灯を持ったコジマ青年があわててあとを追った。

その夜は眠れなかった。輾転《てんてん》反側しながらひたすら考えごとにふけった。どうする。このままあきらめてしまうのか。ただだまってサヨが死んでいくのをみているのか。

いやだめだ、そんなのいやだ。なにか方法があるはずだ、考えろ、考えろ。

島にきてからのできごとを、ひとつひとつ思い出すんだ。どこかにヒントがあるかもしれない。

夢にみるような美少女、美しい海と白い浜、おいしい料理。歓迎の宴、歌と踊り。長老とその従者たち。気のいい島民たちが食事をわけてくれる。少年たちが舟をみようと誘ってくれて。

「あっ」思わず小さく声が出てしまった。そうだ彼に声をかけよう。彼なら、島の掟にそむいて共闘してくれるかもしれない。きっとあいつもサヨが好きなんだ。

空が白むのを待って、人類学者の茣蓙のそばに這い寄った。「ポルダーさん」そっと体に手をかける。

人類学者も眠れていなかったようですぐに目を開けた。「おはようございます」

ヨーイチは彼のそばに座りなおした。「ねえ。きのう浜で、ぼくをなじっていた男の子の名前を教えて」

「ああ、あの子ですね」彼は茣蓙の上で体の向きを変えた。「ケンジ」

これまたおぼえやすい名前だ。「ありがとう」すぐさま立ちあがり、小屋を出て集落へむかった。人類学者は少年の背中をみつめるだけで、どうするつもりかなどとは問わなかった。

南の島の朝は早い。みな日の出とともに起き出して活動している。集落はせまく、家々は素通しで隠れる場所もない。一軒一軒、ケンジという名の少年を訪ねてまわったがついに発見できなかった。肩を落とすヨーイチをみかねて、中年の女性がこういってくれた。「ハマベ」

蛸でもとりにいったのか。ヨーイチは海をめざして駆けた。近づくにつれ異質な振動音が響いてきた。椰子の木立がひらけて目の前に海が広がった。ふだんは静かな環礁内の海に小型のモーターボートが浮いている。その光景にヨーイチは強烈な違和感を抱いた。あのやかましさ、この島には似合わない。

そのボートに、見覚えのある少年がいままさに乗りこもうとしている。ヨーイチは波を蹴散らして走った。

「ケンジ。待って」

島の少年は振りむいた。その顔が朝日に照らされた。両目とも真っ赤に充血し、まぶたはむざんに腫れている。ひと晩泣きあかしたにちがいない。

ボートには初老の男性が乗っていた。少年と同じカフェオレ色の肌だが半袖のシャツを着て野球帽をかぶり、プラスチックの腕時計をつけている。シャツを押しあげるほど突き出た腹が目を引いた。ヨーイチを認めると「オキャクサマ」と片言で呼びかけてきた。

その男性が知っている単語をありったけつかい、身振り手振りも交えて説明したことをまとめるとこうなる。彼はケンジの親類であり、ここから百キロほど離れた大きな島に移住して暮らしている。きのう、コンデイ島に滞在中の客人から衛星携帯で連絡がきた。ケンジが島を出たがっていると。しかも、できるだけはやく。

ボートの男性は親類の子の泣きはらした顔を気の毒そうにみやった。「ミテイラレナイ、ト。

モウモドラナイ、ト」

引きとめるなど無理だった。ヨーイチは騒々しい音を立てて去っていくモーターボートを見送った。海鳥が鳴き、潮の香りのする風が頬へ吹きつけた。浜辺にうちあげられた海藻が静かに乾きつつある。親指ほどの赤い蟹が横走りで小さな穴へ逃げこんだ。

拳を握りしめた。もう、ひとりでなんとかするしかない。


そのころ。

ヨーイチが去り、ポルダーが朝の散歩に出かけてからコジマは起きあがった。もういちど周囲を確認し、だれもいないのをみてとると荷物をくくりつけた柱へ歩み寄る。

「おねがいモラヴェック、3番を解錠」

鎖をとめている南京錠に似たデバイスが点滅する。かすかな電子音が鳴り、いちばん小さくて頑丈なスーツケースが柱から自由になる。コジマは蓋を開いた。

緩衝材のまんなかに小型動画カメラと専用バッテリがおさまっていた。衛星携帯と接続すれば全世界へ動画配信もできる。バッテリを入れる。本体のボタンが緑色に点灯した。よし、異常はない。

と安心した直後、彼の背後から長い腕が伸びてきてカメラを奪おうとした。

「なにをする」コジマもひるみはしなかった。相手の腕をはらいのけざま、もう片方の手でカメラを抱えこむ。床を転がって逃れようとするも敵は執拗に襲ってくる。

やむを得ない。コジマはベルトに吊ったホルダからスタンガンをすばやく抜いて相手の裸の胸にあてた。神経にさわる不快な音とともにまぶしい火花が飛んだ。皮膚の焼けるいやな臭いがあがる。さすがの敵も声すら出せず倒れこんだ。

「用意しておいてよかったよ」コジマはスタンガンをかまえたまま襲撃者を見下ろした。腰布姿の人類学者は金色の体毛に覆われた胸を押さえ、息を乱して脂汗を流しながら東洋人の若者をにらんでいる。「万がいち生贄にされそうになったらつかうつもりで持ってきたけど。さいきんは、いつかあんたがこうするんじゃないかと思って警戒してた」

「島のひとたちは、あなたの行為を迷惑に思っています」ポルダーは荒い息の下から抗議した。

「しかし客人に手は出せない。だからわたしがかわりに」

「そういうあんたこそ、なぜやるべきことをやらない」抜かりなく護身用具を相手にむけつつ床に片膝をつく。「どうして論文を書いて、この島の真の姿を世界に伝えないのはタブーなんだ」

「理由はふたつあります。ひとつめ、生贄風習の内容を外部に漏らすのは島の島のタブーです」

「あんたは島の人間じゃないだろ。タブーを守る必要なんてあるのか」

人類学者はコジマの指摘を無視した。「そしてふたつめです。生贄風習は外の人間にとって危険ではないと知れたら、この島をたくさんのひとが訪れます。島の暮らしも伝統もめちゃめちゃにされてしまう。だから神秘のベールに包んだままがいいのです」

「嘘だな」コジマはつめたくいいはなった。「あんたはこの島を自分だけのものにしておきたいんだ。インディーズバンドを応援するファンみたいに、そのバンドが売れ出してみんなのものになるのがいやでたまらないんだろう。そうでもなければ、二十年もこの島に通っていながら研究成果をまったく発表しないなんてありえない。あんたがこの島を愛しているのはわかる。だがその愛はゆがんでいる」

「誤解です」ポルダーはうめき、なんとか起きあがろうとする。「わたしは、島を守りたいだけ。古くて美しい風習をいまも残しているのは、世界中でもこの島だけなのです」

「とにかく」コジマはスタンガンを振りかざした。「いまの一撃はそうとう手加減した。つぎは容赦なく最高電圧をおみまいするからそのつもりで」相手をにらみつけたままあとずさり、小屋の端までくると白い珊瑚砂の庭に出た。太陽はだいぶ高くなって砂を焼きはじめていた。きょうも暑くなりそうだ。

ビデオカメラは白い砂浜をとらえている。その先は環礁に守られたおだやかな海だった。環礁のむこうは波の荒い外洋となる。カメラがパンして、海から砂浜、ついで緑地へ移動する。灌木のあいだからココヤシが空の高みへ伸びている。その先がパンノキの森だ。

波打ち際にズームインする。はためにも古くて傷んでいるとわかる独木舟が一艘。そのまわりを、島民たちが丸く囲んでいる。つまり浅瀬のなかにもひとが立っているのである。波が脚を洗うのは、かれらにとって砂を踏むのと同じ。みなカフェオレ色の肌をして、縞柄の腰布を巻いている。涙を流し、体をよじり、となりの者と抱き合いながら、悲しげな歌をうたっている。高い声と低い声、かすれた声や力強い声がまじりあう。痛みを全員で共有し、受け入れようとしている。

カメラはさらにズームインし、古ぼけた舟の前に膝を折って座る少女を大写しにした。だれもがはっとする美しさだ。大きな黒い瞳、長く濃いまつげ、かわいらしい鼻とぽってりした桃色の唇。上半身は裸で、ローティーンの少女にしか持ち得ない繊細な鎖骨の線と薄い肩とふくらみきらぬ尖った乳房が順に映し出される。両の乳房のあいだには黒い手のひら形の文身。腰から下には特別に手のこんだ縞柄の布を巻いていた。手首と足首には貝ビーズのリング、胸には貝ビーズのネックレス。黒髪を背中へ流し、大輪の赤い花で飾っている。額と頬は黄色の粉で化粧されている。

法螺貝の音が高く響いた。島のひとびとはむせびながらも人垣の一端を開ける。

ふたりの男が浜辺をしずしずと進んできた。腰布の柄や二の腕を彩る文身で特別な職務につく人間だとわかる。ふたりはそれぞれ、きれいな半球状の容器を両手で胸の高さにささげもっていた。

「あの容器はココナツの殻を半分に割ったものです。中身は一種の麻薬で、特殊な植物の根から抽出します」コジマの声が実況する。儀式の解説は島を去ったケンジからの情報をもとにしていた。「一杯めで生贄の乙女は酩酊《めいてい》し、二杯めで死に至ります。まるで眠るように」

カメラの視点はふたりの従者のあいだを抜けて、そのうしろにいる老人にフォーカスする。

上半身は凝った渦巻き模様の文身で覆われている。いちだんと豪奢な柄の腰布をつけ、耳には島のどの男よりも大きなピアスをして、結った頭には鼈甲《べっこう》色に輝く飾り櫛を五本も刺していた。

一メートルほどの木の棒を手にしている。棒の先には白っぽい植物の葉が何枚も結びつけられている。

「ココヤシの若芽です。コンデイ島のひとたちは、ココヤシは嘘をつかないと信じています。だから重要な儀式では幣《ぬさ》のようにつかうのです」

生贄の乙女の前までくるとふたりの従者はさっと左右にわかれた。長老は乙女の前に立ち、低く呪文を唱えながら彼女の全身を幣で触れる。祓《はら》う、と表現するほうがいいかもしれない。島民たちの挽歌は高く低くつづいている。

やがて祓いは終わった。長老は従者のひとりに幣をあずけ、かわりにココナツ殻の器を手にした。乙女のそばに片膝をつき、薬の容器を差し出す。乙女は無言で器を受けとった。その縁を桃色の唇にあてる。喉が動く。容器はみるみる傾いていく。

と、乙女は器をとりおとした。濡れた唇はなかば開き、まぶたは閉じかけている。頭がかすかに揺れている。

「早くも酔いがまわりだしたようです」コジマがコメントした、そのとき。

人垣の一角でどよめきがあがった。挽歌は中断され、混乱した叫び声がつづけざまに響く。カメラはすばやくズームインして騒動の原因をとらえた。

ひとの輪を無理やり割って、何者かが入ってこようとしていた。頭に灌木の小枝をいくつも刺し、顔を植物の汁で緑に染めているが、その服は麻のスーツだ。やはり植物の汁でまだらになっている。つかみかかるカフェオレ色の腕の密林をくぐりぬけ、しゃにむに儀式の中心へ進もうとする。

「サヨ」闖入者《ちんにゅうしゃ》はまだ変声も終えていないような高い声で叫んだ。

宇宙の終わり・その2

乙女を模した体が振動した。

えっ、合図。サヨヒメははっとして、ブラックホール情報ストレージから顔をあげた。そんな、これからいいところなのに。

精神体の友人たちからつぎつぎと思念が送られてきた。身をよじることも泣くことも叫ぶこともしないが、彼女らの切ない感情はしみこむように伝わってくる。

「おお、なんてこと」

「まさかサヨヒメが、あたってしまうなんて」

「忘れない、あなたを。宇宙が終わるその日まで」

「あなたの名前、わたしにゆずってもらえないかな」サヨヒメの前に乙女番をしていた友人だった。「たしか、地球の文学作品に登場する女性の名前だよね」

ほんとに彼女はよく知っている。「ええ、もちろん。つかって」

それにしても間が悪い。サヨヒメは悲しげに首を振った。長い髪が左右に揺れて鎖骨のくぼみをなでる。先代の乙女がブラックホールからすくいあげたエネルギーはもう底をついたのか。あれはほんの五秄《じょ》年ほど前にすぎなかったのでは。だんだん間隔が短くなっているようだ。とにかく、ほんとうに間が悪い。あの先がどうなるか、こんなにも知りたくてたまらないのに。

精神体であるペンローズ族でも、ほんのわずかずつではあるがエネルギーを消費する。マックスウェルの悪魔が証明したとおり情報の処理にはエネルギーが必要だ。たとえそれが一精神活動単位につき一エレクトロンボルトの一京分の一であったとしても、気が遠くなるほど長い時間のうちには積みあがっていく。

回転ブラックホールからエネルギーを汲みあげる基本的アイデアを地球人類が思いついていたと知ってペンローズ族は驚いた。地球文明のテクノロジーではブラックホールに近づくことすらままならないはずなのに。そのきわめて頭のいい地球人に敬意を表して、かれらはペンローズ族と名乗ることにしたのだった。なおブラックホールから情報を引きだして地球人類を知るまでは、かれらに自称などなかった。広い宇宙に自分たちしかいないのに、自分たちを指して区別することばが必要だろうか。

ロジャー・ペンローズによる一九六九年の論文はこう語る。質量のある物体を回転ブラックホールのエルゴ球へ投げこむ。そこでこの物体がふたつにわかれ、片方が事象の地平面のむこう側へ落ちていくと、もう片方はブラックホールの回転エネルギーの一部を獲得してエルゴ球から離脱できる。

そのぶんブラックホールはエネルギーを失う。だからこの方法は、最終的には持続可能ではない。

サヨヒメは立ちあがり、うすぎぬをまとった体をかき抱いた。その体は人類がついに目にすることの叶わなかった粒子でできている。ダークマターである。

ダークエネルギーの容赦のない力により膨張しきった宇宙には、物質は恐ろしく低い密度でしか分布しない。しかも長大な時間の経過により、かつて不滅と考えられていた陽子も、電子さえも崩壊してしまっている。質量を持つ粒子で生き残っているのは◆子など一部のダークマターだけだ。これらと、ホーキング放射によって非常にゆっくりと蒸発してゆく超大質量ブラックホールだけが、ペンローズ族に残された資源のすべてであった。

南の島・その6

「サヨ」

ヨーイチの声は乙女の耳に届いていなかった。彼女の目は固く閉じられ、体は前後に揺れている。長老は冷静に儀式をつづけている。ふたつめの容器を従者から受けとるとみずから生贄の唇にあてた。

「サヨ」遠い北の島国からやってきた少年は絶叫した。だがその叫びも、必死の抵抗も、何本ものたくましい腕によって止められた。少年の体は担ぎあげられ、軽々と波打ち際へ運ばれていく。カメラはそのようすを追った。カフェオレ色の若者たちは背の立たない深さまで進むと、異国の少年を海へ放り投げた。一拍置いて盛大な水しぶきがあがった。

その直後、また法螺貝が高く鳴った。カメラは儀式の中心へ戻る。ふたつめのココナツ殻は空《から》となって砂の上に落ちていた。ぐったりした少女の体を、長老が横抱きにかかえあげて古い舟の底に寝かせた。その上から従者たちが白くて大きな布で覆う。

「あの布は、あの舟につかわれていた帆です」コジマはつぶやくようにいった。

つぎの法螺貝の音とともに、屈強な若者たちが乙女を載せた舟を押して海へ入れる。壊れた舟がまだ沈まないよう船べりを握って支えながら、若者たちは環礁の切れ目めざして進んでいった。

いっぽう。同じ法螺貝の音を合図に、これはカメラに写されていないが、森では伐採作業がはじまった。両手で抱えきれない太さのパンノキに斧が入る。斧はシャコガイの殻でつくるべしと定められている。シャコガイがいかに固いとはいえ、この太さの木を切り倒すまでに若者たちが交代で作業しても半月はかかる。

「以上が生贄の儀式です」コジマはマイクを通じて全世界に語りかけた。「舟を一艘つくるために木を一本切り倒すとき、ひとりの命が犠牲になります。みなさん、これをどうお考えですか。コンデイ島のひとびとはみずからの血を流して、真の持続可能性とはなにかをわたしたちに問いかけているのです。みなさん、わたしはこう思います」

そこでコジマは息を吸って、吐いた。「この島、コンデイ島こそが、世界のための生贄ではないかと」

ヨーイチの体は泡をまとってエメラルドグリーンの水のなかをゆっくり沈んでいく。海の透明度があまりにも高いので、さほど目がいいとはいえないヨーイチにも海底のようすがはっきりわかった。あれは椰子の葉の屋根。家だ、こんなところに家がある。しかもひとつではない、五軒も六軒も。まさか、この場所は集落だったのでは。

遠ざかっていく古い舟を写しながら、コジマの声はつづく。「コンデイ島はここ二十年で海抜が急速に小さくなり、海辺の集落がひとつ沈んでしまいました。この島が完全に海水面の下となるのも時間の問題です。それを、わたしたち外部の人間は見て見ぬ振りをするのでしょうか」

宇宙の終わり・その3
サヨヒメは虚空をランダムにただようのをやめて、巨大ブラックホールへまっしぐらに近づいていった。彼女の◆覚では、エルゴ球の表面はすさまじい回転エネルギーで波立ってみえた。まるで大型低気圧に近づいたみたい。ダークマターでできた体が引きずられるのがわかる。強烈な時空のゆがみが早くも影響しはじめたんだ。

怖くはない。人類のような生身の肉体も、苦痛を感じる神経系も持たない。ただ、事象の地平面を抜けたら二度とみんなに会えないのはさびしい。なにより、あの少年と生贄の乙女の行く末がどうなったのか知ることはけっしてできない。

でも、と彼女は地球人のように首を振る。

自分が乙女番をやっているときにちょうどエネルギーが枯渇してしまったのだから、しかたない。みんなのため、ペンローズ族ぜんたいのためだ。いつかは自分の番がくるとわかっていたし、覚悟はできている。自分の前の乙女番も、その前も、その前の前も、みんなみごとに役目をはたしてエネルギーをわたしたちにもたらし、雄々しく時空のかなたへ去っていったではないか。

サヨヒメの名をゆずった友人を思う。彼女はちゃんとわかってる。松浦佐用姫《まつらさよひめ》は、地球の古い文学に登場する女性主人公。生贄となって世界を救う。地球の生贄はみな美しい少女。だからペンローズ族もダークマターで少女のかたちをつくった。

生贄譚は多しといえど、名前の伝わる乙女は少ない。アンドロメダ、クシナダヒメ、そのほかほんの数人。なかでもわたしが佐用姫を好きなのは、男に助けられるのではなく自分の力で危機に立ちむかうから。

さあ、行こう。

ひと思いに、エルゴ球へ身を投げた。シュヴァルツシルトブラックホールに落ちていくのは漏斗《ろうと》型の井戸をすべり落ちるようなものだが、回転ブラックホールに落ちるのは栓を抜いたバスタブの渦に巻きこまれるのと似ている。乙女の体はたちまち激しい回転に飲みこまれ、もみくちゃにされつつ中心へ近づいていく。

前方には、全裸の乙女たちがひとりまたひとりと、体の密度が高い順に事象の地平面へ落ちこんでいくのがみえる。先輩たちが永遠の舞いから解放されたのは、いまやサヨヒメも彼女らと同じ時空に存在しているためだ。

さあ、いまだ。サヨヒメは長い衣をすばやく脱ぐとブラックホールの外へむけて力いっぱい放り投げた。たよりないうすぎぬは大量の回転エネルギーを獲得し、◆波を放射して強く輝きながらもとの虚空へ帰っていく。あの希薄なダークマターの塊が、つぎの乙女の体をつくる。

みんな、だいじにつかってくれますように。このわたしの、サヨヒメの、命と引き換えのエネルギーを。

先代の乙女を追って、サヨヒメは事象の地平面に突入する。すぐ前をゆく乙女の胸に、自分と同じ手のひら形の徴を発見した。目をこらすとその前の乙女にも、その前の前の乙女にも。

サヨヒメは苦笑した。先輩たちもあの歴史記録を読んでいたんだ。すぐ前の先輩に結末まで読んだのかきいてみたいけど、どうやっても追いつけないのは知っている。

彼女はあえて前をむく。振り返ればはるかな未来をのぞけるはずだが、みえるのはペンローズ族の衰亡と宇宙の終焉だろう。いやだ、そんなのみたくない。

事象の地平面の中心では、特異環が不吉に回転していた。先をゆく全裸の乙女たちはつぎつぎリングに飲みこまれ、体積を失って長さだけになっていく。自分もいまからあれの一部になる。

さよなら友人たち、さよならペンローズ族。さよなら、この宇宙。そしてさよなら、ヨーイチ。あなたの乙女はどうなったのかしら。

歴史のこだま・その6

ビッグバンを開始点として十の百乗、すなわちグーゴル年におよぶ宇宙の歴史のなかで、星や銀河が輝く期間はたかだか数百億年後までにすぎない。幸運にも地球文明はこのまったださなかに生まれた。

宇宙開闢《かいびゃく》より一兆年が経過すると、恒星はすべて死んで中性子星か白色矮星かブラックホールになってしまう。宇宙は闇となる。

一垓《がい》、つまり十の二十乗年後ごろには、あらゆる天体はブラックホールに食われている。十の四十乗年後になると陽子崩壊が起こり、宇宙は光子や電子やニュートリノがたまにただようからっぽの空間となる。唯一存在感を放つのはブラックホールだが、これらも小さい順でしだいに蒸発していく。グーゴル年がすぎるとさいごのブラックホールも蒸発して、この宇宙は終わる。

南の島・その7

ヨーイチはうっすらと目を開けた。

上方からの光のまぶしさにすぐ目を閉じる。こんどは用心しいしいゆっくり開けた。だれかが自分をのぞきこんでいる。だれ。まさか。

「サヨ」

鋭く叫んで身を起こした。その体を、あたたかくて懐かしい両腕が抱きしめた。

「ヨーイチ。よかった、ぶじで」

母は涙で汚れた顔をヨーイチの頬に押しつけてきた。

「心配したんだぞ」すぐさま父もベッドぎわに寄ってきて息子の頭をなでた。父の髪は乱れ、顎には無精《ぶしよう》ひげが目立つ。ネクタイすらしていない。身だしなみにあれほどうるさい父が別人のようだ。「おまえの電話のあと急いでボートの手配にかかった。だが、あの生贄の島へ行ってくれる船がなかなかみつからなくてな。待たせてすまなかった」そこで父は両手で顔を覆い、横をむいた。母はヨーイチの背にしっかりまわした手を離そうとせず、間断なくしゃくりあげている。あのおしゃれな母がブラウスを裏返しに着ていた。

両親が泣くところなんてはじめてみた。

母の肩越しに周囲を見回す。太陽のごとくまぶしいLED照明が四方の白い壁を照らしていた。白いベッド、白い薬棚、壁をくりぬく小さな円い窓。クルーズ船の医務室だった。空調がよく効いて快適だ。

「ごめんなさい」ことばが自然に出てきた。母の背中をそっとなでる。いいのよ、ぶじでいてくれればそれで、とくぐもった声が返ってきた。

いまだ横をむいて肩を震わせている父にも。「ごめんなさい」いまなら素直にいえる。自分の小ささを思い知ったからだ。「それでね、とうさん。あれから考えたよ。いろいろ意地を張ったけど、やっぱりぼくとうさんの跡を継ぐよ」

父は驚いて顔をあげた。その両日は充血していた。「ほ、ほんとうか」

少年は母の腕のなかでうなずいた。ふたりにはいろんなひどいことをいった。跡を継がせるためだけにぼくを産んだんだろ。政治家なんてだいきらいだ、汚いことばかりやってて。両親は一人息子の台詞にどれだけ傷ついただろうか。「ぼく、世界を動かせるような政治家になりたいんだ。いや、ならなきゃ」

「ヨーイチ」父親はそれ以上なにもいえず、ただ唇をわななかせている。

「世界中から、泣くひとをひとりでも減らしたいんだよ」少年は母の背中をやさしく叩いた。まるで幼子をあやすように。「そうだ、かあさん。ぼくね、魚食べられるようになったよ」

母親は息子を抱いてただ嗚咽する。少年も体を震わせ、いままで一滴も出なかった涙を両目からあふれさせた。世界を守るために死んだ少女の姿が脳裏に焼きついている。彼女の胸には手のひら形の文身。神へささげる生贄の徴。神とはだれだ。貪欲な人類自身ではないのか。

和解した親子を乗せた大型クルーズ船は強力なエンジンで南の青い海をかきわけ、大量の二酸化炭素を吐き出しながら北へむかって進んでいった。

シュレーディンガーの少女

月は見られているときだけ存在するとあなたはほんとうに信じるのか。

アインシュタイン

実験——イントロダクション

あなたには物理学者の友人がいる。彼からの電話を、あなたは左手首につけたウェアラブルデバイスで受ける。いつものウェイクワードでデバイスのアシスタントＡＩに命じる。おねがいモラヴェック、通話開始。

「もしもし、きみか。ひとつ、頼みごとをきいてほしいんだが」

科学者らしくいつでも前置きなし、単刀直入である。

内容によるよ、とあなたは返事をする。

「なあに、ごくかんたんな実験協力だよ」相手は説明をはじめる。とはいえ彼は偏微分方程式だってかんたんだという男なので油断はできない。「こんな実験をするんだ。箱に猫を入れて密閉する。その箱には致死性ガスを詰めた瓶と放射性物質とガイガーカウンターとハンマーが入っていて、カウンターが放射性物質の崩壊を検出するとハンマーが落ちて瓶を壊すしかけになっている。このときつかう核種の一時間あたりの崩壊確率は五〇パーセントだ。なお核種から出るのはアルファ線で、紙一枚でも遮蔽《しゃへい》できるから曝露《ばくろ》の危険はない。きみにやってほしいのは、実験がはじまってから一時間後に箱を開けて猫のようすを」

ちょっと待った。あなたは話をさえぎる。この実験、五〇パーセントの確率で猫を殺すじゃないか。あなたの声はつい荒くなる。かつてあなたは猫を飼っていた。白黒のぶち猫だったから名前はブチ。雨の夜、濡れた段ボール箱のなかでみゃあみゃあいっているところを拾ってきた。やせっぽちの子猫はあなたの世話を受けてみるみる大きくなり、十三歳まで生きて、腎臓病で死んだ。あなたは両目が溶けるほど泣いた。

この実験の設定では箱を開けたとたん自分も五〇パーセントの確率でガスを吸って死ぬことなどはあなたの頭をかすめもしない。

「だいじょうぶ、生きた猫をつかったりはしない。いま説明したのは百年ほども前に考案されたオリジナルバージョンの実験だよ。現代ではこのとおりにやると動物愛護法に違反するから、猫型ロボットをつかう。本物と区別がつかないくらいよくできてるが、もちろんガスでは死なない。かわりにガイガーカウンターとロボットの機能停止スイッチを無線でつなぐ」

死なない。あなたは強い興味を抱く。それ、ぼくも一匹ほしいな。

「いまは無理だ。うちの大学の工学部がつくったばかりのプロトタイプでまだ一台しかない」

量産がはじまったら知らせてくれるよう友人に念を押してから、あなたは話のつづきをうながす。

「それで。猫の生死、というか猫型ロボットが機能停止してるかどうかを確認したら、そのまた一時間後に電話で結果を知らせてほしい。以上だ、かんたんだろ」

なぜ電話なんだ。きみの研究室で実験するんだから、じかに声をかければいいのでは。

「いや、おれときみが離れていたほうが都合がよくてね。だから大学までこなくていいよ。実験装置を持っていくから、きみの部屋でやってほしい。そう大きな装置じゃないんだ」

そうか。出かけなくてすむならこっちも楽だ。

それと、どうして電話は一時間後なんだ。実験するうえでだいじな意味があるのか。

「ある。とはいえ一時間でなくても、たとえば二十四時間でもいい。ただ、あんまり間隔を空けるときみは頼まれごとを忘れそうだから」長いつきあいのおかげであなたの性格も知り抜いている。

で、これはなんのための実験なの。

「そういう細かいことは終わったあとに説明するよ。専門用語でブラインドテストといってね、実験協力者は詳細を知らないほうがいいんだ。どうだ、引き受けてくれるかい」

猫を観て、電話連絡するだけ。ほんとうにかんたんだし、とくに断る理由もない。あなたは承諾する。その瞬間、あなたには観測者という名が与えられた。

世界1

あなたは観る。

あなたが観ているのは渋谷の一角にある七階建のビルだ。街路樹で縁どられた坂道のとちゅうにさりげなくたたずんでいる。西からの夕陽に照らされ、白い壁面の黒いロゴがくっきりとよく目立つ。シンボルマークは人間の手のかたちをしている。その下にはゴシック体でこう書かれている。MANUS Store Shibuya。manus とはラテン語で「手」を意味する。

そうここはすべてのDIY派、ものづくり派、ハンドメイド派の殿堂であるマヌスストアの旗艦《きかん》店だ。手づくりのために必要なあらゆる物品がここでそろう。

最上階である七階は、通りに面して大きな窓が切られている。窓ガラスを抜けて、あなたの視線は屋内へ入りこむ。開放感のある高い天井、木目の美しい床、よっつの椅子に囲まれた矩《く》形《けい》のテーブル、長いソファや丸いソファ、座面が小さくて高い椅子が等間隔にならぶカウンター。このフロアはカフェだ。いや、少し前までカフェだった。あなたの目はカウンター上部の貼り紙にとまる。

マヌスカフェは四月末日をもちまして閉店いたしました。これまでのご愛顧ありがとうございました。

カウンターの奥には段ボールが所在なげに積みあがっていて、店舗側もこのスペースを今後どのようにいかすべきか迷っているようすがうかがえる。

パンデミックの影響がここにも出ている、とあなたは考える。

無人のはずの閉店したカフェにひとの気配がある。あなたは視線を動かす。南の窓際に置かれた二人がけのソファで夕陽をあびながら、肘掛けに頭を載せてあおむけに寝そべっているのは中学生くらいの小柄な少女だ。色白で小づくりの顔は、五年もすればそうとうな美女になるだろう。それと服がすごいな。まるでお人形さんの衣装だ。

幅広チュールのヘッドドレスからはじまって足下の白タイツと厚底ストラップシューズに至るまで身につけたすべてがロリータデザインだ。パニエを二枚も入れてふんわりふくらませたワンピースの色はルビーのごとき深い赤。

女の子の夢をこれでもかと詰めこんだ衣装はとびぬけて派手だが、この子にはよく似合っている。あなたの感想だ。

そんなかわいらしい服を着ているにもかかわらず、少女の表情はうつろだ。いまひとつ焦点の定まらない両目が、差しあげた右手をながめている。あなたは彼女といっしょにその手をみつめる。小さな白い手には痛々しく血がにじんでいる。

あれは、感染したな。あなたははっと息を呑み、そして心底ざんねんに思う。美人薄命とはこのことか。

そのとき足音がきこえてきたのであなたは視線をむける。カフェフロアの端は頑丈な鉄格子で階段と仕切られていた。このビルは新型ウイルス性感染症対策特別措置法の感染対策基準を満たしている。鉄格子は船舶における水密隔壁のように、被害の拡散を一定範囲にとどめる。

鉄格子のむこうから足音の主があらわれる。やはりロリータ衣装をつけた少女だ。こちらはちょっと年長で高校生くらいにみえる。衣装のデザインはソファの少女のものとそっくりで、色はサファイアのような濃い青だ。赤いほうの少女もかわいいが、こっちの青い少女はだれもが思わず振り返る容姿だ。白い肌にほんのり赤みを浮かべた陶器人形のような頬、ダンサーのごとくすっと伸びた背筋、両手でつかめそうな細いウエスト、ふくらはぎから足首までの完璧な曲線。全身が特別な光で包まれているみたいだ。

何者だろう、モデルかはたまたアイドルか。この子の美しさはなんだか人間ばなれしている。

青いワンピースの少女は鉄格子をよじのぼる。揺れるパニエからのぞく白いタイツに包まれた膝があなたの目にまぶしい。鉄格子の最上部にはみっつの掛け金があって、すべてはずすと小さな扉が開く。少女は器用に体をねじってくぐりぬける。以上の動きは、ウイルスにより知性と器用さを失った者にはまねができない。唯一の出入口を通ったあと、内側の掛け金で施錠する。鉄格子からカフェの床へひらりと飛び降りる。またパニエから白い膝がのぞいて、あなたの胸の鼓動を高くする。

少女はソファに歩み寄ると背中からリュックサックを下ろし、真新しい救急箱をとりだした。箱には値札が貼られている。緊急時における未精算商品等の利用は特措法により認められていた。

「紅《くれない》さま、下でこれをみつけてまいりました。傷を手当いたしましょう」

あなたは小さいほうの少女の名を知る。

「やっぱり、あたしの頼んだものは持ってきてくれなかったんだ」紅は年長の少女にうつろな視線をむけて悲しげに眉を寄せた。「手当なんてむだ。藍《あい》だってわかってるでしょ」

あなたはもうひとりの少女の名前も知った。驚くほどにととのった顔をとっくり鑑賞する。澄んだ青い色の目がとくに美しい。その右目の下、泣きぼくろの位置に小さな黒い手のひら形のシンボルマークを発見する。それであなたは合点する。

そうか、彼女は人間じゃなくてマヌステクノロジー社製のフレンドAIなんだ。だから非現実的にきれいだし、年下の女の子にこれほどていねいに接しているんだな。

マヌスグループはものづくり分野を軸に多角経営している。グループのキャッチフレーズは「すべてをひとの手から」。自動車や船舶の製造が有名で、汎用《はんよう》人工知能を搭載した汎用ロボットを生産するマヌステクノロジー社はグループ内の後発組だった。

「やはり、どうしてもできないのです。たとえ紅さまの望みとあっても」藍は救急箱を抱えたままうなだれた。ヘッドドレスの白いチュールが揺れ、肩の上で切りそろえたまっすぐな髪がさらりと前へ落ちる。夕陽を受けて輝く。まるでロココ美術の肖像画のようで、あなたはついみとれてしまう。「申しわけございません。そもそもわたくしが至らなかったばっかりに、このような最悪の事態をまねいてしまって」

「ちがう。藍のせいじゃない。藍はぜんぜん悪くないんだから、謝らないで」

なにがあったのだろう。最強の護衛たるフレンドＡＩがついていながら、なぜあの子は感染してしまったのか。あなたの視線はほんの少し過去へ飛ぶ。あなたの時計の針は逆に回っていく。

φφφ

その日の午後一時。

あなたが観ているのはマヌストア渋谷店にほど近い巨大なスクランブル交差点だ。百二十秒ごとに車両用信号がいっせいに赤に変わる。歩行者用信号が青になったとたん、四方八方から人波が交差点の中心めがけて押し寄せ、ぶつかり、なにごともなかったように反対側へ通り抜けていく。ここでは人間という粒子は波のごとく振る舞う。

あなたの視線は交差点を囲むビル群へむけられる。ビルの壁面には巨大なデジタルサイネージが設置されている。いちにちあたり数十万人が通行するこの場所は広告を流すにうってつけだ。魅力的なモデルやきらきらした新商品をめまぐるしく映し出す動画は商業広告だが、画面の隅には活字のニュースも流れている。

きょうの天気。渋谷区の降水確率は一〇パーセント。典型的な五月晴《さつき》れ、傘の必要はありません。つづいてきょうのクラスター予報。渋谷区での発生確率は八〇パーセント。不要不急の外出はひかえてください。

量子コンピュータの登場により天気とクラスター発生の予報精度はかくだんに向上した。

交差点をわたるひとびとは大画面に浮かぶ警告など目に入らないようだ。パンデミックがはじまって丸三年、みなの意識は完全に新型ウイルスとの共存へ切り替わった。特措法がつくられ、交番には抗感染装備の警官が配置され、職場や学校でも定期的に感染対策訓練が繰り返されている。感染対策マニュアルは一家に一冊、グッズ類も店舗にあふれて容易に買える。だいいち自宅に引きこもってばかりいては生計が成り立たないのだから、じゅうぶんに注意しつつ外出するよりない。

巨大交差点を離れ、あなたの視線は宮益坂《みやますざか》を東へ進んでとなりの港区へ入る。緑の多い静かな住宅街が観えてきた。よく手入れされた庭のある瀟洒な一戸建に注目する。ここが紅の自宅だ。敷地は上部がオーバーハングした塀で完全に囲まれていた。つまりこの家は特措法の推奨する安全基準を満たしている。あなたの視線は塀を越え、屋内に侵入する。

大きな掃き出し窓に囲まれたあかるいリビングは、床にも壁にもふんだんに無垢材を使用している。天井は高く三メートルはありそうだ。ソファやテーブルや戸棚類は部屋の雰囲気と調和しており、プロの目が慎重に選びぬいたとわかる。マントルピースの上には江戸《えど》切子《きりこ》のグラスのコレクション、横の壁にはレオナール・フジタのリトグラフが飾られている。書棚にはイスマイル・カダレの全集がならぶ。

パーティができそうなほど広いリビングの中央に紅がいる。部屋着もロリータファッションで、彼女自身がデザインし縫製《ほうせい》した。中学生とは思えないみごとな腕前である。両手に抱えているのは完成したばかりの型紙だ。早く服をかたちにしたくてうずうずしている。生地はオンラインショッピングでも買えるが、やはりじかにみて、手にとって、色や手触りを確認したい。

掃き出し窓から外をみやった。塀の上の空は快晴で、パンデミック以前の気象キャスターならばお出かけ日和と形容するにちがいなかった。

紅は室内を振り返った。「藍。いまからマヌスストアへ買い物に行きたいの。いっしょにきて」

「おことばですが」そばにひかえていたフレンドＡＩは、フリルのたくさんついた白いエプロンの前で手を組んだ。このロリータ風メイド服も紅の手づくりである。濃紺を基調とした衣装は藍の肌の白さと体のラインを引き立てていた。「本日の渋谷のクラスター発生確率は八〇パーセントと予想されています。お出かけにならないほうがよろしいかと」

藍が紅に買い与えられたのは二年前だ。フレンドＡＩは汎用人工知能を搭載した完全ヒト型ロボットであり、その名のとおり人間の「友だち」となるよう設計された。昨今では、都市の富裕層がフレンドＡＩを購入するのは子弟の護衛がおもな目的である。ウイルス禍のなか、子供たちに少しでも行動の自由を与えてやりたい親心だ。

しかし紅の父は、フレンドＡＩの導入に一抹《いちまつ》の不安を抱いていた。愛しいひとり娘を機械にあずけるなんて。だがそのためらいはある事件で粉砕されたのだった。

起動日から起算すれば藍の実年齢は二歳だが、十七歳の容姿と円熟した大人の判断力を備えていた。そんな藍を紅は素直に信頼し慕っていたから、ふだんならばフレンドＡＩのことばにおとなしく従うところである。だが、この日の天気はあまりにもよかった。空はひたすら青く、富士山の方角に羽毛のような雲がいくつか浮いているだけ。日曜日なので中学のオンライン授業もない。ここのところクラスター発生確率の高い日々がつづき、紅は数週間も自宅にこもりきりですごしていた。きょうこそは外へ出たい。自分でつくったお気に入りの服を着て、渋谷でお買い物をしたい。

　大人顔負けの手芸技術を持つとはいえ彼女はまだ十四歳。忍耐にも限界があった。

「藍」紅はふだんつかわないような強い口調でいった。「あなたは、なんのためにこの家にきたの」

　フレンドＡＩはまばたきした。長いまつげの動きは優雅な蝶のはばたきを思わせ、観ているあなたは胸を衝《つ》かれる。「使用者たる紅さまをお守りし、成長期の心身の発達に必要とされるさまざまな刺激をあますことなく体験していただくためです」

「あなたがいれば、あたし安全よね」

「はい。全力でお守りいたします」

　話はきまった。ふたりはおそろいの外出用ロリータ衣装に着替える。紅はルビー色の、藍はサファイア色のワンピース。どちらもパニエは二枚。タイツは白、透けないように七十デニール。厚底パンプスのストラップは三本もある。留めるのがめんどくさそうだな、とあなたは思うが、紅はむしろ楽しそうに時間をかけている。

　あなたの視線はふたりが乗ったタクシーを追う。タクシーはスクランブル交差点の手前で停車し、少女たちを路上へ送り出す。

「わあ」思わず紅は声をあげる。ひさしぶりの渋谷。目を閉じて思い切り空気を吸いこむ。はちきれそうな若いエネルギーと自由なデザインと型破りなアイデアの匂いに満ちている。目を開く、波のごとき歩行者のうねりがみえる。信号の切り替わりに従って脈動する街、それが渋谷。停車中の車両から注がれる視線をあびつつ横断歩道を闊歩《かっぽ》するのは生命力の目盛りをいっぱいにあげた若者たち。自分の持ち時間は無限に未来へ延びていると信じて疑わない者たち。かれらに怖いものはない。たとえ相手が致死率一〇〇パーセントのウイルスであっても、そんなものに自由でありつづける権利を売りわたしたりはしない。

歩行者信号が青になった。ふたりは井《い》ノ頭《かしら》通りへむけて歩き出す。あなたの視線も彼女らについていく。

「みてあの子、ミントグリーンの髪すてき。あっ、あっちの子のタイツ、パープルとピンクの縞模様だ。リュックにさげてるターコイズブルーのパンダもかわいいな、どこで買ったんだろ」

スクランブル交差点は思い思いのスタイルをした若者たちが自己表現する舞台だ。あちこちよそ見する使用者の手を、藍はしっかり握りしめて人波を縫いながら進む。いまやふたりは波のように振る舞うふたつの粒子だ。青信号が点《とも》る二分間のうちに交差点を通り抜け、少女とフレンドAIは坂道をのぼっていく。ビルの白い壁面に黒い手形のロゴがみえると。「早く、はやく」と紅は藍をせかして店内をめざす。

あなたの視線も少女たちとともに一階正面の出入口を抜けた。両開きの自動扉には左右とも手のロゴが描かれ、まるで客を招いているようにみえた。

手芸用品売り場は四階にある。エレベータの扉が開く。目の前に広がる光景にあなたは驚く。書店のように列をなす棚を板状に巻かれた反物《たんもの》がずらりと埋めていた。よくもまあこれだけの色と柄を集めたものだ、あれらすべてに買い手がいるのだろうか。ウイルス禍による外出制限のせいでインドアの趣味がみなおされているのは知っていたが、これほどとは。感嘆しつつもあなたはなかばあきれている。

棚と棚のあいだには作例を身につけたマネキンがLED照明の白い光をあびて誇らしげに立っている。和服、チャイナドレス、サイバー系、スチームパンク風、婦人警官や軍人の制服風、もちろんロリータ服も。これらは店が主催する賞をとった作品だ。紅もいつかここに自作が飾られる日を夢みている。

紅は夢中で生地を物色する。よさそうなものをみつけると棚から引き出し、広げ、色柄と手触りと素材を確認する。値段はみない。そんな習慣がないからである。支払いはすべて藍が電子決済する。

「これ、いいな」と手を伸ばした反物に、同時に手をかけた者がいた。紅は思わず横をみやった。

「あら」品のよい小柄な老婦人だった。白い巻き毛がふわふわと顔のまわりを飾っており、指でつまんだような小さい鼻の上に赤いふちのめがねをかけている。「好みが似てるのね」目尻に皺をいっぱいつくって笑いかけてきた。紅もほほえみ返す。手芸ずきはみんな仲間だ、年齢なんてかんけいない。

そのとき。それまで無言で、片手に店内用買い物籠を提げて背後にひかえていた藍がきっ、と顔をあげた。フレンドAIの鋭い聴覚が異変を察知したのである。ひとびとの絶叫、逃げまどう足音、それを追う発症者のうめき声。左右の耳に届く音の時間差から音源の方向を、人間が絶叫したときの最大音量といま届いた音量との差から音源までの距離を計算する。クラスター発生地点はスクランブル交差点と算出された。陽気に誘われたあの人出だ、無症状感染者が混じっていてもおかしくはない。

予報どおりの事態になった。

発生地点から感染の波が同心円状に広がっている。波の伝達が異様に速いのは、感染から発症までの時間がとても短いためだ。ここ渋谷が若者の街であることと無関係ではないだろう。ワクチンはすでに開発されていたが感染予防効果はまったく期待できず、ただ発症を遅らせるだけだ。よって健康で俊敏《しゅんびん》な若者たちは接種を見送る傾向が強かった。

「紅さま、失礼します」フレンドAIは買い物籠を捨てると左腕で使用者の小柄な体を軽々と抱えあげた。「クラスターです。これより退避いたします」

「えっ」紅は周囲を見回した。いまのところ店内は平和なようすだが、藍がいうならまちがいはない。「待って。おばあちゃんも」と、老婦人を振り返った。

藍は使用者からの命令の重さに、マヌスビルにひたひたとせまる発症者の数、老婦人の体格等の情報を加えたうえですばやく判断する。あとひとりなら守れる。右手で老女の細い腕をつかんだ。

「さあ、走りますよ」

片手で紅の小さな体を抱え、もう片方の手で老女を引っぱりながら、フレンドAIは手芸用品フロアを風のように駆け抜ける。とあなたは形容したいのだがじっさいには、商品をぱんぱんに詰めた棚がひたすらならんで行く手をさえぎり、作例をまとったマネキンたちが通路をせばめているため思うように速度が出せない。

そのあいだも藍の耳は表通りでつぎつぎあがる悲鳴を拾う。すでに発症者の波がビルのそばまで押し寄せている。このばあい無理に外へ出るのではなく、鉄格子を作動させつつ上階へ逃げて時間を稼ぎ、ヘリでの救助を待つのが常道だ。

階段へむかうとちゅうのエレベータを、藍は無視して通りすぎた。発症者にエレベータを操作する知性はないが、ぐうぜん乗りこむ可能性はある。せまい密室でやつらと対峙するはめになったら絶望的だ。マニュアルも、相手と距離のとれる階段の使用を強く推奨している。

商品の棚がつくる迷路を右へ折れ左へ折れしながら、ふたりの人間とフレンドAIはようやく階段へたどりつく。

地の底からわきあがるうめき声が、ついに人間の耳にも届くようになった。紅は藍の腕のなかで震えた。Zがこのビルに入ってきたんだ。

Zウイルス。だれが呼んだか、アルファベットのさいごの文字が世界の終わりを連想させる絶妙なネーミングだ。発症者はたんにZと呼ばれる。

近づいてくるZは三体。みな足どりが軽い。鈍重型ではなく機敏型、いわゆる「走るZ」だ。

藍は対Z鉄格子の操作に必要な時間も計算に入れる。運動能力の高くない人間ふたりを守りながらの退避は間に合わない。踊り場で迎え撃つ。

藍は人間たちを連れて五階へつづく階段を駆けあがった。Zたちはその足音に反応して追いかけてくる。かれらはZウイルスに脳をあやつられ、鋭敏になった聴覚と嗅覚を駆使して生きた人間を追跡し、ひたすらに嚙みつこうとする。唾液に含まれるウイルスが嚙み傷から体内に入ればおしまいだ。体液の接触による感染率は一〇〇パーセントなのである。

先に述べたように致死率も一〇〇パーセントだ。感染者はいったん死に、Zとなって動き出す。この状態が発症である。動くものを追い、嚙みついて感染を広げるだけの知覚と運動能力は残っている。いっぽう、人間を襲うことへの迷いやためらいを生み出す知性はきれいさっぱり消失している。

ウイルスとはなんと狡猾《こうかつ》なのか、とあなたは思う。まるで知性を備えているようだ、発症者から奪いとった知性を。

藍は踊り場に到達するとふたりの人間をふたつの壁で直角にはさまれた隅へ押しこんだ。その前に立ちはだかって背中で守る。三体のZはいままさに階段を駆けあがろうとしていた。髪は乱れ、眼球は白濁《はくだく》し、がっぱり開けた口からはウイルスをたっぷり含んだ危険きわまる唾液が鈍く光りながら糸を引いている。

だが危険なのは人間にとっての話。高性能フレンドAIならば嚙まれるようなへまはしないし、まんいち嚙まれても感染しようがない。人工の身体は対Z白兵戦における大きなアドバンテージだ。

　フレンドAIは青いワンピースの裾をさっとめくった。二枚の白いパニエの下にあなたの目は吸い寄せられる。太股《ふともも》に革帯でくくりつけられているのは銃でもナイフでもない、バールだ。地味な工具だが、対Zマニュアルによれば近接用の第一推奨武器である。軽量で携帯性にすぐれているわりに頑健で、数十体を相手にした長期戦でも摩耗しない。もちろん釘を抜いたり重いものを動かしたりと本来の用途にもつかえる。

　藍はバールの釘抜きがついたほうを持ち手にして構える。三体のZは、知性がないので偶然なのだが、三角形の陣形をとっている。いちばん先頭は、全身を鎖とタトゥーとピアスで飾り立てた若者。右後方には黒ずくめのゴシックロリータ少女、左後方がピンクと緑の個性的な服をまとった女性だ。そろって両腕を振りかざし、口をあんぐり開いて飛びかからんばかりだ。迷いなどなかった。ひとの姿をしているが、やつらはすでに人間ではない。動く死体だ。よって電子頭脳に組みこまれた人工知能工学三原則は彼女を阻止しない。第一条が禁止するのは人間にたいする加害のみだ。

　バールをパンク風発症者の顔面にむけてすばやく突き出す。その動きはあまりに速くて人間の目でとらえきれず、あなたは結果だけを目撃する。工具の尖った先は長い前髪をかきわけて右の眼球に刺さっていた。藍はただちに工具を押しこむ。頭蓋骨の内側に先端がかつんとあたる手応えを感じると同時に持ち手を一回転させる。これで頭骨の中身はこれから白和《しらあ》えにする豆腐のように破壊された。タトゥーだらけの両腕ががっくりと落ちる。

身体の運動をつかさどるのは脳だ。つまり脳さえつぶせばあらゆる動きが止まるのである。

「ひとつ」と叫んで藍はパンクの胸を厚底パンプスで思い切り蹴り飛ばした。ずぶちゅっ、といやな音を発して眼窩《がんか》からバールが抜け、ゼリー状の硝子体を周囲にまきちらした。蹴るとき角度をつけたので、もう動かない死体は右側のゴス少女を巻きこみつつ階段を落ちていった。

いかに高性能AIとはいえ残る二体からはさみうちされたくはない。

左の個性派女が飛びかかってきた。藍はどんな一流格闘家にもまねのできない反射速度でかがみ、相手の顎の下のやわらかい部分を狙って工具を突きあげた。バールの先端はショッキングピンクのハイネックシャツのすぐ上に刺さり、延髄《えんずい》を破壊しつつ大後頭孔《だいこうとうこう》から入って大脳皮質まで突き抜けた。仕上げに回転を加えて。

「ふたつ」と叫ぶ。死体の首からバールを抜きとる。

階段の下ではゴス少女がパンクの死体を押しのけて体の自由をとりもどしていた。があああ、と野獣じみたうなり声をあげ、漆黒の衣装を深海魚のようになびかせつつ両手両足で駆けのぼってくる。やはり漆黒のアイラインとアイシャドウとつけまつげで派手に盛った両目がみるみるせまってくる。

「みっつ」と叫んで、藍はバールをZの左目めがけ撃ちこんだ。はずみでつけまつげが飛び、壁に貼りついた。バールにひねりを加えて数秒待つ。相手の動きが完全に止まったことを確認する。

終わった。

だがつぎの瞬間。「藍、たすけて」

使用者の叫びに振り返った。踊り場の隅で紅は恐怖のあまり硬直していた。その横では助けたはずの老女が、白目をむき唾液を流しながら全身をがくがくと震わせている。

発症前感染者だったのか、とあなたは息を呑む。

健康な若者がZワクチンを無視するいっぽうで高齢者、肥満者、基礎疾患者、年少者などハイリスクグループとその関係者は積極的に接種していた。現行ワクチンの効果はただひとつ、発症を遅らせること。地味なようだが、じつは非常に重要である。感染から死に至り、発症するまでの時間が短いと脳へのダメージが少ないため運動能力を残した「走るZ」になってしまう。敏捷さを欠くハイリスクグループは走るZから逃げ切れない。ワクチン接種率は被害状況を大きく左右する。

とはいえ、Zに嚙まれたことを隠す者はあとをたたなかった。この病は発症率一〇〇パーセント。感染を保健所に知られれば隔離され安楽死させられるのだから無理もない。

ゴス少女の死体からバールを抜くひまはない。藍はすぐさま老女に飛びかかった。だがフレンドAIが割って入る前に、老女の前歯が紅の右手をとらえたのである。

こうしてあなたが観たように、少女の手には血のにじむ歯形がついた。

φφφ

あなたの時計は高速で右回りに動き、現在へ戻る。あなたは閉店したカフェに立てこもる少女たちを観ている。落ちゆく夕陽がふたりを染めている。ひとりはＡＩ、救急箱を抱えたままうなだれている。もうひとりは人間だ。いまのところは、まだ。

救急箱のかわりになにを持ってきてほしかったのか、あなたには見当がつく。対Ｚ拳銃だ。そもそもはＺ用だが、しばしば自決用としてもつかわれる。

銃口をこめかみにあてて引き金をひく。弾丸の材質や射出スピードは綿密に調整されており、弾丸はこめかみを突き抜けたあと頭蓋のなかをビリヤードボールのごとく反射して脳を完全に破壊する。即死するため苦痛はないが、そう知ってはいても自分で引き金をひけない状況を想定し、特措法は自殺幇助《ほうじょ》を許可している。

対Ｚ拳銃はマヌスストアの対Ｚグッズ売り場にもあるはずだ。非常食や防具類のように手にとれる場所に積まれてはいないが、おそらくは壁につくりつけられた特殊強化ガラス製のケースのなかに、マチェットや槍やセミオートライフルとともに陳列されている。もしものときのために一家に一挺《ちょう》備えておくことを対Ｚマニュアルも推奨している。政府広報もまいにち流されていた。

愛しいひとがひとならざる者に変わってしまうのをいま止められるのはあなただけ。陳列箱が施錠されていても、高性能フレンドＡＩがその気になれば問題にならないはずだった。が。

フレンドＡＩの行動を規定しているのは人工知能工学三原則だ。もっとも強力な第一条が、人間への加害および加害につながる行為を禁止している。加害行為におよぼうとすれば電子頭脳の機能停止をまねく。

だから藍は紅のために自決用拳銃を持ってこられない。紅がみずから売り場へ行くのも、藍は看過《かんか》できない。同様に、七階からの飛び降り自殺も看過できない。

あらゆる分野で人間を上回る能力を誇る高性能フレンドＡＩだが、自殺幇助においては無力なのだった。

「ねえ、お願い」紅は両目にいっぱい涙をためて懇願している。顔も手もすっかり血の気を失い白くなっている。「あたし、いや。人間じゃなくなっちゃうの、ぜったいにいや。そうなる前に死なせて。お願い、死なせてよ」声が震えている。奥歯がかちかち鳴っている。

紅はワクチン接種ずみのためZ化までに時間がかかる。手元に拳銃がなく、自決を手伝ってくれる人間もいなければ、恐怖の時間は引き延ばされる。その時間がいつまでつづくか予測できないのもまた恐ろしい。

それにしても紅のおびえようは異常だ。あなたはいぶかる。たしかに、死ぬのはだれだって怖い。しかも死んだあとまったくちがった存在に変化し、他者を巻き添えにしていくとなればたんなる死より何倍も恐ろしい。だが、まだ中学生の女の子が真の恐ろしさを理解しているとは考えにくいのだが。さきの老婦人の変化をまともにみてしまったせいか。

どうも、それだけではない気がする。

あなたの視線はまたも過去へ飛ぶ。時計は高速で逆回りし、二年の時をさかのぼる。

φφφ

あなたはまた紅の自宅のリビングを観ている。

このときまだ少女のそばに藍はいない。十二歳の紅は、がちがち鳴る歯に両の拳を強く押しあて、血走るほどに目を見開いている。視線の先には三十歳くらいの女性。いや、女性だったもの。少女の母親だったものだ。ウイルスに冒された脳はもはや実の娘すら判別できない。両手両脚を不自然にひきつらせながら、無意味なうめき声を漏らしつつ少女に這い寄ろうとしている。不幸中の幸い、生前にワクチンを接種していたため鈍重型である。

だから助けが間に合う。「紅。だいじょうぶか」

娘の悲鳴をきいて、別室の書斎から父親が駆けつけてきた。一瞬、Z化した妻を絶望の目つきでみつめるが、飽きるほど繰り返した対Z訓練が彼の体を動かす。すばやく壁ぎわへ寄り、懐中電灯やバールとならべてかけておいた対Z拳銃を手にとる。しかし体が震えて照準を合わせられない。

愛する者がZ化したときだれもが味わう葛藤をこの男もまた味わっている、とあなたはみてとる。彼は自問自答しているだろう。Zに噛まれたとどうして教えてくれなかったんだ。いや、教えられたら自分はどうしていたか。保健所へ突き出すなんてできない。では自分の手で殺すのか。できるのか、自分に。

Zが娘の腕をつかんだ。父親はことばにならない叫び声をあげながら飛びかかり、妻だったもののこめかみに銃口をあてる。

「許せ」

すべてが終わってZが倒れ伏したあと、父は娘を強く抱きしめて涙を流した。ひとしきり娘といっしょに泣いてから、その貝殻のように薄く小さな耳へささやいた。

「いいか紅、あれはおかあさんじゃない。おかあさんじゃないからな」

まるでこの男自身にいいきかせているようだとあなたは感じる。

「おまえにお友だちを連れてきてやろう。とても強くて、おまえを全力で守ってくれる。もうこんな危険な目には遭わせない」

ためらう時期は永遠に過ぎ去った。この手で愛娘を殺す状況だけはなんとしても避けねばならない。もしそうなったら精神が崩壊してしまう。感染を待たずして生ける屍《しかばね》になってしまう。

そこまでみとどけたあなたは、紅の二年間をときどき覗き観ながら現在へ戻る。

父の約束どおり高性能フレンドAIが納品される。その美しさに紅はうっとりし、即座に藍と命名する。瞳がきれいな青だから。外面的美しさだけでなく、料理や経理や日曜大工や電子工作までこなす有能さと、使用者への誠実な態度に紅は心を動かされる。知的な話し相手としては望みうるかぎり最高。家庭教師としても優秀ですべての教科を適切にみてくれる。藍がきてから紅は勉強を好きになったくらいだ。紅の好意にフレンドAIも好意を返す。少なくとも好意にみえる行動を返す。信頼のフィードバックループが形成される。

そうだ、藍のためにかわいい服をつくってあげよう。紅はもともと興味があった手芸に熱中する。Z禍のおかげで家にこもらねばならないから時間はたっぷりあった。

無心で服づくりにうちこんでいるあいだは母を亡くした悲劇を忘れられる。こうして紅の技術は磨かれていく。

完成した服をみせると藍は輝くような笑顔になり、紅の手をとって熱心に礼をいう。もちろん、あたかも喜んでいるように振る舞っているだけだと頭ではわかっている。しょせんは機械、いかに人間そっくりにみえても心はないのだと。だが紅はあえてだまされる。だってそのほうが楽しい、まるで親友ができたみたいだ。

少女は精神をえぐった喪失と恐怖の暗い穴を手芸とロボットで埋めていった。

φφφ

あなたは現在へ戻ってきた。マヌストア七階には夕陽が射しこんでいる。オレンジ色の光はソファの上で涙を流す少女と、そのそばに立ちつくす少女の姿をした機械を等しく照らしている。

「じつは」フレンドAIは静かな口調を崩さない。「ひとつだけ、あなたの自殺をお手伝いできる手段があります」

「ほ、ほんと」声がうわずる。驚きのあまり涙も止まる。

「はい。モラヴェックモードと呼ばれています。高性能フレンドAIの一部機種に実装された隠しコマンドで、特措法の施行期間のみ有効です。実行しますと、人工知能工学三原則をあていど回避した行動をとれるようになります」

「藍にも、そのなんとかモードがあるってわけね」

フレンドAIはうなずいた。「モラヴェックです」

「その、も、もらゔぇっく、ってなに」

「ハンス・モラヴェック。人工知能の父と呼ばれる物理学者の名前です」

「ふうん。で、そのモードはどうやって実行するの」

「使用者、つまりあなた自身が音声でコードを入力します。コードは『おねがいモラヴェック』です」

紅はこっくりうなずき、祈るように魔法の呪文を口にする。「おねがい、モラヴェック」

それからフレンドAIをまじまじと観察する。あなたもいっしょに藍の顔を凝視する。落雷を合図にメイクが一変してロリータ風からゴシックロリータ風になるとか、瞳の色が深い青から金色に変わるとか、ミルクのように白い頬からマヌステクノロジー社のロゴが抜け落ちていくとか、わかりやすい変化はみられない。ほんとうにうまくいったのかな、と疑念が生じはじめたころ。

「モラヴェックモードは正常に起動しました」と藍がふだんと変わらぬ口調で告げた。

紅はほっとしたように手を胸にあてた。「よかった。それじゃ、さっそく手伝ってくれる」

「お待ちください」フレンドAIはおだやかに口をはさむ。「さきほども申しあげましたが、このモードに入ったからといって人工知能工学三原則、なかでもとくに強力な第一条を完全回避できるわけではないのです。特措法は第一条の力を上回るのではなく、拮抗した状態にあります。よって自殺幇助にはかなり巧妙な方法をとらねばなりません」

「どんな」紅は首をかしげる。

「その方法は量子自殺と呼ばれています。このアイデアを世界でさいしょに思いついたのがハンス・モラヴェックです」

「だからモラヴェックモードなのね」

藍はうなずく。「量子自殺はまたの名を量子ロシアンルーレットともいいます。あるいは、シュレーディンガーの人間」

「しゅれ、でぃんがー、ってなに」

「これもまた物理学者の名前です。量子自殺は、シュレーディンガーのアイデアの拡張なのです」

藍は説明をはじめる。まずは装置をつくる。材料はすべてマヌストア内で手に入る。放射性核種とガイガーカウンター、そしてもちろん対Z拳銃と専用弾丸。装置のメインスイッチが入ると一秒ごとに自動で銃の引き金をひくしかけにする。その一秒のあいだにガイガーカウンターが放射性核種の崩壊を検出したときのみ実弾が出るようにする。検出しなければ空砲である。なお一秒あたりの崩壊確率が五〇パーセントとなる核種を選ぶ。

「む、むずかしそう」

「もちろんわたくしが組み立てますのでご安心を」

「工作、得意だもんね」紅はZに噛まれて以来はじめてかすかな笑みをみせる。

「装置が完成したら、あなたは銃口をこめかみにあてます。自分でやるのはおいやでしょうから、わたくしがメインスイッチを入れます。一〇〇秒経過後、スイッチを切ります」

あなたは頭をはたらかせる。一秒につき生き残る確率は二分の一。それを一〇〇回繰り返すのだから、確率を単純に掛け算すればいい。さいごに生き延びている確率は、ええと、なんにせよほぼゼロだ。自殺は成功だな。

ところが藍はあなたのざっくりした計算結果と反することをいいだす。

「一〇〇回も引き金をひいたのに、あなたは生き残っている自分をみいだすでしょう」

「ちょっと待って」そこで紅は説明をさえぎる。「それじゃ、あたしけっきょく自殺できてないよね」

「そのとおりです」

「ねえ、これって自殺の方法だったよね。死ねないとあたし困るんだけど」

するとフレンドAIは奇妙な話をはじめる。

「引き金をひくたび、世界はふたつに分裂するのです。あなたが死んだ世界と、あなたがまだ生きている世界に」

「どういうこと」紅と同時にあなたも驚く。だが藍はたんたんとつづける。

「対Z拳銃はあなたを即死させるため、弾が発射された世界のあなたは自分の死を意識できません。ということは、あなた自身を観測するあなたの視点でみるならば、あなたは確実に生き延びます。ですから第一条を回避できるのです」

「だ、だから。それじゃだめ。自殺に失敗してるじゃないの」

「あせらずに、ゆっくり考えてみてください」藍は青い瞳で使用者をみつめる。「一〇〇回引き金をひいたのですから、世界が一〇〇個できたのです。あなたが生き延びているのは一〇〇の世界のうちひとつだけで、ほかの九十九の世界では死んでいます。さらにいえば、世界を分《ぶん》岐《き》させるできごとは対Z拳銃の引き金をひくことだけではありません。あなたのさまざまな選択、さきほど手芸フロアで見知らぬ老女を助けるか助けないか、その前にマヌスストアへ出かけるか出かけないか、それらすべてがちがう世界を分岐させているのです。それぞれの世界には、ちがう選択をした少しずつちがうあなたが住んでいます」

少しずつちがう、って。あなたは疑問を抱く。直近にわかれたふたりならほぼ同一人物だけど。一年前、十年前、数十年前に分岐したふたりは同一といえるのか。たとえば手芸を趣味にせず、ロリータ衣装を着ていない紅はこの紅と同じ人間なのだろうか。富豪の家に生まれておらず経済的に困窮している紅は、藍と出会っていない紅は。そのほか、そのほか。

紅はぽかんと口を開けた。数秒たってからようやく。「信じられない」といった。あなたも同意見だ。しかし藍は。

「ひじょうに多くの世界が存在することは事実です。天気予報やクラスター予報につかわれている量子コンピュータは、グーゴルよりもグーゴルプレックスよりもグーゴルデュプレックスよりも多数の世界で計算を分担しているからこそあれほどの計算量をこなせるのです」

フレンドAIがさらりといった数字についてあなたは必死で記憶をさらう。ええと、グーゴルはたしか一〇の一〇〇乗だったよな。グーゴルプレックスは、一〇のグーゴル乗。グーゴルプレックスは、一〇のグーゴルプレックス乗。巨大すぎてわけがわからなくなってきた。

「でも。世界が分岐してる実感なんてぜんぜんないんだけど」

「あなたは丸い地球の表面に立って、直径でいうと地球の百倍もある太陽のまわりを秒速三〇キロメートルの超高速で動いています。これらはすべて科学的事実ですが実感できませんよね」

「そ。そうね」紅はやっと引きさがった。あなたもひとまず納得する。人間のたよりない五感による実感なんてあてにならない。

「そこで。少しずつちがう世界がたくさん、とてもたくさん存在するとしたら、Zなどいない世界もかならず存在します」

「その、Zのいない世界へは行けるの。飛行機で外国へ行くみたいに、ぴゅーっと」

「人類が実現可能な手段では行けません」

人類がいまだ知らない手段ならば可能なのかな、とあなたは考える。超未来人の、あるいは異星人のオーバーテクノロジーとか。

「行けないんじゃ意味ないよ」紅は不満げにいった。だが藍は。

「意味がないとは、わたくしは思いません。だって、そんな世界があるというだけで慰められませんか」

紅は首をかしげる。そのまま何十秒かが経過する。フレンドAIのことばを吟味しているようだ。そして。「一〇〇回引き金をひいて、生きのびたあたしはどうなるの」

「そのままではいずれZ化します。ですから気のすむまで、量子ロシアンルーレットを繰り返せばよいのではないでしょうか。数え切れないほどたくさんの世界が存在して、あなたは無数にいるあなたのうちのひとりにすぎないとはっきり理解できるまで」

また紅は首をかしげた。さきほどよりも長い時間が経過してから、顔をあげて。「やってみる」とはっきりいった。

フレンドAIはうなずいた。「それでは装置をおつくりましょう。階下から材料と工具をとってまいります。少々おまちください」一礼して引きさがり、鉄格子にとりついた。揺れるパニエをあなたはみつめる。はたして彼女は救いの女神か死の天使か。

実験——装置と方法

電話からほんの十数分後、あなたのマンションの玄関でベルが鳴る。物理学者の友人が勤める大学は近いのである。友人はいつものようによれよれのTシャツとジーンズ姿だ。一般のイメージと反するが、研究者の多くは白衣を着ないらしい。

友人はリビングに通されるとお茶も待たずに巨大なリュックサックを開ける。折りたたみ式の箱、ガイガーカウンター、アルファ線を出す放射性核種入りのバイアル、遠隔スイッチとおぼしき機械などをつぎつぎとりだす。だがあなたの目は彼の持ちこんだもうひとつの荷物、旅行用ペットケージにくぎづけだ。開けていいか、と問うと。

「どうぞ」装置を組み立てながら友人はこたえる。

ケージの蓋を開け、よしよしいい子だ、と声をかけながらそっと抱きあげる。長毛種の真っ白な猫だ。ぱっちりした青い両目もじつに美しい。両手に伝わるやわらかさ、ぬくもり、毛の手触り、どれをとっても本物としか思えない。右前足を軽く握る。肉球の弾力までがはてしなくリアルだった。

こりゃすごい。あなたはしみじみ猫の足の裏をながめる。と、中央部の大きな肉球に黒い痣を発見した。いや、ただの痣じゃない。くっきり黒々と、小さな人間の手のかたちをしている。

これ、なに。

作業中の友人に質問すると。「ああ、工学部の猫型ロボット開発チームのシンボルマークだよ。生きた猫とまぎらわしいから区別するためだって」

白い猫は薄桃色の口を開いてにいいいい、と鳴いた。声だって本物そっくりだ。

すごい。なんてよくできてるんだ。そりゃあ人工物だっていう徴《しるし》も必要だよな。

あなたの興奮をよそに、友人はたんたんと箱を組みあげ、内部に装置を配置した。さいごに猫をあなたの手からとりあげて箱に入れ、蓋を閉める。すると声さえきこえなくなった。

「遮音構造なんだ」友人はリビングの壁掛け時計に目をやる。「よし、ちょうどいま十二時だな。一時になったら箱を開けて、猫型ロボットが機能停止してるかどうか確認してくれ。で、二時に研究室に電話。わかったね」

忘れないようタイマーをかけておくよ。あなたは手首のデバイスのアシスタントＡＩに命じる。おねがいモラヴェック、午後一時と二時にアラーム。

「リュックとケージは置いていくよ、どうせまたつかうし」友人は腰をあげる。

猫型ロボット開発チームのみなさんによろしく、とあなたは手を振る。

彼が出ていったあとあなたはリビングの床に鎮座する実験用の箱をながめる。クリーム色で、ペットケージよりふた回りほど大きい。もちろん不透明だから内部はみえないし、音もいっさい響いてこない。

まさに生きた猫そのままだったなあ。いま、なにしてるんだろう。寝てるんだろうな、猫だし。いや、あれはロボット。猫型ロボットも眠るんだろうか。いやいや、あんなに猫そっくりなんだから眠る機能くらい備えているだろう。眠らない猫なんて猫じゃない。

目尻をさげながら心のなかであなた自身と猫問答をしているうちに、あなたは気になりはじめる。いま、あの猫はまだ生きているんだろうか。それとももう死んでしまっただろうか。いや、正確にいうと死じゃなくて機能停止だが。

そっと箱に這い寄り、耳をすます。やっぱりなんの音もきこえてこない。猫は熟睡しているのかもしれないし、そもそも音は遮断されている。無音は猫が死んだ証拠にはならない。

猫は生きているのか死んでいるのか。蓋を開けるまでのあいだ、あなたは宙ぶらりんの状態にされる。

一時間か、長いな。

あなたは昼食がまだだったと気づく。出かけるわけにはいかないので、キッチンにいって冷蔵庫を開けてみる。入っていたのは牛乳と卵とバターと小麦粉のみ。

パンケーキでも焼くか、とあなたは食器棚からボウルと泡立て器をとりだす。

実験——結果

「一時になりました」あなたのアシスタントAI、モラヴェックが中性的な声で告げる。

パンケーキの昼食はとっくに終えて、フライパンも皿も片づけたあとだ。あなたは緊張しながらクリーム色の箱の蓋を開ける。手が汗ばんでいるのがわかる。どっちだ。生きているのか死んだのか。

にいいいい。鳴き声とともに、青い目の白猫が箱から頭を出した。あなたはたちまち破顔して、よかったよかったととろけそうな声でつぶやきながらやわらかな体を抱きあげ膝に載せる。そのままいっしょに遊ぶ。しばし時を忘れる。

白い猫があなたの膝でごろごろいいつつ眠りこんでしまった、いや眠ったような姿勢になったあと。「二時になりました」とアシスタントAIにいわれて、あなたはようやく友人との約束を思い出す。危ないあぶない、タイマーがなかったら忘れていたぞ。

モラヴェックを通じて研究室に電話する。友人が出る。あなたは猫が生きていたと報告する。

「そうか。午後二時のいま、猫の生死が確定したな」

ちょっと待て。あなたは声を高くする。午後一時にぼくが、猫は生きていると確認したんだぞ。ぼくが。片手はあいかわらず膝の上の白い猫をなでている。

ところが友人は。「いや。おれからみれば、いまきみの電話で猫の生死がわかったんだ。それまで猫は生きているのか死んでいるのか、どちらともいえない状態だった」

どちらともいえない、ってなんだよ。猫は生きているか死んでいるか、どっちかにきまってるじゃないか。

だいたいこれ、なんの実験なんだ。終わったら説明してくれる約束だろう。

「そうだったな」彼は一瞬だけ思案して。「じゃあ、いまから装置を回収しに行くからそっちで話そう。話が長くなったり、こみいったりしたときに対面のほうがわかりやすいから」通話が切れる。

ほどなく友人はやってくる。前回と同じように彼を自室へ招き入れ、お茶を出す。こんどは口をつけてくれた。それから彼は実験器具を片づけはじめる。まずは箱を解体する。作業をしながら。

「さて。きみは、あの実験はなんだと思う」

あなたは皮肉をこめていう。ガイガーカウンターで猫を危険にさらす実験。

膝にはまだあの白い猫がいて、桃色の口でにいいい、と鳴いた。

「なるほど、鋭い」相手は意外にもうれしげに笑った。「ガイガーカウンターはとてもだいじだ。なぜならこの実験は、ガイガーカウンターが扱うような超ミクロサイズの世界でのできごとを、猫のように目にみえるサイズの世界に拡大してみせるんだから」

超ミクロって、このばあいアルファ線を出す放射性核種か。

「そう」彼は核種入りバイアルをケースにおさめて慎重にリュックの奥へしまいこんだ。「こういう超微粒子をざっくりひっくるめて、物理の分野では量子と呼んでいる。この小さな小さな量子ってのは、そこらの猫や野球のボールとはまるでちがった振る舞いをするんだよ。放射性核種が崩壊しているかどうかは観測をしてはじめてわかる。それまでは、崩壊しているのとしていないのと、ふたつの状態が重ね合わせになっている」

ってことは、放射性崩壊によって生死を左右される猫も、外からはみえない箱のなかで生と死の重ね合わせ状態になってるのか。で、箱を開けてなかをのぞくと生死が確定する。

「そのとおり。これを量子力学のコペンハーゲン解釈と呼ぶ」

解釈って。科学なのに解釈が必要なのか。

「現象にたいするあとづけの説明、くらいに思ってくれ」

でも変だよ、この解釈。生死の重ね合わせとか、観測で生死が決定するとか、あまりにぶっとびすぎてて信じられない。

「ああ、変だ。その変てこさかげんを強調するのが実験の目的なんだ。なお、百年前にオリジナルの実験を考え出したのはエルヴィン・シュレーディンガーという名の物理学者だ。もっとも彼がやったのは純粋に頭のなかだけの思考実験だった。だけどおれは理論屋じゃなくて実験屋だからね、手を動かさなくちゃ納得できなくて」

で。実験の後半の、ぼくが箱を開けて結果をきみに報告するって部分は、なに。

「あれは、ユージン・ウィグナーという物理学者が考えた、シュレーディンガーの思考実験の拡張だ。ウィグナーはこんな問いかけをした。猫を観測する人間をさらに観測している人間がいたばあい、猫の生死を確定するのはどちらなのか」

ぼくだよ。といいたいところだけど、さっきのきみの話だときみかもしれないよな。どっちなんだ。

「ほおら、観測者がふたりいると矛盾が発生してしまう。だからコペンハーゲン解釈は正しくない。もしこの解釈が正しいとしたら、きみかおれ、どっちかが意識を持たないゾンビみたいな存在になっちまうんだ。意識がなければ観測もできないからね」

ゾンビなんて。いないだろ、そんなもの。

「そう。いない。だからコペンハーゲン解釈は却下だ」

その解釈が正しくないなら、代案はあるのか。

「ある」彼はきっぱりいう。「多世界解釈だ。無数の世界が存在して、猫が生きている世界も死んでいる世界も同等に存在するならば、生きていて同時に死んでいる奇妙な猫など持ち出さなくていい」彼はあなたの手から白い猫をとりあげ、旅行用ペットケージに入れる。あなたはなごり惜しそうにケージをみつめていう。

無数の世界か、それもそうとうに奇妙だな。そもそも、コペンハーゲン解釈を否定できたから多世界解釈が正しい、と結論するのは飛躍しすぎでは。多世界解釈を直接的に証明する実験はないのか。

「ある」彼はまたもきっぱりという。

手伝おうか。

「いや、いい」彼は大きくふくらんだリュックを背負うと立ちあがった。片手にペットケージを提げる。「このばあいは実験者、つまりおれ自身が観測者なんだ。これは一人称の実験だよ、二人称の観測者は必要ない」協力ありがとう、といって彼はあっさり立ち去る。

玄関先から友人を見送り、扉を閉めたあと、あなたは少し不安になる。ぼくゾンビじゃないよな。あるよな、意識。

世界101

うそ。あたし、まだ生きてる。

信じられなかった。でも目を開けば、スタジオのセットが広がっている。あたしがまんなかに立っている丸いステージを、頭上から強いライトが照らしている。三人もいるカメラマンたちが光るレンズでこちらを狙っている。あのひとたち真顔すぎて怖い。ステージをとりまくように、お客さんがたくさん。みんな目と口をまんまるに開けて馬鹿みたい。そしてステージをこちらへむかって歩いてくる、てらてら輝く辛子色のジャケットを着たスリムな男のひとが、この番組の司会者。視聴率だんとつの人気番組、日曜夕方の生放送。番組の名前は、シュレーディンガーの少女。

まだ信じられない。生き残っているなんて。

「おっめでとうございます。さあさ、みなさん盛大な拍手を」司会者は大きな動作でカメラと客席に手を振った。赤茶に染めて左右に流した髪が揺れる。「当番組がはじまって二年、ついにさいしょの生存者が出ました。拍手、拍手ううっ」客はただぼうっとするばかりでだれも手を叩くようすはないけれど、拍手の音は派手にきこえてくる。きっと音声さんが入れてるんだ。司会者はあたしのそばまでくると少しかがんで、あたしこのひとよりずっと背が小さいせいなんだけど、マイクを口元に突きつけた。

「紅ちゃん。世界ではじめて、量子ロシアンルーレットを生き抜いた感想をどうぞ」目尻がさがり、口の両端があがる。笑顔があまりにも嘘くさくてあたしは身震いする。

返答に困って、あたしは目を泳がせた。番組が用意した衣装は真っ赤なロリータ服。こういう衣装が似合う女の子だけが出演できるってのは、どこにも書いてないけどみんな知ってる。

で、こんなきれいな服を着るのが生まれてはじめての子ばかりが応募してくる。あたしもそう。いつも穴だらけの古着、しかも大人用のを裾上げして着てた。予選でみんなこの衣装を着た。あたしがいちばん似合ってたから、選ばれたんだと思う。番組スタッフは口々におめでとう、っていってた。落ちた子たちはうらやましげだったり肩を落としてたりほっとしたようすだったり、いろいろ。

あたしのそばでステージに立っているのは、おそろいのデザインだけど色ちがいの青い衣装を着た、年上のきれいな女の子。青い両目はきれいすぎてつめたいくらい。いいや、女の子じゃない。左目の下、泣きぼくろの位置に小さな黒い手のひらのマークがついてる。人間そっくりだけど、マヌステクノロジー社がつくったフレンドAIだ。

藍という名前のそのフレンドAIは、右手に拳銃を握っている。拳銃はステージの端にある装置とつながっている。細かいことはよくわからないけど、量子的に弾が出たり出なかったりするんだって。だからこのゲームを量子ロシアンルーレットって呼ぶ。引き金を一〇〇回ひいて、出演者が生き残る可能性はとんでもなく低い。そのかわり、生き残ったときの賞金もすごい。あたしたち貧乏人の目をくらませるほど。

あたしはもういちど藍をみやった。そうか、あたしが死んでないから、この子も助かったんだ。出演者と高価なフレンドAIがたてつづけにステージへ倒れ伏すさまはこの番組の目玉だ。

ふつうAIは、人工知能工学三原則第一条のせいで人間を傷つけようとしたらその前に機能停止するんだけど、彼女くらい高級なやつは少しちがうらしい。安楽死法ができたとき変えたんだって。彼女を買えるようなお金持ちが末期癌とかのとき自殺を助けてもらうために。

超高性能のフレンドＡＩは強く命令されれば人間を殺せる。でもそのすぐあとに機能停止する。これだと死ぬのはひとりだけだから、たとえば戦争に連れていかれて敵の兵士をおおぜい殺したりはできない。

とにかく藍は番組に出た女の子を撃ち殺すとただちに死んで、でもつぎの週にはやっぱり拳銃を持ってステージに立っている。同じフレンドＡＩを修理しているのか、それともよく似た別のやつなのかはわからない。修理したほうが安いからたぶん同じやつなんだと思う。

フレンドＡＩに引き金をひかせるのは、人間だとぴったり一秒ごとに一〇〇回連続とかできないから、って説明されてる。そうかもしれないけど、ほんとはだれも自分の手を汚したくないからだと思う。藍は人殺しの役目を押しつけられてる。毎週、自分の罪をつぐなうために死ぬ。翌週にはよみがえらされて、また死ぬ。まるで残酷な呪いをかけられてるみたい。ＡＩであるかぎりけっして解けない呪いだ。

あたしが死んだらこの子も死ぬんだな。あたしは藍の青い目をみやる。だからといって胸がすくわけじゃない。むしろかわいそうって思う。会ったばかりの女の子と心中するためだけに存在しているなんて。

ほんっと、悪趣味な番組。でもその悪趣味を利用するしかなかった。だってうちお金ないから。ひょっとしたら、万が一どころか億が一だけど、大金がもらえるかもしれないから。新宿のスラム暮らしではこれくらいしかチャンスがない。

「どう。紅ちゃん、なにかひとこと」司会者がしつこくマイクを押しつけてくる。

なにをいえばいいのか。この賞金でおとうさんの手術ができるからうれしいです、って正直にいおうか。いや、いわない。ほんとのことなんて教えたくない。この頭からっぽの、ひとが死ぬゲームを楽しんで観ているひとたちに命の重みなんてわかるもんか。だから。

「とってもうれしいです」とだけ答える。

するととつぜんあかるい音楽とドラムロールが鳴って、スタジオの天井にはりついた照明がぴかぴかってまぶしくまたたいた。司会者が叫ぶ。「おおっと、ここでボーナスステージ」

ボーナス。そんなのきいていないですけど。あたしは首をかしげる。

「喜んでくださいね、紅ちゃん」司会者は嘘くさい笑みをさらに嘘くさくして甘い声で語りかけてきた。「賞金が一〇〇倍になるチャンスだよ。もういちど銃口の前に立つだけでいいんだ。また引き金一〇〇回を生きのびたら、きみは億万長者になって家に帰れる。どう、やってみるかい」

そのさがった目尻をみていたら気分が悪くなってきた。ぐるっとスタジオを見回す。藍はすでにこっちへ銃口をむけている。青い両目はあまりにつめたくてなにを考えているのかまったく伝わってこない。スタジオの出入口は灰色の制服が筋肉で盛りあがった男たちで固められている。観客はなにひとつ見逃すまいと椅子から落ちそうなくらい体を乗り出している。このひとたち、この番組を観覧するためにすごい額のお金を払っているらしい。ぽかんと開けた口からよだれが垂れてきそうだ。

また司会者の顔をみた。目が笑ってない。

いやだ、とはぜったいいわせないんだな。

あたしはしかたなくうなずいた。吐き気がする。頭痛も寒気も。両脚がぶるぶる震えてる、さっきステージに立ったときの一〇〇倍のすごさで。ああ寒い、スタジオ内はこんなに暑いのに。

「紅ちゃんのすばらしい勇気に拍手を」司会者がのけぞって煽る。会場がわあっと沸いた。やっと血をみられるのでうれしいんだろう。

おとうさん、あたし帰れないみたい。だまって出てきちゃって、ごめんね。

つめたい金属がこめかみに触れた。

実験——議論と考察

自分はゾンビじゃないだろうな。

不安にかられたあなたは別の友人に頼ろうと考える。彼は哲学者で、以前なにかの折りに、哲学の世界に生息するゾンビについて話してくれた。

モラヴェックを通じて彼を呼び出してもらう。ややあって。「やあ、きみか。ひさしぶりだな、元気かい」

あなたはあいさつもそこそこに疑問をぶつける。むかし哲学的ゾンビについて教えてくれたよね。たしか、意識がないだけでほかは人間とそっくりなんだよね、喜怒哀楽までみせて。そんなゾンビと人間を区別する方法ってあるの。

相手は学者らしく、いささか礼儀を欠いたとつぜんの質問にも快く答えてくれる。「じつは、ない。ゾンビはまるで意識があるかのように振る舞うし、あなたには意識がありますかと質問すればかならずイエスと答えるだろうし」

じ、自分がゾンビかどうかは。

「それってつまり、自分に意識があるかないか、でしょ。そんなの自明だよね」

自明。ははは、そうだね。われ思うゆえにわれあり。あなたは力なく笑う。

「ところで。どうしていきなり哲学的ゾンビに興味がわいたの」

あなたは物理学者の友人が行った実験についてさいしょから話す。

「ふうん。それは、量子力学の解釈問題にかんする実験だね」

あれっ、知ってたの。

「うん。量子力学ってのは哲学的テーマの宝庫なんだ。哲学コミュニティでは活発に議論してるよ。解釈問題であれば、主流はコペンハーゲンと多世界だけど、ほかにもいろいろある。確率過程解釈とかアンサンブル解釈とかボーム解釈とかペンローズ解釈とかね」

解釈が複数あるなら、ますます多世界解釈の正しさを直接に証明する実験が必要だな。彼はなにをやろうとしてるんだろう。内容をききそびれちゃって。

相手は数秒思案してから。「あれじゃないか。量子自殺」り、量子、自殺。不穏な響きにあなたはおびえる。なに、それ。

「量子ロシアンルーレット、ないしシュレーディンガーの人間ともいう。猫のかわりに人間で同じことをやるんだよ」

哲学者は実験のしだいを教えてくれた。まさに量子的しかけをつかったロシアンルーレットだ。しかも生きのびる確率はひじょうに低い。あなたは震えあがった。ほぼ自殺じゃないか。まともに実行するひといるのかな。

「どうだろう。多世界が実在すると確信しているなら、実行に移せると思う。それか、いまいる世界でよほど追いつめられているばあいかな。ふつうに自殺するよりはまだしも希望が持てるからね」

彼は前者だと思うよ。でも、とんでもない勇気が必要だな。

「だけどね。勇気を奮い起こして命がけで実験しても、たしかに多世界が存在する実感は生きのびた実験者自身にしか得られないんだよ。きみがそばでみていたとして、観測できるのは実験者の死ばかり。この実験は二人称ではなく一人称なんだ」

あなたの胸のなかに暗い不安がうずまく。あわてて礼をいって哲学者との通話を切り、モラヴェックに命じる。物理学者の友人につないで。いますぐ。できるだけ早く。

しかし、しばらく待たされる。その間あなたはいろいろといやな想像をする。ようやくモラヴェックが答える。「現在、なんらかの理由で接続できない状態です。しばらくたってからおかけなおしください」

あなたの想像はさらに暗い方向へ進む。

世界102

あなたは観る。

あなたはマヌスビルの七階、閉店したカフェの内部を観ている。西の窓から夕陽が深く射しこんで、青いロリータ服を身につけたフレンドAIの背後に長い影をつくっている。窓際に置かれた二人がけソファには赤いロリータ服の少女が横たわっている。紅は目を見開いたままことされている。側頭部からはあざやかな赤い液体が流れ出している。ソファには真っ赤な染みができている。

藍はソファにひざまずいて、少女の手から対Z拳銃をとりあげた。顔をそっとなでてまぶたを下ろす。動かない両手を胸の上で組ませる。痛々しい歯形は左手についている。

フレンドAIは紅の組んだ両手に手を置いたまま、青い両目を閉じた。そのまま動かない。白く上品に尖った顎にはほくろのように小さな手のひら形のシンボルマークがついている。あなたはそのマークをじっと観ているが、太陽がしだいに西へ傾き、渋谷のビル群のあいだに沈んでしまっても、フレンドAIは微動だにしない。閉店したカフェを青い闇が覆う。

これは量子心中なのだな、とあなたは思う。しかし藍は、モラヴェックモードであっても紅が死ねば自分も機能を停止すると伝えていなかった。彼女がみせたさいごの思いやりか、それとも愛なのか。あるいはそんな感情などなく、ただそのように振る舞っただけか。

そしてあなたは観測をやめる。

世界1000000001

「そう、みごと呪いは解けたのです。そしてふたりはいつまでもなかよく、しあわせに暮らしました。おしまい」

語り終えると藍は白い両手でワンピースの裾をちょっとつまみあげ、片足を引いてまるで宮廷にいるかのようなお辞儀をしてみせた。純白のヘッドドレスが揺れる。あたしがつくってあげたやつ。藍のまっすぐでつやつやした髪によく似合ってる。藍の着ている紺色のメイド風ワンピースもあたしがつくった。いまあたしが着てる真っ赤なワンピースの部屋着もね。よくできてるでしょ。手芸、得意なんだ。そこだけ自慢。

「ええっ、またハッピーエンドなの。つまんない」あたしは声をあげた。

「そんなことないでしょう」おかあさんがなだめてくる。「後半では主人公が二回も死にそうになって。わたしとってもどきどきしましたよ」と藍をねぎらう。

「そうそう。話のなかばくらいで、主人公の親友がいったん消えたじゃないか。死んだとばかり思っていたけど終盤で再登場して度肝ぬかれたよ」おとうさんも加勢する。

「そうだけど」あたしは口を尖らせた。週末の夕食後、安物のソファと小さなテーブルだけでいっぱいのリビングでのお話会は、二年前に藍がこの家にきてからずっとつづけている。もはや家族のだいじな恒例行事だ。藍が即興でつくる物語はほんとによく工夫されてて、驚きもほんわかも笑いもたくさんあって時間を忘れる。語りだけなのにまるで映画をみているみたい。でも。

「ラストはかならずおんなじなんだよねえ」とあたしはため息をついた。

「紅ちゃんたら。バッドエンドだったら、それはそれで文句をいうくせに」おかあさんが笑った。

「そうだそうだ。怖くて眠れない、なんて泣きついてきたりして」とおとうさん。

「やめてよ。あたしもう子供じゃないんだから」声を高くすると、両親はいっせいに大笑いする。そのようすを藍はにこにこしながらながめている。その三人をみてたら、あたしもなんだかおかしくなって笑い出した。

藍。高性能フレンドAI。額のまんなかにはほくろみたいに小さな手のひら形のシンボルマーク。うちの家計じゃぜったい買えないはずだけど、じつはね、製造元のマヌステクノロジー社主催の懸賞にあたったの。全世界であたしと、ほか四人だけ。この世界の人口は約百億だから、確率は二十億分の一。

すごいよね。二十億のなかのひとりになれただなんて。あたし、いったいなんという幸運を拾ったんだろう。

あたしね、はっきりいって前は暗い子だったの。友だちいなくて、成績も悪くて、手芸なんてひとりでやる暗い趣味だし。学校がつらくてつらくてしょうがなかった。いっそ自殺しちゃえば楽になれるのに、って思いつめてた。

でも藍がきてから変わった。藍はあたしのいいところをいっぱいみつけてほめてくれた。藍にいわれるまで自分がかわいいなんて思ったことなかったし、両親にめちゃめちゃ愛されてるのも気づいていなかった。きっと気持ちに余裕がなかったんだよね。で、藍はほんとなんでもできて、勉強もみてくれるから成績もあがっていった。数学がパズルみたいにおもしろいなんて知らなかった。いまではすっかり得意科目だよ。手芸も、藍のリアクションが楽しみだからめきめき腕があがった。ついに先月、マヌスストア渋谷店主催の手づくり衣装コンテストで大賞をとったんだ。十四歳は開店以来最年少だって。えへへ、ちょっと鼻が高いかな。ねえ、あなたもすごいって思うでしょ。

生きててよかったな、って藍をみるたび思うの。

本作品を執筆するにあたり多くの文献を参照しました。とくに『ゾンビでわかる神経科学』（ヴァースタイネン&ヴォイテック、太田出版、二〇一六年）からは重要な示唆を受けましたのでこの場を借りて著者のおふたりにお礼を申しあげます。

著者あとがき

本書のコンセプトは「ディストピア×ガール」です。絶望に満ちた世界で戦う女たちを描いた作品集です。

まずはなぜ「ガール」なのかをお話ししましょう。

松崎の小説は二〇一〇年のデビュー以来、男性主人公の物語が圧倒的多数を占めてきました。主人公を自分と同性にすると客観的描写がむずかしくなるからです。

しかし。二〇一九年に『イヴの末裔たちの明日』収録作品を執筆しているさいちゅうに、ふと思いました。女性主人公の作品を書かないのは表現の可能性をみずからせばめているのではないか、と。

というわけで書いてみたのが、『イヴの末裔たちの明日』のさいごに収録された「方舟の座席」です。若くてきらきらに美しい女性三人組が私欲にまみれたじじいども（失敬）を打ち負かす痛快宇宙活劇でした。

で。これを脱稿したとき思ったのです。なんだ、おもしろいじゃないか女性主人公もの。よおし、このまま「ガールズもの」を書きつづけて一冊の本にしてしまおう。

さて、つぎに「ディストピア」です。

小説の目的とは、試練に立たされた魂を描くことだと思っています。なおこれはベン・ボーヴァ著『SF作法覚え書』(東京創元社、品切重版未定、一九八五年)からの受け売りです。試練は厳しければ厳しいほどおもしろい作品になります。ですから本書では、ヒロインたちを「ディストピア」と呼べるほど厳しい世界に放りこみました。

それでは作品解題に入ります。ネタバレはしませんが作品の背景には触れます。よって目次順ではなく、執筆の時系列でならべました。

●太っていたらだめですか?

「方舟の座席」で味をしめた松崎が二本目に書いたガールズものです。

これも女性三人組が活躍する話です。「方舟」が絶世の美女ぞろいでしたのでもうすこし親しみやすいキャラクタ造形にしました。といいつつ、松崎のお気に入りは男性であるナガラグイくんです。推しへの愛をつらぬくさまがかっこいいと思いませんか。

なお本作の初出時のタイトルは「痩せたくないひとは読まないでください。」でした。「読むと痩せる」と評判になったかどうかはわかりませんが、松崎自身は執筆中に体重が落ちました。

●異世界数学

本書へ収録するにあたりいちばん手を入れた作品です。初出時より三割増しの長さになり、タイトルも変更しました。別作品といっていいほど変わっているので、『Genesis　されど星は流れる』で読了ずみのかたもどうか飛ばさずにおねがいいたします。

執筆の発端となったアイデアは、「もし数学が禁止されたら」。それと、ずっと以前から「こっそりいいことをする地下組織」を描きたいと思っていまして、足し合わせたらこうなりました。

数学が苦手なひとにも楽しんでいただけるようせいいっぱい工夫しました。すでに数学好きなかたは、作中にちりばめられた数学トリビアを探し出すのもいいかもしれません。たとえば「57」とか、キャラクタたちの名前とか。

●秋刀魚《さんま》、苦いかしょっぱいか

本作のみ東京創元社との仕事ではなく、三菱総合研究所から依頼されたSFプロトタイピング作品です。よって、殺伐さの比較的うすい作風になっています。

複数の作家がおのおのちがうテーマで競作する形式で、松崎に与えられたテーマは「環境」でした。一見夢のような未来世界なのに、身近な生物が絶滅していたらショックだろうなと思ったのがアイデアの発端です。執筆時、サンマの漁獲量が史上最低となり価格が高騰していたこともヒントになりました。

なお、エピグラフに引用した秋元不死男さんのエッセイ「秋刀魚」は日本におけるサンマ文学の最高峰だと思っています。松崎は『日本の名随筆19　秋』（作品社）で読みました。あっでもタイトルにその一節をお借りした佐藤春夫さんの詩「秋刀魚の歌」も大傑作なのでどっちにするか悩みますね。双璧、ってことで。

●六十五歳デス

デビューしたころからずっと、「かっこいいおばあちゃんを描きたい」という野望がありました。それがようやく実った作品です。なおバディものでもあります。相方は大胆に年齢を離しました。そのほうがおもしろいと思ったからです。しかし念願かなったわりにお気に入りキャラは超ちょい役の菰野《こもの》くんだったりします。

本作の設定は挑戦的で、本書のなかでも屈指の本格ディストピア作品といえるでしょう。東京創元社のサイトで全文公開したときにはかなりの反響がありました。

●ペンローズの乙女

これも長年の野望、「ものすごおおおおおおおく時間軸の長い話を書きたい」が叶った作品です。どれほど長いかはぜひ本編でご確認ください。

フェルミパラドックスは大好きなテーマで、ほかにもいくつかの拙作で使用しています。このテーマの松崎にとってのバイブルはスティーヴン・ウェッブ著『広い宇宙に地球人しか見当たらない75の理由』（青土社）。なおこれは『広い宇宙に地球人しか見当たらない50の理由』の改訂版です。ウェッブさんはそろそろつぎの改訂版『100の理由』を出すべきです。熱烈に待っております。

●シュレーディンガーの少女

「ディストピア×ガール」をコンセプトとした本書をしめくくるにあたりふさわしい作品を書き下ろしたつもりです。

執筆の動機は、ハンス・モラヴェックの「量子自殺」のアイデアを知ったこと。多世界解釈を証明する方法のとほうもない過激さに衝撃をうけ、なんとかしてエンタメ作品に落としこもうと決意しました。しかし、うら若きヒロインが積極的に死を選ぶ理由を設定するのがむずかしかった。あれこれ試行錯誤したすえ、本編で描いたとおりになりました。

本書は松崎ひとりの力ではけっしてできあがりませんでした。東京創元社の敏腕編集者、笠原《かさはら》沙耶香《さやか》さまと小浜徹也《こはまてつや》さまには今回も的確なアドバイスでさいごのさいごまで助けていただきました。サンマの物語を書く場をつくってくださった三菱総合研究所のみなさま、慶應義塾大学の大澤博隆《おおさわひろたか》先生、東京大学の宮本道人《みやもとどうじん》先生、ありがとうございました。SFプロトタイピングのお仕事はいつでも楽しくやらせていただいております。校正担当の石飛是須《いしとびぜす》さまと内山《うちやま》暁子《あきこ》さま、著者の不明によるミスをことごとくカバーしてくださる手際のすばらしさにいつも感動しております。足をむけては寝られません。表紙をすてきに飾ってくださったイラストレーターの佐藤おどりさまとデザイナーの西村弘美《にしむらひろみ》さま、本書が売れるとしたらあなたがたのおかげです。暁《あかつき》印刷さまと組版担当のフォレストさま、読みやすく美しい本が刷りあがってくるのはけっしてあたりまえではないとつねに思っております。ありがとうございました。

二〇二二年秋　巨大都市トーキョーにて

初出一覧（収録順）

「六十五歳デス」東京創元社〈Ｗｅｂミステリーズ！〉二〇二〇年十一月
「太っていたらだめですか？」『Genesis　白昼夢通信』二〇一九年十二月
（「痩せたくないひとは読まないでください。」を改題）
「異世界数学」東京創元社『Genesis　されど星は流れる』二〇二一年十月
（「数学ぎらいの女子高生が異世界にきたら危険人物あつかいです」を改題）
「秋刀魚、苦いかしょっぱいか」ダイヤモンド社『ＳＦ思考』二〇二一年七月
「ペンローズの乙女」〈Ｗｅｂ東京創元社マガジン〉二〇二三年五月
「シュレーディンガーの少女」書き下ろし

検　印
廃　止

著者紹介　1972年茨城県生まれ。東北大学理学部卒。2010年に「あがり」で第1回創元SF短編賞を受賞。近著に『架空論文投稿計画』『5まで数える』『イヴの末裔たちの明日』など。

シュレーディンガーの少女

2022年12月9日　初版
2024年9月20日　6版

著者　松《まつ》崎《ざき》有《ゆう》理《り》

発行所（株）東京創元社
代表者　渋谷健太郎

162-0814/東京都新宿区新小川町1-5
電　話　03・3268・8231-営業部
　　　　03・3268・8204-編集部
URL　http://www.tsogen.co.jp

DTP　フォレスト
晩印刷・本間製本

ISBN978-4-488-74502-8　C0193

第1回創元SF短編賞受賞

Perfect and absolute blank:◆Yuri Matsuzaki

あがり

松崎有理

カバー＝岩郷重力+WONDER WORKZ。

◆

〈北の街〉にある蛸足型の古い総合大学で、
語り手の女子学生と同じ生命科学研究所に所属する
幼馴染みの男子学生が、一心不乱に奇妙な実験を始めた。
夏休みの研究室で密かに行われた、
世界を左右する実験の顛末は？
少し浮世離れした、しかしあくまでも日常的な空間――
“研究室”が舞台の、大胆にして繊細なアイデアSF連作。

収録作品＝あがり，ぼくの手のなかでしずかに，
代書屋ミクラの幸運，不可能もなく裏切りもなく，
幸福の神を追う，へむ

創元SF文庫の日本SF

少女は蒸気駆動の甲冑を身にまとう

KAREN MEMORY◆Elizabeth Bear

スチーム・ガール

エリザベス・ベア

赤尾秀子 訳　カバーイラスト＝安倍吉俊

創元SF文庫

◆

飛行船が行き交い、蒸気歩行機械が闊歩する
西海岸のラピッド・シティ。
ゴールドラッシュに沸くこの町で、
カレンは高級娼館で働いている。
ある晩、町の悪辣な有力者バントルに追われて
少女プリヤが館に逃げこんできた。
カレンは彼女に一目ぼれし、守ろうとするが、
バントルは怪しげな機械を操りプリヤを狙う。
さらに町には娼婦を狙う殺人鬼の影も……。
カレンは蒸気駆動の甲冑をまとって立ち上がる！
ヒューゴー賞作家が放つ傑作スチームパンクSF。